立川文庫セレクション

Goto Matabe

Sekka Sanjin

立川文庫セレクション

雪花山人◉著

後藤又兵衛

論創社

後藤又兵衛　目次

後藤又兵衛

◎嫩《ふたば》の香《かお》り後藤《ごとう》の生立《おいたち》

目《め》もはる山《やま》の奥《おく》ふかく、咲《さ》きにけらしなさくら花《ばな》、吹《ふ》き来《く》る風《かぜ》のにおわずば。雲《くも》か雪《ゆき》かと見《み》すごさむ………往昔《おうこ》より英雄《えいゆう》、豪傑《ごうけつ》と呼《よ》ぶ者《もの》の世《よ》に現《あら》われたる事《こと》は、其《そ》の数《かず》枚挙《まいきょ》するに遑《いと》まあらず、然《しか》し其《そ》れは何《い》ずれも牽強附会《けんきょうふかい》の説《せつ》にして強《し》いて英傑《えいけつ》たらしめたる者《もの》が、又《ま》た少々《しょうしょう》では無《な》い。素《もと》より大和魂《やまとだましい》とか武士道《ぶしどう》とか云《い》えるは、吾《わ》が大和《やまと》民族《みんぞく》特有《とくゆう》のもので、迚《とて》も外国《がいこく》の民族《みんぞく》には、此《こ》の真似《まね》をする事《こと》は出来《でき》ないものでございます。今演者《いまわたくし》が、これこそ真《しん》の豪傑《ごうけつ》といっても恥《はずか》しくあるまいと思《おも》うのは即《すなわ》ちこの後藤又兵衛基次《ごとうまたべえもとつぐ》でございます。されば忠《ちゅう》と云《い》い、義《ぎ》という事《こと》は、吾《わ》が国《くに》武士道《ぶしどう》の精華《せいか》にして、此《こ》の心《こころ》を遺憾《いかん》なく発揮《はっき》したのは、稀世《きせい》の英傑《えいけつ》、豊太閤《ほうたいこう》秀吉《ひでよし》薨去《こうきょ》の後《の》ち、其《そ》の遺子《いし》を奉《ほう》じて、主家《しゅか》掉尾《とうび》の華々《はなばな》しさを見《み》せたる事《こと》が尤《もっと》も其《そ》れを証《しょう》するに余《あま》りある事《こと》と信《しん》ずる。又兵衛基次《またべえもとつぐ》は、其《そ》の時代《じだい》が最《もっと》も彼《か》れを研究《けんきゅう》すべき時代《じだい》である。然《さ》れば又兵衛《またべえ》は当時《とうじ》如何《いか》なる事《こと》をなしたかというに、慶長《けいちょう》の十九年《ねん》より初《はじ》まったる彼《か》の大阪陣《おおさかじん》に於《お》いて、関東《かんとう》百万《まん》の大軍《たいぐん》を迎《むか》えて死《し》を見《み》る事《こと》帰《き》するが如《ごと》く、関西勇士《かんさいゆうし》の中《なか》に於《お》いて無双《むそう》の豪傑《ごうけつ》と云《い》われたるものである。然《さ》れば彼《か》れ基次《もとつぐ》は、如何《いか》なる処《ところ》に於《お》いて人《ひと》と成《な》ったかというのに、豪傑《ごうけつ》も英雄《えいゆう》も、一度《た》び此《こ》の世《よ》に呱々《ここ》の声《こえ》を上《あ》げたる時分《じぶん》から、直《ただ》ちに然《そ》ういう事《こと》が分《わ》かるものでは無《な》い。順序《じゅんじょ》として彼《か》れの生国《しょうこく》から語《かた》る事《こと》にしよう。即《すなわ》ち後藤又兵衛《ごとうまたべえ》藤原基次《ふじわらのもとつぐ》は遠《とお》く其《そ》の祖先《そせん》を調《しら》べて見《み》ると、大職冠鎌《だいしょくかんかま》足公《たりこう》の末孫《ばっそん》にして、俵藤太秀郷《たわらとうたひでさと》の後胤《こういん》である。後年種々様々《こうねんしゅじゅさまざま》の変《へん》に逢《あ》って遂《つ》いに、又兵衛《またべえ》基次《もとつぐ》の父《ちち》は、当時播州《とうじばんしゅう》三木《き》の城主別所小三郎長治《じょうしゅべっしょこさぶろうながはる》の臣下《しんか》にして、元老《げんろう》という重《おも》き役目《やくめ》を勤《つと》め来《き》たったものである。後藤将監興基《ごとうしょうげんおきもと》というのが、即《すなわ》ち基次《もとつぐ》という稀世《きせい》の豪傑《ごうけつ》を生《う》んだ父《ちち》である。基次《もとつぐ》は興基《おきもと》の惣領《そうりょう》であったが、丁度頃《ちょうどころ》は天正《てんしょう》六年春《ねんはる》二月《がつ》、彼《か》の織田信長公《おだのぶながこう》の命《めい》に依《よ》って秀吉《ひでよし》、自《みずか》ら、軍勢《ぐんぜい》を引率《いんそつ》して四海《かい》を併呑《へいどん》せんが為《た》め、其《そ》の一部《ぶ》の野心《やしん》を満《み》たさんとして、災《わざわ》いは三木《き》の城《しろ》にも及《およ》んで、秀吉《ひでよし》の攻《せ》むる処《ところ》となった。丁度《ちょうど》その時基次《ときもとつぐ》は未《ま》だ十三才《さい》の小児《こども》であったが能《よ》く諺《ことわざ》にもいう通《とお》り、実《み》の成《な》る木《き》は花《はな》から知《し》れるとかや、後年名《こうねんな》を成《な》さんとする者《もの》は、又必《またかな》らず何処《どこ》か違《ちが》った処《ところ》があるに相違《そうい》ない。栴檀《せんだん》は二葉《ば》にして既《すで》に其《そ》の香華《かおり》を発《はっ》するという。然《し》かも当時基次《とうじもとつぐ》は甚太郎《じんたろう》という名前《なまえ》で三木《き》の城中父興基《じょうちゅうちちおきもと》の屋敷《やしき》に成《せい》人《じん》したが彼《か》れが十才《さい》の時分《じぶん》に一ツの語《かた》る可《べ》き事実《じじつ》が出来《でき》た。基次《もとつぐ》の甚太郎《じんたろう》は父将監《ちちしょうげん》に就《つい》て文武両道《ぶんぶりょうどう》を熟錬《じゅくれん》し早《は》やくも人《ひと》に神童《しんどう》とさえ云《い》われ、後年《こうねん》に非常《ひじょう》なる望《のぞ》みを属《しょく》されて居《お》ったのである。当時天下《とうじてんか》は戦国《せんごく》の余波《よは》を受《う》けて人心未《じんしんいま》だ定《さだ》まらず、何時如何《いついか》なる騒動《そうどう》が起《お》こるか分《わ》からない。群雄《ぐんゆう》は処々国々《しょしょくにぐに》に割拠《かっきょ》して其《そ》の形勢《けいせい》を窺《うかが》い、果《は》たして誰《た》れが天下《てんか》を制定《せいてい》して居《い》るかも分《わ》からない時分《じぶん》の事《こと》だから、もし一朝風雲《ちょうふううん》に遭遇《そうぐう》する時《とき》においては、一小城《しょうじょう》の主《あるじ》は、一躍天下《やくてんか》の権《けん》を掌握《しょうあく》する事《こと》も又難《またかた》からざるの有様《ありさま》である。かかる有様《ありさま》であるから、只《た》だ一時《じ》も乱《らん》という事《こと》を忘《わす》れる事《こと》は出来《でき》ない。思《おも》いは同《おな》じ三木《き》の城中《じょうちゅう》に於《お》いても、城中血《じょうちゅうけっ》気《き》の若武者《わかむしゃ》なぞはスワ鎌倉《かまくら》という時《とき》の御用《ごよう》に後《おく》れざらんが為《た》めに、武芸《ぶげい》という事《こと》を一日《にち》も心頭《しんとう》より離《はな》さない。物《もの》は惣《す》べて何事《なにごと》に依《よ》らず極端《きょくたん》に成《な》り勝《が》ちのものであるが、此処《ここ》に武芸《ぶげい》という事《こと》を稽古《けいこ》をして居《お》った城中《じょうちゅう》の青年武士《せいねんぶし》は、早《は》や段々《だんだん》その腕前《うでまえ》が進《すす》むに従《したが》って、何《ど》うか斯《か》くして毎日《まいにち》〱稽古《けいこ》の功空《こうむな》しからず、適《あっ》ぱれ勇士《ゆうし》の域《いき》に達《たっ》したる上《うえ》は、何《ど》うかして自《じ》分《ぶん》の腕前《うでまえ》が果《は》たして何《ど》れ位《くらい》出来《でき》るものか、実地《じっち》に就《つ》いて試《た》めして見《み》たい。然《しか》し其《そ》の実地《じっち》という事《こと》は、取《と》りも直《なお》さず生《い》きたる人間《にんげん》を斬《き》るという事《こと》でなければ実力《じつりょく》が分《わ》かるものでは無《な》い。然《しか》し城主《じょうしゅ》に願《ねが》ったところが、生《い》きたる人間《にんげん》を斬《き》るとか殺《ころ》すとかいう事《こと》は、迚《とて》も許《ゆる》されそうな筈《はず》が無《な》い。素《もと》より血気《けっき》の若者《わかもの》なれば、△「エッ、ままよ、何《い》ずれ許《ゆる》さぬとあれば、極《ご》く〳〵の秘密《ひみつ》で以《も》って辻斬《つじぎ》りという事《こと》を遣《や》って見《み》よう。其《そ》れには城廓内《じょうかくない》では出来《でき》ないから、何処《どこ》か城外《じょうがい》に於《お》いて遣《や》ってやろう」と折《お》りしも三木《き》の城外大手龍《じょうがいおおてたつ》の口《くち》という処《ところ》がある。俗《ぞく》にこれを龍《たつ》の口御門《くちごもん》という大門《だいもん》を控《ひか》えたる堅城《けんじょう》三木《き》の関門《かんもん》、是《こ》れを左《ひだ》りに取《と》って、正《まさ》に城中《じょうちゅう》と、市内《しない》の隔《へだ》てのある処《ところ》は、昔《むか》しから怪《あや》しき評《うわ》さのある名高《なだか》い三木《き》の逢魔《おうま》ケ辻《つじ》という処《ところ》、此処《ここ》ぞ屈強《くっきょう》の試《ため》し処《どころ》と、或《あ》る夜《よ》二三名《めい》の青年《せいねん》は、新《あら》たに買《か》い求《もと》めたる新味《あらみ》の一刀《とう》、又《ま》たは祖先《そせん》より伝《つた》わったる古刀《ことう》なぞを携《たずさ》えて、往来《ゆきき》の町人《ちょうにん》百姓《しょう》の、弱《よ》わそうな者《もの》から斬《き》って捨《す》てて、自《みずか》ら快哉《かいさい》を叫《さけ》んで居《お》った。初《はじ》めの中《うち》こそ是《こ》れは逢魔《おうま》ケ辻《つじ》の妖怪《ようかい》の仕業《しわざ》であろう、若《も》し翌日《よくじつ》に延《の》ばせる用事《ようじ》なれば、少々《しょうしょう》の不便《ふべん》を忍《しの》んでも其《そ》の夜《よ》は用事《ようじ》を延《の》ばして仕舞《しま》うという積《つも》りをして居《お》ったが、何《ど》うも逢魔《おうま》ケ辻《つじ》は三木城《きじょう》の内外《ないがい》を通《つう》じる必用《ひつよう》の町《まち》で、是非共御用《ぜひともごよう》という時分《じぶん》には通《とお》らねば成《な》らぬ事《こと》が沢山《たくさん》にある。昼《ひる》の中《うち》は城中《じょうちゅう》の用事《ようじ》があるから、町人《ちょうにん》からの用事《ようじ》は総《す》べて夜《よ》に入《い》って便《べん》じたいというのは、何《いず》れの大名武士《だいみょうぶし》でも同《おな》じ事《こと》であった。従《した》がって逢魔《おうま》ケ辻《つじ》を通《とお》る事《こと》が何《ど》うしても沢山《たくさん》にある。仕方《しかた》がない御用《ごよう》という二字《じ》の為《た》めに、多少《たしょう》の危険《きけん》を犯《お》かして行《ゆ》こうとすると、斬殺《ざんさつ》せられる。仕舞《しま》いには市中《しちゅう》の取《と》り沙汰《ざた》、○「どうも逢魔《おうま》ケ辻《つじ》の人斬《ひとぎ》りは、彼《あ》りゃア妖怪《ようかい》の仕業《しわざ》じゃア無《な》い。考《かんが》えて見《み》ると試《ため》し斬《ぎ》りに違《ちが》いない。妖怪《ようかい》なら是《こ》れを食《くら》うとか何《ど》うとか仕《し》そうなものだが、只《た》だ斬《き》ったまま捨《す》てて置《お》くというのは、何《ど》うも必《かな》らず辻斬《つじぎ》りに違《ちが》いない」という大評判《おおひょうばん》。是《こ》れが万犬実《ばんけんじつ》を伝《つた》える諺《ことわざ》の如《ごと》く遂《つ》いに城中《じょうちゅう》の上役《うわやく》に聞《きこ》えたから捨《す》てて置《お》く事《こと》が出来《でき》ない。腕前優《うでまえすぐ》れたる武士《ぶし》を選《えら》んで二更三更《こうこう》という時分《じぶん》から其《そ》の場所《ばしょ》に出張《でば》らして見《み》ると、相手《あいて》は武士《ぶし》だという事《こと》に気《き》が付《つ》くから出《で》て来《こ》ない。スゴ〱として城内《じょうない》へ帰《かえ》って此《こ》の事《こと》を申《もう》し上《あ》げる。相変《あいかわ》らず市中《しちゅう》は其《そ》の災厄《さいやく》にかかって何処《どこ》の誰《た》れは夜前斬《やぜんき》られた、彼処《かしこ》の誰《た》れは夜中《やちゅう》に殺《や》られたというので、ます〱評判《ひょうばん》は高《たか》くなるばかり、何《ど》うかして城内上役《じょうないうわやく》の方々《かたがた》に於《お》いても、其《そ》の真相《しんそう》を確《たしか》めたいとは思《おも》って居《お》りまするが、たま〱城内《じょうない》から見張《みは》り役《やく》として出張《しゅっちょう》した時分《じぶん》には、何《なん》の事《こと》も無《な》いのだから何《ど》うも評《うわ》さばかりで、形《かたち》の無《な》いものを何《ど》うするという事《こと》も出来《でき》ない。其《そ》の中《うち》にも追《お》い〱被害《ひがい》は沢山《たくさん》になる。最早《もはや》一日《にち》も捨《す》て置《お》く事《こと》が出来《でき》ないというので或《あ》る日老職後藤将監興基《ひろうしょくごとうしょうげんおきもと》の邸《やしき》に於《お》いて、五六人役目《にんやくめ》を承《うけたま》わる武士《ぶし》が此《こ》の善後策《ぜんごさく》を協議《きょうぎ》する事《こと》となったが、是《こ》れも小田原評議《おだわらひょうぎ》で、其《そ》の結末《けつまつ》を見《み》る事《こと》が出来《でき》ず、何《いず》れ明日又《あすまた》集会《しゅうかい》をするという事《こと》にして引取《ひきと》った。其《そ》の後《あと》で後藤将監《ごとうしょうげん》は、興「何《ど》うも不思議《ふしぎ》な事《こと》があるものだ。段々被害《だんだんひがい》の町人《ちょうにん》は沢山《たくさん》になるが、武士《ぶし》を差《さ》し向《む》けて見《み》て、何《な》んの事《こと》も無《な》いというのは何《ど》ういう訳《わけ》であろう。若《も》し是《こ》れを此《こ》の儘《まま》にすて置《お》く時《とき》は、別所家《べっしょけ》の御威光《ごいこう》にもかかわる次第《しだい》である。何《な》んぞ可《よ》い工風《くふう》のありそうなものだ」と頻《しき》りに首《くび》を傾《かたむ》けて居《お》りまする処《ところ》へ、ツカ〳〵〳〵ッ……と出《で》て来《き》たのが子息《しそく》の甚太郎《じんたろう》、甚「御父上《おちちうえ》、其《そ》れは恐《おそ》れながら御《お》考《かんが》えが違《ちが》いましょう」興「オヽ誰《た》れかと思《おも》えば其方《そのほう》は甚太郎《じんたろう》、何《なに》が違《ちが》ったと申《もう》すのじゃ」甚「逢魔《おうま》ケ辻《つじ》の妖怪《ようかい》を退治《たいじ》いたすに、武士《ぶし》を遣《や》りましては、何時《いつ》までも功能《こうのう》がございません。何《ど》うか其《そ》の役目《やくめ》を私《わたし》に仰《おお》せ付《つ》け下《くだ》さりましょうなれば、屹度御用《きっとごよう》を勤《つと》める事《こと》でございまする」興「ハッヽヽヽイヤ甚太郎《じんたろう》、夥多《あまた》の器量人《きりょうじん》が心《こころ》を砕《く》だいて居《い》るも、其《そ》の結果《けっか》を見《み》る事《こと》が出来《でき》ぬに、十才《とお》や其処等《そこら》の其方《そのほう》で出来《でき》そうな事《こと》が無《な》い」甚「イヤ父上《ちちうえ》、其《そ》れは違《ちが》いまする。負《お》うた子《こ》に教《おし》えられて浅瀬《あさせ》とか申《もう》しまする。元《も》と〳〵屈強《くっきょう》の武士《ぶし》を選《えら》んでお遣《つか》わし成《な》さるから分《わか》りません。これは私《わたし》の考《かんが》えまするには、家中《かちゅう》の青年武士《わかざむらい》が辻斬《つじぎ》りに出《で》るのかと心得《こころえ》まする。其処《そこ》へ屈強《くっきょう》の武士《ぶし》が参《まい》りますれば、必《かな》らず恐《おそ》れをなして出《で》て来《こ》ないか、又《また》は恐《おそ》れをなさぬまでも、同《おな》じ城中《じょうちゅう》の者《もの》を斬《き》るのが心苦《こころぐる》しさに木蔭《こかげ》にでも隠《かく》れて居《い》るものと心得《こころえ》まする。私《わたし》にさえ仰《おお》せ付《つ》けられますれば、必《かな》らず取《と》り押《おさ》えてお目《め》にかけまする」聞《き》いたる興基《おきもと》、吾《わ》が子《こ》とはいいながら、大地《だいち》を打《う》つ如《ごと》き英断《えいだん》に、ハッと驚《おど》ろき、興「フム……いかにも其《そ》の義道理《ぎどうり》あり、しからば其方《そのほう》は如何《いか》なる手段《しゅだん》を以《も》ってその実否《じっぴ》を糺《ただ》さんと申《もう》するぞッ」甚「イヤ其《そ》れは申《もう》し上《あ》げますまい。もし仰《おお》せ付《つ》けられますれば宜《よろ》しゅうございますが、それは成《な》らぬと申《もう》されますると、水《みず》の泡《あわ》でござりまする」興「ハッヽヽ其《そ》れもそうだ。されば斯《こ》ういうことにいたせ。表面其方《ひょうめんそのほう》の如《ごと》き少年《しょうねん》に此《こ》の大役《たいやく》を許《ゆる》す事《こと》はできん。けれども内密《ないみつ》なれば差支《さしつか》えはあるまい。兎《と》も角《かく》も出来《でき》る出来《でき》んは暫《しば》らくおき、其方《そのほう》のおもう通《とお》り遣《や》って見《み》ることにいたせ」甚「有難《ありがと》うございまする。さらば何《ど》うか私《わたし》に相良金《あいらきん》兵衛《べえ》、大沢右源太両人《おおざわうげんたりょうにん》を御貸《おか》し下《くだ》さりませ」今三木《いまき》の城中《じょうちゅう》にて武術《ぶじゅつ》の奥儀《おくぎ》に達《たっ》したる相良《あいら》金兵衛《きんべえ》、大沢右源太《おおざわうげんた》は別所家《べっしょけ》の双美《そうび》とさえいわれて居《い》る人間《にんげん》である。興「ヨシッ心得《こころえ》た、しからば其《そ》のおもむき両人《りょうにん》に伝《つた》えるであろう」と秘《ひそ》かに両人《りょうにん》を呼《よ》び寄《よ》せて、委細《いさい》のことを申《もう》し渡《わ》たすに両人《りょうにん》も、余《あま》りのことに茫然《ぼうぜん》としておりますると、甚太郎《じんたろう》は、一膝乗《ひざの》り出《だ》して、甚「さて御両公《ごりょうこう》、最前《さいぜん》も父上《ちちうえ》に申《もう》しましたが、どうも相手《あいて》は城中若武士《じょうちゅうわかざむらい》の悪戯《いたずら》に相違《そうい》ない。よって私《わたし》が町人《ちょうにん》の倅《せがれ》と相成《あいな》り逢魔《おうま》ケ辻《つじ》を通《とお》るということにすれば、必《かな》らず先方《せんぽう》は、自分《われ》を試《た》めさんがために、出《で》てくるに相違《そうい》ない。その時《とき》一刀《とう》に斬《き》って捨《す》てられたれば、最《も》早《は》や私《わたし》に武運《ぶうん》の尽《つ》きたるものとあきらめるより外《ほか》はない。もし首尾《しゅびよ》能く私《わたし》が身《み》を交《か》わしたら、其《そ》の時《とき》こそ物蔭《ものかげ》より現《あら》われ出《い》で取《と》って押《おさ》えることにすれば、必《かなら》ず仕損《しそん》じることはあるまいと思《おも》うが何《ど》うであろう」聞《き》いたる父興基《ちちおきもと》は、身《み》の毛《け》を立《た》てて驚《おど》ろいた。貴賤上下《きせんじょうげ》の区別《くべつ》なく、誰《た》れとて子《こ》を思《おも》わぬ者《もの》がございましょう。ことに其《そ》の身《み》は三木城《きじょう》の老職《ろうしょく》、しかも一人《ひとり》の伜《せがれ》を、左《さ》ながら生死《せいし》の境《さかい》に赴《おも》むかしめる事《こと》が、それが何《ど》うして出来《でき》ましょうか。ただ一言《ごん》の許《もと》に不承知《ふしょうち》を称《とな》えた。興「イヤ、そういう事《こと》は以《もっ》ての外《ほか》だ。たとえ町人《ちょうにん》百姓《しょう》を斬《き》るとはいえども、その身《み》に覚《おぼ》えのない者《もの》ではあるまい。それを僅《わず》かに十才《さい》の其方《そのほう》が、無事《ぶじ》その場《ば》を斬《き》り抜《ぬ》けんとするは、火《ひ》を消《け》さんが為《た》めに油《あぶら》を投《とう》じるよりも危《あや》うきいたし方《かた》、そればかりは相成《あいな》らん」相良金兵衛《あいらきんべえ》、大沢右源太《おおざわうげんた》も、興基《おきもと》の一言《ごん》に同意《どうい》したが、甚太郎《じんたろう》は平気《へいき》なもの、甚「コハ又《ま》た思《おも》いもよらぬ仰《おお》せをうけたまわるもの哉《かな》。虎穴《こけつ》に入《い》らずんば虎《とら》の子《こ》を得《え》ずとは、かねて父上《ちちうえ》の仰《おお》せではござりませぬか。民《たみ》百姓《しょう》は国《くに》の基《もとい》、もし其《そ》れがために甚太郎《じんたろう》が一命《めい》を捨《す》てる事《こと》ありとも、その災《わざわ》いを絶《た》つことが出来《でき》ますれば、それに上越《うえこ》す喜《よろ》こびはござりますまい。何卒《なにとぞ》曲《ま》げて御承知下《ごしょうちくだ》さりますれば有難《ありがと》うござりまする」暫《しば》らく考《かんが》えておりましたる将監興基《しょうげんおきもと》、もとより三木城中《きじょうちゅう》の智恵袋《ちえぶくろ》、忽《たち》まち膝《ひざ》を打《う》って甚太郎《じんたろう》にむかい、興「フム……いかにも許《ゆる》し遣《つか》わそう。吾《わ》が子《こ》ながらも、身《み》を殺《ころ》して仁《じん》をなすという諺《ことわざ》の如《ごと》く、適《あっ》ぱれ感《かん》じいった。イヤ御両所《ごりょうしょ》、ただいまもお聞《き》きの通《とお》りの次第《しだい》ゆえ、もし伜《せがれ》甚太郎《じんたろう》が一身《しん》に関《かか》わることありとも、その本意《ほんい》さえ達《たっ》すればそれにて決《けっ》して犬死《いぬじに》ではござらん。何卒《どうぞ》御両所《ごりょうしょ》にも御《お》ぬかりの無《な》きよう、くれ〴〵も願《ねが》いたい」決然《けつぜん》としていい放《はな》った。甚太郎《じんたろう》の喜《よろこ》びは去《さ》る事《こと》ながら、相良《あいら》、大沢《おおざわ》の両人《りょうにん》も、その決心《けっしん》にホト〳〵感心《かんしん》いたして、両「イヤ、御老職《ごろうしょく》、申《もう》すまでもござりませぬ斯《か》くいう相良《あいら》、大沢両人《おおざわりょうにん》差《さ》し控《ひか》えおりまする中《うち》は腕《うで》のつづく限《かぎ》り甚太郎殿《じんたろうどの》のお身《み》の上《うえ》は、決《けっ》してお気遣《きづか》いなきよう。屹度《きっと》吉《きっ》左右《そう》お聞《き》かせ申《もう》しましょう」ここに甚太郎《じんたろう》とともに、四名《めい》のものは、互《たが》いに前途《ぜんと》を気遣《きづか》いながらも、又《また》一道《どう》の光明《こうみょう》を夢《ゆめ》みて、遂《つ》いにその仕度《したく》にとかかった。かねての言葉《ことば》の如《ごと》く、甚太郎《じんたろう》は丁度町家《ちょうどちょうか》の小者《こもの》が、城中《じょうちゅう》の御用《ごよう》を聞《き》いて行《ゆ》くごとく、その夜《よ》の子《ね》の刻《こく》という時《じ》分《ぶん》、片手《かたて》に徳利《とくり》を提《さ》げて、薙刀草履《なぎなたぞうり》に其《そ》の身《み》を乗《の》せ、表廻《おもてまわ》りをして、ここぞ名高《なだか》き逢魔《おうま》ケ辻《つじ》へと出《で》てきた。後年《こうねん》の後藤又兵衛藤原《ごとうまたべえふじわら》の基次《もとつぐ》、幼名《ようみょう》後藤甚太郎《ごとうじんたろう》、年《とし》わずかに十才《さい》、全身《ぜんしん》これ胆《たん》とでも申《もう》しましょうか、はるか後《うし》ろの方《かた》には相良金兵衛《あいらきんべえ》、大沢右源太《おおざわうげんた》、今宵《こよい》こそその曲者《くせもの》を捕《とら》えて功名《こうみょう》せんと、四方《ほう》八方《ぼう》に心《こころ》を配《くば》り、甚太郎《じんたろう》にも怪我《けが》あらせじと、三尺《じゃく》にも垂々《なんなん》とする豪刀《ごうとう》をよこたえ、甚太郎《じんたろう》の後《あと》を追《お》うて見《み》え隠《がく》れに付《つ》いてきた。逢魔《おうま》が時《とき》の三更《こう》、附近《ふきん》は、シン〳〵として三木《き》の城内《じょうない》、老杉古松《ろうさんこしょう》に鳴《な》く梟《ふくろ》の声《こえ》、堀《ほり》の関口《せきぐち》を流《なが》れ出《い》ずる潺々《せんせん》たる水《みず》の音《おと》、いずれ物静《ものしず》かの種《たね》ならぬはない。甚太郎《じんたろう》は一人《ひとり》トボ〳〵逢魔《おうま》ケ辻《つじ》を行《ゆ》き過《す》ぎんとする。おりしも物蔭《ものかげ》より現《あら》われいでたる電光閃《でんこういなずま》、声《こえ》を立《た》てず三尺《じゃく》の秋水《しゅうすい》は、甚太《じんた》郎《ろう》の肩先《かたさ》きをかすめた……。

◎播州《ばんしゅう》三木落城《きらくじょう》実父戦没《じっぷせんぼつ》

陽炎石火《かげろうせっか》、甚太郎《じんたろう》は、ただ一撃《げき》にその身首《しんしゅ》を異《こと》にしたかと思《おも》いのほか、飛鳥《ひちょう》ものかは二三尺《じゃく》、後《うし》ろの方《かた》へ飛《と》び除《の》いた。最初《さいしょ》の一太刀《たち》に仕損《しそん》じたりと思《おも》いたるか、又《また》もや物蔭《ものかげ》より現《あら》われ出《い》でたる一人《にん》の武者《むしゃ》、ときしも三十日《みそか》の暗《やみ》を破《や》ぶって甚太郎目《じんたろうめ》がけて斬《き》りつける。このとき彼方《あなた》に相良金兵衛《あいらきんべえ》、大沢右源太《おおざわうげんた》、一期《ご》の大事此《だいじこ》の時《とき》にありと、物《もの》をもいわず、忍《しの》び寄《よ》ったるまま、猿臂《えんぴ》を延《の》ばして一人《にん》の利腕《ききうで》取《と》って引担《ひっかつ》いだ。南無《なむ》三、事此処《ことここ》と及《およ》びん是《ぜ》非《ひ》なくも、黒装束《くろしょうぞく》の三名《めい》は、二人《にん》の勇士《ゆうし》を目《め》がけて斬《き》り付《つ》ける。もとより覚悟《かくご》の両人《りょうにん》なり、たちまちの中《うち》にしめて四名《めい》の曲者《くせもの》を取《と》って押《おさ》えて、直《ただ》ちに将監興基《しょうげんおきもと》の屋敷《やしき》にひいた。

種々取調《しゅじゅとりしら》べてみると、果《は》たして甚太郎《じんたろう》の見《み》込《こ》みの通《とお》り、家中若武者《かちゅうわかむしゃ》の悪戯《いたずら》としれた。しかしこれも別《べつ》に普通《ふつう》の悪意《あくい》というではない、君《きみ》に尽《つ》くしたいという予備《よび》の仕業《しわざ》。行《おこな》いは悪《わる》いけれども、治《ち》にいて乱《らん》を忘《わす》れざる微意《びい》の存《そん》することを知《し》ったから、興基《おきもと》の情《なさ》けに依《よ》って、これは秘中《ひちゅう》に葬《ほう》むってしまった。斯《こう》いうことをした若武者《わかざむらい》は、興基《おきもと》の情《なさ》けを厚《あつ》く受《う》けてそれを徳《とく》とした而已《のみ》ならず今度《このた》びの甚太郎《じんたろう》の一条《じょう》を聞《き》いて其《そ》の胆力《たんりょく》におどろいた。サア此事《このこと》が城中《じょうちゅう》に知《し》れ渡《わた》って、誰《た》れ一人《にん》として甚太郎《じんたろう》の智勇《ちゆう》に驚《おど》ろかないものはございません。将来《しょうらい》三木《き》の城主別所山城守《じょうしゅべっしょやましろのかみ》を背負《せお》うて立《た》つものは、甚太郎《じんたろう》をおいて誰《た》れか外《ほか》にあろうぞ。三木《き》の城《しろ》は甚太郎《じんたろう》があって初《はじ》めて全《まっ》たきものであろうとさえ伝《つた》えられた。実《げ》に寸善尺魔《すんぜんしゃくま》の例《たと》えの通《とお》り、山雨来《さんうきた》らんと欲《ほっ》して風楼《かぜろう》に満《み》つ青天《せいてん》の霹靂《へきれき》、織田右大臣信長《おだうだいじんのぶなが》は、秀吉《ひでよし》に命《めい》じて、中国《ちゅうごく》の統《とう》一を計《はか》らんがため、播州《ばんしゅう》三木《き》の城《しろ》に攻《せ》め寄《よ》せたが、このとき三木《き》の城内《じょうない》にあっては、一騎《き》当千《とうせん》の武士《ぶし》必死《ひっし》の勇《ゆう》を奮《ふる》い、なか〳〵防戦手強《ぼうせんてづよ》く到底短兵急《とうていたんぺいきゅう》には打《う》ち滅《ほろ》ぼせる様子《ようす》も見《み》えない。流石《さすが》の羽柴秀吉公《はしばひでよしこう》も窮鼠却《きゅうそかえ》って猫《ねこ》を咬《か》むの勇気《ゆうき》ある三木《き》の城《しろ》には奈何《いかん》ともいたし方無《かたな》く、斯《こ》うなればモウ兵粮攻《ひょうろうぜ》めの外《ほか》いたし方《かた》がないというのでついに三木《き》の城《しろ》を二重《じゅう》三重《じゅう》に追《お》っ取《と》り囲《かこ》んだまま、ここに兵粮攻《ひょうろうぜ》めと相成《あいな》ったが、兵粮攻《ひょうろうぜ》めとなってくると、いかなる猛将勇士《もうしょうゆうし》も仕方《しかた》がない。ことに是《こ》れまで充分《じゅうぶん》に働《はた》らいて城内貯蔵《じょうないちょぞう》の兵粮《ひょうろう》も、大方《おおかた》なくなって居《い》るのだから、ついに城主別所小《じょうしゅべっしょこ》三郎長治《ろうながはる》をはじめ、実弟彦之進《じっていひこのしん》、また此人《このひと》等の伯父《おじ》に当《あ》たる別所山城守《べっしょやましろのかみ》など三十八人《にん》、ここに切迫《せっぱ》つきて所謂城《いわゆるしろ》を枕《まくら》に討死《うちじに》をとげた。ところが其当時家老《そのとうじかろう》の後藤将監《ごとうしょうげん》には、その年《とし》十三才《さい》の春《はる》を迎《むか》えた二子《し》があって、名《な》を甚太郎《じんたろう》、彼《か》の辻斬退治《つじぎりたいじ》で諸人《しょにん》に舌《した》を巻《ま》かした英傑《えいけつ》があった。父将監《ちちしょうげん》はこの血河屍山《けっかしさん》の戦場《せんじょう》にあっても、焼野《やけの》の雉子夜《きぎすよる》の鶴《つる》、自分《じぶん》は主人別所殿《しゅじんべっしょどの》の跡《あと》を慕《した》って冥途黄泉《めいどこうせん》へ赴《おも》むくのであるが、切《せ》めて伜甚太郎《せがれじんたろう》丈《だ》けはどうかして助《たす》けて遣《や》りたいと心得《こころえ》たので、かねて面識有《めんしきあ》る寄手《よせて》の黒田官兵衛孝高《くろだかんべえよしたか》の陣所《じんしょ》にこの甚太郎《じんたろう》を秘《ひそ》かに送《おく》りつけ、万事行末《ばんじゆくすえ》をたのみ置《お》きたるのち、父後藤将監《ちちごとうしょうげん》もこの城中《じょうちゅう》において切腹《せっぷく》の上相果《うえあいは》てた。つづいて城内重立《じょうないおもだ》った者《もの》は、ことごとく討死《うちじに》をとげた。これが天正《てんしょう》八年正月《ねんしょうがつ》十五日《にち》のことだ。しかるに此方黒田孝高《こなたくろだよしたか》は後藤将監《ごとうしょうげん》の頼《たの》みによってさっそく主人羽柴秀吉公《しゅじんはしばひでよしこう》に願《ねが》いをあげ、この甚太郎《じんたろう》を公然自分《こうぜんじぶん》の手許《てもと》において養育《よういく》をいたしている。ところで其《そ》れより三年目《ねんめ》、即《すな》わち十五才《さい》のときに元服《げんぷく》の式《しき》をあげて後藤又兵衛基次《ごとうまたべえもとつぐ》と改名《かいめい》いたさせた。なにしろこの後藤又兵衛《ごとうまたべえ》という人《ひと》は、天《てん》下無双《かむそう》の豪傑《ごうけつ》で、まず加藤清正公《かとうきよまさこう》にも続《つづ》くくらい、また智略《ちりゃく》は真田幸村《さなだゆきむら》にも列《なら》ぶと言《い》う器量人《きりょうじん》だが、何分不運《なにぶんふうん》な人《ひと》であって、この黒田官兵衛孝高《くろだかんべえよしたか》に仕《つか》えた計《ばか》りで、なか〳〵一国《こく》一城《じょう》の城主《あるじ》にも成《な》れなかったが、しかし陪臣《ばいしん》のうちでは随分有名《ずいぶんゆうめい》な人《ひと》であったのだ。ところがこの主君黒田孝高《しゅくんくろだよしたか》も後藤又兵衛《ごとうまたべえ》ほどな豪傑《ごうけつ》が内心《ないしん》はどうでも、その恩《おん》に感《かん》じて表面《うわべ》だけでも主君《しゅくん》として敬《うや》まって居《い》ただけあって、是又《これまた》なか〳〵の英雄《えいゆう》、ことさえあれば豊太閤《ほうたいこう》秀吉公《ひでよしこう》を秘《ひそ》かに亡《な》き者《もの》にいたし、其身《そのみ》天下《てんか》の政権《せいけん》を握《にぎ》らんと、しば〳〵附《つ》け狙《ねら》ってその油《ゆ》断《だん》を見《み》ていたが、なにしろ尾張《おわり》の中村《なかむら》一土民《どみん》より身《み》を起《おこ》して、天下《てんか》の政権《せいけん》を握《にぎ》るくらいの豊太閤《ほうたいこう》だから、なか〳〵その油断《ゆだん》もなく、討《う》つべき好機《おり》もない。孝高《よしたか》はいかにもこれを残《ざん》念《ねん》だと思《おも》っていると、或時豊太閤秀吉公《あるときほうたいこうひでよしこう》は黒田孝高《くろだよしたか》を手許《てもと》に御召《おめ》しとあいなり、太「オヽ孝高《よしたか》、予《よ》がかく天下《てんか》の政権《せいけん》を掌握《しょうあく》したのも、これ皆時勢《みなじせい》の進運《しんうん》にして、彼《か》の明智光秀《あけちみつひで》が主《しゅ》君織田信長公《くんおだのぶながこう》を弑《しい》したてまつり、自《みず》から天下《てんか》の政権《せいけん》を握《にぎ》らんとせしも、時非《ときひ》にして其望《そののぞ》みを達《たっ》する能《あた》わず、予《よ》のために空《むな》しく亡《ほろ》ぼされて逆臣賊子《ぎゃくしんぞくし》の名《な》を残《のこ》した。しかるに予《よ》はおもいも掛《か》けず、それが動機《どうき》となってかく天下《てんか》を掌握《しょうあく》するというは、まったく予《よ》の運《うん》の然《しか》らしむるところで、かくまでとは思《おも》い設《もう》けざりし処《ところ》である。思《おも》い起《おこ》せばわれ若年《じゃくねん》のとき、其望《そののぞ》みというは何《なん》とかして士卒《しそつ》三千人《にん》を使《つか》う程《ほど》の者《もの》になりたいと思《おも》っていた計《ばか》りであるが、今《いま》にして思《おも》えばまことに夢《ゆめ》のごとき心地《ここち》がいたす。其方《そのほう》どもも時運《じうん》さえあれば天下《てんか》を握《にぎ》ることはまことに造作《ぞうさ》もない事《こと》ではあるが、しかし時運《じうん》に叶《かな》わざるときは彼《か》の日向守光秀《ひゅうがのかみみつひで》のごとく、空《むな》しく乱臣賊子《らんしんぞくし》の名《な》を残《のこ》すにすぎず、心《こころ》を注《つ》げねばあいならんぞ」と方今《ただいま》ならば千里眼《りがん》のごとき大活眼《だいかつがん》で、黒田孝高《くろだよしたか》の意中《いちゅう》を見透《みす》かされたるところから、孝高《よしたか》も頭《あたま》から冷水《ひやみず》を浴《あび》せられた様《よう》に感《かん》じ、大《おお》いに恐《おそ》れいって、孝「ハヽッ、まことに恐《おそ》れいります」と口《くち》には綺麗《きれい》にいったが、心《こころ》の中《うち》には舌《した》を巻《ま》いて驚《おど》ろき恐《おそ》れ、孝「このうえからは決《けっ》して主君《しゅくん》に御敵対《おてきたい》はつかまつりません。これ迄《まで》の様《よう》な心底《しんてい》は必《かな》らず改《あら》ためます」と思《おも》ったから、遂々《とうとう》入道《にゅうどう》して黒田如水《くろだじょすい》と改名《かいめい》いたし、子息甲斐守長政《しそくかいのかみながまさ》に跡目《あとめ》をゆずり、其身《そのみ》は隠居《いんきょ》の身分《みぶん》となったが、この如水《じょすい》と申《もう》す名《な》の訳《わけ》は、所謂水《いわゆるみず》は方円《ほうえん》の器《うつわ》に随《した》がうというたとえによって、このうえは秀吉公《ひでよしこう》の器《うつわ》に随《した》がい、生涯天下《しょうがいてんか》を望《のぞ》むごとき野心《やしん》は断《た》ったという意味《いみ》を持《も》たしたものだ。生《う》まれは播磨《はりま》の人《ひと》で、小《ち》さい時《とき》の名《な》は万吉《まんきち》、元服《げんぷく》をして官兵衛《かんべえ》と称《しょう》し遠《とお》く先祖《せんぞ》は佐々木氏《ささきし》の一族《ぞく》だが、父美濃守職隆《ちちみののかみもとたか》とともに小寺政職《こでらまさもと》に仕《つか》えていたが、天正《てんしょう》四年《ねん》はじめて羽柴秀吉《はしばひでよし》に仕《つか》えたのである。しかしながらこの因縁程《いんねんほど》不思議《ふしぎ》なものはない。彼《か》の黒田如水《くろだじょすい》軒《けん》が播州《ばんしゅう》の生《う》まれで遂《つ》いに筑前福岡《ちくぜんふくおか》の城主《じょうしゅ》となり、すなわち本編《ほんぺん》の主人公《しゅじんこう》たる後藤基次《ごとうもとつぐ》も播州《ばんしゅう》より出《い》でて九州《しゅう》に成人《せいじん》する。もっとも此《こ》の黒田如水軒《くろだじょすいけん》という人は当時《とうじ》の人傑《じんけつ》、此《こ》の人《ひと》のことに就《つ》いては随分語《ずいぶんかた》るべきことは沢山《たくさん》であるけれども、ただ本編《ほんぺん》は主《しゅ》として後藤基次《ごとうもとつぐ》に関《かん》することばかりを記載《きさい》することにした。しかるにこの後藤基次《ごとうもとつぐ》は、いよ〳〵今《いま》いうところの黒田如水軒《くろだじょすいけん》、即《すな》わち孝高公《よしたかこう》が入道《にゅうどう》をして、ついにその相続《そうぞく》を子息《しそく》の甲斐守長政公《かいのかみながまさこう》に譲《ゆず》られた。よって相変《あいかわ》らず、二代目《だいめ》の主人《しゅじん》に仕《つか》えて忠勤《ちゅうきん》を尽《つ》くしておったが、しかし此《こ》の時節《じせつ》、すでに其《そ》の英雄《えいゆう》たるべく、豪傑《ごうけつ》たるべき名声《めいせい》は焯々《しゃくしゃく》として昇《あ》がっておった。はやくも一藩《ばん》にその頭角《とうかく》を現《あら》わしておったということは、後年《こうねん》の又兵衛《またべえ》に徴《ちょう》しても、道理《どうり》の次第《しだい》である。不運《ふうん》にして一国《こく》一城《じょう》の主《あるじ》ともあるべき気量《きりょう》をもちながら、陪臣《ばいしん》で暮《く》らして居《お》ったというのは、又兵衛基次本人《またべえもとつぐほんにん》においては、別《べつ》になんともなかったか知《し》らないが、実《じつ》に演者《わたくし》共《ども》から考《かんが》えましても、同情《どうじょう》に堪《た》えられない次第《しだい》である。もっとも当時《とうじ》にあっても黒田家《くろだけ》になくてはならない人物《じんぶつ》の一となって、黒田家《くろだけ》の後藤《ごとう》か、後藤《ごとう》の黒田家《くろだけ》かという様《よう》に、その勢力《せいりょく》というものは、なか〳〵容易《ようい》なることではなかった。しかし当時《とうじ》は漸《よう》やくこれ位《くらい》の名声《めいせい》に止《とど》まっておったが、いよ〳〵後藤又兵衛基次《ごとうまたべえもとつぐ》が、その本能《ほんのう》を発揮《はっき》する、天下《てんか》は等《ひと》しく又兵衛《またべえ》を、英傑《えいけつ》とし、豪傑《ごうけつ》と認《みと》めるに至《いた》ったのは、何時頃《いつごろ》からであるかというと先《ま》ず朝鮮征伐前後《ちょうせんせいばつぜんご》の事《こと》である。

◎主君《しゅくん》に従《した》がって朝鮮出陣《ちょうせんしゅつじん》

彼《か》の秀吉公《ひでよしこう》、絶大《ぜつだい》の雄心《ゆうしん》を抱《いだ》いて三韓《かん》の地《ち》を併呑《へいどん》せんとする時《とき》において初《はじ》めて基次《もとつぐ》の基《もと》次《つぐ》たるべきことが、最《もっと》も社会《しゃかい》に知《し》られたる時代《じだい》である。いう迄《まで》もなく此《こ》の朝鮮《ちょうせん》という国《くに》は、往古《おうこ》から吾《わ》が日《ひ》の出《い》ずる国《くに》とは、もっとも密接《みっせつ》の関係《かんけい》があって、すでに元始《げんし》の時代《じだい》から朝貢《ちょうこう》ということをしておった、ということは歴史《れきし》に徴《ちょう》しても明瞭《めいりょう》なる次第《しだい》である。そのころ早《は》やくも日本国《にほんこく》はこの三韓《かん》をもって吾《わ》が属国《ぞっこく》のごとくに考《かんが》えておったが又翻《またひるが》えって彼《か》の国《くに》では日本《にほん》を自分《じぶん》の附随《ふずい》一の領土《りょうど》と思《おも》っておった時代《じだい》があった。いかにも交通《こうつう》の開《ひら》けない元始《げんし》の時代《じだい》には、こういう思《おも》い違《ちが》いというものは、ただ日本《にほん》と朝鮮《ちょうせん》との関係而已《かんけいのみ》ではない。西洋《せいよう》にもその例《ため》しが沢山《たくさん》にある。そののち或《あ》る時期《じき》と星霜《せいそう》とをへて、双方《そうほう》の意志《いし》の疎《そ》通《つう》しないために、できたる騒動《そうどう》、すなわち国際的《こくさいてき》の争《あらそ》いというものは、沢山《たくさん》にあるが、筑《ちく》前千代《ぜんちよ》の松原《まつばら》において、北条時宗《ほうじょうときむね》は一挙《きょ》に元《げん》の兵力数《へいりょくすう》千万《まん》を亡《ほろ》ぼしたのも、その原因《げんいん》はかかる関係《かんけい》より生《しょう》じたる時《とき》でございまする。しかし詳《くわ》しきことは、太閤記《たいこうき》なぞというものがありますから別《べつ》に申《もう》しあげない。近《ちか》く日清《にっしん》の戦争《いくさ》だとか、日露《にちろ》の戦争《いくさ》だとかいうものは、いかなることで起《おこ》ったかという事《こと》を御考《おかんが》えになれば直《ただ》ちに合点《がってん》の行《ゆ》くことである。ここに今《いま》も申《もう》したる通《とお》り、豊太閤秀吉《ほうたいこうひでよし》は、往古《おうこ》に遡《さか》のぼって、飽《あく》まで日本《にほん》の属国《ぞっこく》たる可《べ》き三韓《かん》、すなわち新羅《しらぎ》、高麗《こま》、百済《くだら》の国《くに》よりは、飽《あく》まで朝貢《ちょうこう》を献《けん》じさせねば国辱《こくじょく》であるとまで考《かんが》えたに相違《そうい》ない。天下《てんか》は秀吉《ひでよし》の一挙手《きょしゅ》一投足《とうそく》のごとく思《おも》うてなさざるなく、成《な》して成《な》らざるなき余勢《よせい》をもって、三韓《かん》の意見《いけん》を問《と》うたが、三韓《かん》も去《さ》るもの、頑《がん》として応《おう》じない。千古《せんこ》の傑物秀吉公《けつぶつひでよしこう》は、ヨシそれなれば、直《ただ》ちに神国《しんこく》の武威《ぶい》を知《し》らしめて、武力《ぶりょく》によって服従《ふくじゅう》せしめようという。軍《ぐん》に秩序《ちつじょ》はありと雖《いえ》ども、いわば井蛙《いけい》の兵《へい》、後《うし》ろに支那《しな》四百余州《よしゅう》を控《ひか》えたる鶏林《けいりん》八道《どう》を斬《き》り従《した》がえ様《よう》とする。思《おも》えば大胆《だいたん》千万《ばん》のことである。其処《そこ》でいよ〳〵三韓征《かんせい》伐《ばつ》という事《こと》になったる時分《じぶん》に諸国《しょこく》の大名《だいみょう》を以《も》ってその部属《ぶぞく》を定《さだ》めた。すなわち何藩《なにはん》は誰《た》れをもって任《にん》じ、どの部属《ぶぞく》は何藩《なにはん》を以《も》ってそれに当《あ》てるという。そのとき主《しゅ》としてその任《にん》に当《あ》たったものは西国方《さいこくがた》の大名《だいみょう》であった。種々《しゅじゅ》評議《ひょうぎ》の末《すえ》、秀吉公《ひでよしこう》は、浪華《なにわ》を発《はっ》して、海路恙《かいろつつが》なく諸軍《しょぐん》を従《した》がえて、肥前《ひぜん》の名護屋《なごや》に御着船《ごちゃくせん》、翌《よく》二十三日《にち》御上陸《ごじょうりく》、諸大名《しょだいみょう》の面々《めんめん》は列《れつ》を正《ただ》してお出迎《でむか》え申《もう》しあげた。かくて其翌日《そのよくじつ》二十四日《か》、朝鮮征伐《ちょうせんせいばつ》の大軍《たいぐん》は当地《とうち》を出船《しゅっせん》と言《い》うことになったから、貝鉦太鼓《かいがねたいこ》の音凄《おとすさ》まじく、海上数里《かいじょうすうり》の間寸海《あいだすんかい》を見《み》ずというありさまで沢山《たくさん》の軍船《いくさぶね》、まず先備《せんび》戦《たた》かい大将《たいしょう》といたしては、肥後国飽田郡熊本《ひごのくにあくたごおりくまもと》の城主《じょうしゅ》加藤主計頭清正《かとうかずえのかみきよまさ》、此《この》方《かた》は今回朝鮮征伐《こんかいちょうせんせいばつ》について国名《こくめい》を下《くだ》しおかれ、主計頭《かずえのかみ》を改《あら》ためて肥後守清正公《ひごのかみきよまさこう》となられた。まず先手教導役《せんてきょうどうやく》としては同国宇土《どうこくうど》の城主《じょうしゅ》小西摂津守行長《こにしせっつのかみゆきなが》、船奉行《ふなぶぎょう》といたしては加藤左《かとうさ》馬之介嘉明《まのすけよしあき》、また御目附役《おめつけやく》には竹中伯耆守《たけなかほうきのかみ》、能谷内蔵之助《くまがえくらのすけ》、福原左馬之介《ふくはらさまのすけ》のめん〳〵、此《この》手《て》にしたがう四国《こく》九州《しゅう》の大名《だいみょう》のうちにて重立《おもだ》ったるものは長曾我部元親《ちょうそかべもとちか》、細川越中守《ほそかわえっちゅうのかみ》、池《いけ》田《だ》三左衛門輝政《ざえもんてるまさ》、島津兵庫頭義広《しまづひょうごのかみよしひろ》、毛利右馬頭輝元《もうりうまのかみてるもと》、吉川駿河守《きっかわするがのかみ》、小早川左衛門尉隆景《こばやかわさえもんのじょうたかかげ》、立花左近将監《たちばなさこんしょうげん》、菊地山城守《きくちやましろのかみ》、龍造寺筑後守《りゅうぞうじちくごのかみ》、松城尾張守《まつしろおわりのかみ》、熊本小《くまもとこ》十郎《ろう》、浅野弾正大弼《あさのだんじょうだいひつ》、志《し》岐林専《きりんせん》、野々平伊豆守《ののひらいずのかみ》、宗対馬守《そうつしまのかみ》、黒田甲斐守《くろだかいのかみ》、筒井伊賀守《つついいがのかみ》、前田肥前守《まえだひぜんのかみ》、大友豊後守《おおともぶんごのかみ》、これ等《ら》の大名《だいみょう》に指揮《しき》をくだす御軍代《ごぐんだい》としてはそのころ備前岡山《びぜんおかやま》の城主御高《じょうしゅおんたか》五十万石《まんごく》浮田中《うきたちゅう》納言秀家《なごんひでいえ》、太閤殿下《たいこうでんか》の御名代《ごみょうだい》として金《きん》の千成瓢《なりびょう》の馬印《うまじるし》、青黄赤白黒《せいおうしゃくびゃくこく》五色《しき》の吹貫《ふきぬき》、五三の桐《きり》の御旗《みはた》、これを預《あず》かりいよ〳〵殿下《でんか》に御別《おわか》れをつげて壱岐国勝本《いきのくにかつもと》よりはな〴〵しく出船《しゅっせん》をいたした。その兵総《へいす》べて十四万《まん》、軍船《ぐんせん》は蒼々《そうそう》たる海上《かいじょう》を長蛇《ちょうだ》のごとく列《つら》なって、ブー〳〵

ドン〳〵ガン〳〵ッ貝鉦太鼓《かいがねたいこ》の音《おと》は水上《すいじょう》に響《ひび》いていさましく、船々《ふねふね》に立《た》てられたる旗差《はたさし》物《もの》、吹抜《ふきぬ》きは海風《かいふう》に翩翻《へんぽん》とひるがえって旭《あさひ》の光《ひか》り輝《て》り添《そ》い、海神《かいじん》も為《た》めに胆《きも》を潰《つぶ》しそうなありさま、尤《もっと》も此軍勢《このぐんぜい》は右手《めて》の先鋒《せんぽう》として小西摂津守行長《こにしせっつのかみゆきなが》、左手《ゆんで》の先鋒《せんぽう》には加藤肥後守清《かとうひごのかみきよ》正公《まさこう》がうけたまわったが、此時黒田甲斐守長政公《このときくろだかいのかみながまさこう》は、左《ひだ》りの先鋒加藤清正《せんぽうかとうきよまさ》に従《した》がって黒田《くろだ》家《け》八虎《こ》の勇士《ゆうし》と呼《よ》ばれたる後藤又兵衛《ごとうまたべえ》、母里太兵衛《もりたへえ》其他《そのた》の家来《けらい》を従《した》がえ、勇《いさ》ましくも日本《にほん》国《こく》を御出船《ごしゅっせん》に成《な》った。処《ところ》が此時右手先鋒《このときみぎてせんぽう》を承《うけたまわ》ったる小西摂津守行長《こにしせっつのかみゆきなが》は、宗対馬守《そうつしまのかみ》と謀《はか》って予《かね》て自分《じぶん》が目《め》の上《うえ》の瘤《こぶ》と思《おも》う加藤清正公《かとうきよまさこう》を亡《な》き者《もの》にせんと、海上《かいじょう》の案内《あんない》を委《くわ》しくする立《たて》野権太夫《のごんだいふ》と言《い》う者《もの》を自分《じぶん》の船《ふね》に乗《の》らせ、加藤清正《かとうきよまさ》の軍船《ぐんせん》には充分海上《じゅうぶんかいじょう》の案内知《あんないし》らぬ者《もの》を乗《の》せて、自分《じぶん》は風雨《ふうう》に乗船《じょうせん》せしめて、この機《き》に乗《じょう》じて、加藤肥後守清正公《かとうひごのかみきよまさこう》を亡《な》き者《もの》にせんとする。もっともこれに就《つ》いては、別《べつ》に小西摂津守《こにしせっつのかみ》と、加藤清正《かとうきよまさ》とのあいだにはある事情《じじょう》があったに違《ちが》いないのだが、これとても、清廉《せいれん》たる肥後守《ひごのかみ》には決《けっ》して悪《わる》いことはない。まずいってみると、摂津守《せっつのかみ》にこそ十分《ぶん》の悪事《あくじ》がある。しかしそんなことは知《し》らないから遂《つ》いに逆巻《さかま》く怒濤《どとう》を物《もの》ともせずに、本土《ほんど》を出発《しゅっぱつ》して万帆《ばんぽ》に風《かぜ》をはらんで、三韓《かん》をさして押《お》し寄《よ》せた。ところがいまもいった通《とお》り、総大将《そうだいしょう》たるべき浮田中納言秀家《うきたちゅうなごんひでいえ》においては、先隊《せんたい》として着《つ》いたる小西摂津《こにしせっつ》に、清正《きよまさ》の着不着《ちゃくふちゃく》という事《こと》を問《と》うたが、もとより腹《はら》に一物《もつ》ある行長《ゆきなが》はこれをしらんと答《こた》えた。そこで秀家《ひでいえ》は、秀「イヤそういう筈《はず》はない、必《かな》らず清正《きよまさ》はこの地《ち》に着《ちゃく》いたしている筈《はず》であるから、よく取調《とりしら》べをしてみるよう」というのであるけれども、行長《ゆきなが》は頑《がん》として聞《き》かない。その時《とき》に流石《さすが》の秀家公《ひでいえこう》も教導役《きょうどうやく》となっている清正公《きよまさこう》が居《い》ないからと、躊躇《ちゅうちょ》をしているけれども、行長《ゆきなが》は、行「こうして大切《たいせつ》なる大軍《たいぐん》を控《ひか》えて、只《た》だ一人《にん》の清正公《きよまさこう》のために、グズ〳〵していることは出来《でき》んから、兎《と》も角《かく》も、東萊《とうらい》まで進軍《しんぐん》がねがいたい。およばずながら自分《じぶん》が先導《せんどう》いたしまする」とある。秀家公《ひでいえこう》も、一理《り》あるから、遂《つ》いに軍《ぐん》は東萊《とうらい》に進《すす》んだ。しかるに加藤《かとう》の軍勢《ぐんぜい》は一人《にん》として出《で》て来《こ》ない。このとき秀《ひで》家《いえ》は、浮「時《とき》に諸将方《しょしょうがた》、摂津殿《せっつどの》のいわるるには、ここから道《みち》が二手《て》に分《わ》かれているから行《ゆ》くさき〴〵は非常《ひじょう》に困難《こんなん》であるよし、よって難風《なんぷう》のために沈没《ちんぼつ》してしまったかどうか分《わ》からない清正公《きよまさこう》を待《ま》つということはどうも迂遠《うえん》なことである。よって仮《か》りに摂津守《せっつのかみ》を先備《せんび》の戦《たたか》い大将《たいしょう》として進軍《しんぐん》することにしては如何《いかが》であろう」と御協議《ごきょうぎ》のあった時分《じぶん》に、おの〳〵その意見《いけん》を述《の》べる、ところが中《なか》にも、◯「イヤそれは能《よ》くござるまい。われ〳〵最初本土《さいしょほんど》を出発《しゅっぱつ》する時分《じぶん》に既《す》でに加藤殿《かとうどの》を以《も》って教導役《きょうどうやく》と存《ぞん》じて出《で》てきたその人《ひと》が難風《なんぷう》のために死《し》んでしまったのなら仕方《しかた》がないが、いまにどうとも分《わ》からない時《じき》に濫《みだ》りにそういう軽挙《けいきょ》が出来《でき》ない。暫時《ざんじ》その吉左右《きっそう》を待《ま》つことにしよう」ということに一致《ち》した。ところが秀家公《ひでいえこう》も、浮「如何《いか》にもそれは道理《どうり》である。しかし生死《せいし》の分《わ》からぬものをいつまでも待《ま》つことはできまい」という。諸大名《しょだいみょう》の面々《めんめん》も、いかにもそれも道理《どうり》ではあるとおもっても、どうも小西《こにし》のような臆病者《おくびょうもの》に先陣《せんじん》を許《ゆる》すということはおもしろくないと、ただ無言《むごん》のままに控《ひか》えておると、おりしもそこに控《ひか》えたるは、これなん黒田甲斐守長政《くろだかいのかみながまさ》、一膝席《ひざせき》をのりだして、長「イヤ黒田甲斐《くろだかい》そのことについて意見《いけん》がござる。いかにもお言葉《ことば》には一理《り》ござるが、いよ〱加藤教導役《かとうきょうどうやく》が死去《しきょ》せしとすれば是非《ぜひ》ないが、そうでないのに、かりにも太閤殿下《たいこうでんか》よりお命《めい》じになったる大役《たいやく》を変更《へんこう》することは能《よ》くござるまい。よって斯《こ》ういたそう、いよ〱何《ど》うなったかということを取調《とりしら》べをしたら、いかがでござる」秀「フム……それは道理《どうり》であるが、どうして取調《とりしら》べをいたしたるものでござろう」長「さればでござる、それは拙者《せっしゃ》の家来後藤又兵衛基次《けらいごとうまたべえもとつぐ》というものに取調《とりしら》べをいたさせましょう。自分《じぶん》の家来《けらい》を自慢《じまん》するではないが、彼《か》れ又兵衛《またべえ》はあまねく和漢《わかん》の学《がく》に精通《せいつう》し、ことに天文地理《てんもんちり》に明《あか》るし。よって彼《か》れに天文《てんもん》のようすを測《はか》らしめたなれば、肥後殿《ひごどの》いよ〱如何《いか》なる運命《うんめい》になったか十分《じゅうぶん》に相判《あいわ》かる事《こと》と存《ぞん》ずる。依《よ》って又兵衛《またべえ》を呼《よ》びいだし、彼《か》れにその天文《てんもん》を測《はか》らしめ、肥後殿《ひごどの》存命《ぞんめい》と決定《きま》ればその着船《ちゃくせん》を待《ま》ち、若《も》し死去《しきょ》いたせしなれば、このうえは是非《ぜひ》におよばん、そのうえあらためて協議《きょうぎ》をいたすとするもけっして遅《おそ》くはあるまいと、こころえまする」

「フム……こりゃア面白《おもしろ》い、然《し》からばそういうことにいたそう」と一座《ざ》を見《み》わたしますると、別《べつ》に異見《いけん》もないようだから、ついに衆議《しゅうぎ》一決《けつ》という事《こと》にて、ここに俊傑又兵衛《しゅんけつまたべえ》は陪臣《ばいしん》の身《み》をもって、この重大《じゅうだい》なる席上《せきじょう》に列《れつ》することとなった。

◎加藤《かとう》の生死天文観測《せいしてんもんかんそく》

ときに又兵衛《またべえ》は未《ま》だようやく二十才《さい》の若武者《わかむしゃ》にして、既《すで》にこの大軍中《たいぐんちゅう》において一異彩《いさい》を放《はな》って居《お》ったというのは、実《じつ》に異数《いすう》といわねばなりますまい。此処《ここ》に基次其《もとつぐそ》の日《ひ》の出《い》で立《た》ちは、紺糸縅《こんいとおどし》の大鎧《おおよろい》にしかも三尺有余《じゃくゆうよ》の軍刀《ぐんとう》を横《よこ》たえ、黒田家《くろだけ》における、八虎随《こずい》一の勇士《ゆうし》なるがゆえに、その勇気《ゆうき》は、凛々《りんりん》として四辺《あたり》をはらうばかりのありさま。予《か》ねて御主君大《ごしゅくんおお》評定《ひょうじょう》の結果《けっか》いかがあらんやと、臣下《しんか》の分《ぶん》としてその席《せき》に列《れつ》することはできないが、お次《つ》ぎに控《ひか》えて居《お》りますると甲斐守殿《かいのかみどの》は大音上《だいおんじょう》に、「アイヤ、後藤又兵衛《ごとうまたべえ》ッ……」ツカ〳〵ッ……とそれへ出《で》てまいりましたる又兵衛《またべえ》、又「ハッ……基次御前《もとつぐごぜん》に控《ひか》えおりまする。なにか御用致《ごよういた》し候《そろ》かッ……」長「フム、その方《ほう》をこれへ呼《よ》び出《いだ》したるは外《ほか》のことでもない。われ〳〵かねて日本出船《にほんしゅっせん》より、当《とう》三韓《かん》の地《ち》に戦《いく》さを起《お》こすにあいなったるは、ひとえに豊《ほう》太閤殿下《たいこうでんか》のお志《こころざ》しとはいいながら、その教導役《きょうどうやく》として加藤肥後殿《かとうひごどの》を総大将《そうだいしょう》とおっしゃったることは、もうし聞《き》けたる通《とお》りである。しかるに今般当地上陸《こんぱんとうちじょうりく》の節《せつ》より、加藤《かとう》の軍勢《ぐんぜい》はさらにその在跡判明《ありかはんめい》せず、知《し》るとおり海上風波《かいじょうふうは》激《はげ》しかりしゆえ、いかなることにて難船《なんせん》いたさんとも計《はか》り難《がた》いが、しかしそれとも一時《じ》いずれへか避難《ひなん》いたしたるものかも相判《あいわ》からん。よってその方《ほう》は天文地理《てんもんちり》に詳《くわ》しきもののゆえ、その方法《ほうほう》をもって一応《おう》清正公《きよまさこう》の安否《あんぴ》のほどを取調《とりしら》べ呉《く》れる様《よう》」又「ハヽア畏《かしこ》まりたてまつりまする」浮「オヽそのほうは又兵衛《またべえ》か。いまもうする通《とお》りの次第《しだい》であるから、何卒《なにと》ぞ一時《とき》もはやく調《しら》べてくれえ」又「ハッ承知《しょうち》いたしました」△「コリャ又兵衛《またべえ》、何《ど》うか頼《たの》むぞ」○「頼《たの》むぞ後藤《ごとう》……」□「コリャ又兵衛《またべえ》……」と彼方《あちら》からも此方《こちら》からも後藤《ごとう》〳〵、あるいは又兵衛《またべえ》〳〵とワイ〳〵ワイ〳〵声《こえ》を掛《か》ける。スルと後藤又兵衛《ごとうまたべえ》はなにか暫《しば》らく考《かんが》えておりましたが、又「アヽいずれも方《がた》暫《しば》らくどうかお待《ま》ちをねがいます。折角貴郎方《せっかくあなたがた》の御頼《おたの》みでございまするが、これは私《わたし》よりお断《こと》わりをもうしあげます。どうか悪《あ》しからず……」と意外《いがい》の言葉《ことば》を聞《き》きとがめた浮田秀家《うきたひでいえ》、浮「なに後藤《ごとう》、其方《そのほう》は天文《てんもん》を観《み》るのをことわるというのか。ただいま承知《しょうち》したといって置《お》きながら、どういうわけで断《こと》わると言《い》うのか、なぜ天文《てんもん》を観《み》ることができぬ」又「イヤ決《けっ》して天文《てんもん》を観《み》ることが出来《でき》ないというのではございません。天文《てんもん》は観測《かんが》えたらわかります。しかし私《わたくし》は御承知《ごしょうち》の通《とう》り黒田公《くろだこう》に従《した》がい戦場《せんじょう》において槍《やり》を取《と》り、敵地《てきち》へのりこんでの働《はた》らきなればこれ君《きみ》への御奉公《ごほうこう》、なにも敢《あ》えてこのところにおいて各々方《おのおのがた》の御頼《おたの》みだからと言《い》って、天文《てんもん》ばかりを観《み》ると言《い》う訳《わけ》には相成《あいな》りません。そのうえ如何《いか》に拙者《せっしゃ》が陪臣《ばいしん》だからともうして、コリャ又兵衛《またべえ》天文《てんもん》を観《み》ろ、ヤイ後藤《ごとう》、ソレ又兵衛《またべえ》とそう貴郎方《あなたがた》が沢山《たくさん》そうに呼《よ》び捨《す》てになさるとは何事《なにごと》でござる。しかし強《た》って清正公《きよまさこう》の生死《せいし》の程《ほど》を御存《ごぞん》じありたいとならば、貴郎方《あなたがた》は下坐《しもざ》に下《さが》って拙者《せっしゃ》を上座《じょうざ》に直《なお》し、礼儀《れいぎ》を正《ただ》し頭《あたま》をさげ、どうぞ黒田《くろだ》の御家臣後藤又兵衛殿《ごかしんごとうまたべえどの》、折《お》りいって其許《そのもと》にお願《ねが》いもうすというのは、吾々《われわれ》愚昧《ぐまい》にして天文《てんもん》地理《ちり》を知《し》ることができない、貴殿《きでん》は天文《てんもん》を見《み》ることには天晴《あっぱ》れ御熟達《ごじゅくたつ》の方《かた》ということをうけたまわった、何《ど》うぞわれ〳〵かくの通《とお》り頭《かしら》をさげてお頼《たの》みもうすから、一応加藤氏《おうかとううじ》の生《せい》死《し》の程《ほど》を天文《てんもん》によって観《み》て頂《いただ》きたいと、何故《なぜ》叮嚀《ていねい》にお頼《たの》みなさらぬ。各々方《おのおのがた》に頼《たの》まれれば仕方《しかた》がない、観《み》てお進《あ》げ申《もう》さぬこともないが、サモないときには、平《ひら》にお断《こと》わりもうす」大勢《おおぜい》の大名方《だいみょうがた》はたがいに顔《かお》と顔《かお》を見合《みあわ》せて、甲「オヤ〳〵又兵衛《またべえ》奴《め》、とんでもないところにつけ込《こ》みアがって」乙「仕方《しかた》がない、そこが所謂何《いわゆるなん》とかやらは賺《たら》しづかいということがござるから、此処《ここ》は一番《ばん》吾々《われわれ》共《ども》頭《かしら》を下《さ》げて頼《たの》んでみよう」とみなヒソ〳〵といい合《あわ》して、残念《ざんねん》ながら下坐《しもざ》に下《さが》り頭《かしら》を下《さ》げて、皆「ハヽッ、黒田《くろだ》の御家来《ごけらい》後藤又兵衛殿《ごとうまたべえどの》」又「オウ何《なん》だナ」皆「オイ然《そ》う豪《えら》そうにいうな……われ〳〵は不才《ふさい》にして天文地理《てんもんちり》の学《がく》に暗《くら》く、どうも加藤氏《かとううじ》が目下存命《もっかぞんめい》しているか、将《はた》またなくなられたのであるか、其生死《そのせいし》の程《ほど》が相《あい》わからぬ。なにとぞ其許《そのもと》の御器量《ごきりょう》をもってこの生死《せいし》いかんを測《はか》って貰《もら》いたい。この義折《ぎお》りいってわれ〳〵一同《どう》よりお頼《たの》みもうす」又「ウム、しからば貴様達《きさまたち》はこの後藤大先生《ごとうだいせんせい》に天文《てんもん》を観《み》て貰《もら》いたいというのか」皆「オヤ〳〵酷《ひど》いことをいうではないか、大先生《だいせんせい》だとさ……アヽさようでござる」又「ウム、頼《たの》めば観《み》てつかわす。御《ご》一同《どう》の大名方《だいみょうがた》はこの後藤《ごとう》に頼《たの》むとおっしゃるのだナ」皆「ハッ、その通《とお》りでござる」又「イヤ〳〵お見受《みう》けもうすところ一同《どう》一致《ち》とはどうも見留《みと》めがたい、なかには拗《す》ねている方々《かたがた》もあるようにおもわれる」皆

「イヤ〱決《けっ》してそんなものはない筈《はず》で……」又「無《な》いことはござらぬ。あの向《むこ》うの三番《ばん》目《め》、黒田甲斐守長政《くろだかいのかみながまさ》は頭《かしら》を下《さ》げずしてただ此方《こちら》を睨《にら》んで居《い》るぞ」このとき甲斐守長政公《かいのかみながまさこう》、長「黙止《だま》れッ又兵衛《またべえ》、拙者《せっしゃ》は其方《そのほう》の主人《しゅじん》であるぞ」又「それは折角《せっかく》ながら御前私事《ごぜんわたくしごと》でございます。今日《きょう》は拙者頼《せっしゃたの》まれて天文《てんもん》を観《み》るにたとえ主従《しゅじゅう》の間柄《あいだがら》でも、下坐《しもざ》にさがって頭《かしら》をさげて、後藤又兵衛先生《ごとうまたべえせんせい》お頼《たの》みもうすとなぜおっしゃらぬ」聞《き》きかねた浮田秀家《うきたひでいえ》、浮「オイ〱黒田氏《くろだうじ》、何《ど》うぞお手前《てまえ》もわれ〱同様頭《どうようかしら》を下《さ》げて呉《く》れんければ、ここの結局《おさまり》が着《つ》かぬでは無《な》いか」長「デモ、あまりともうせば主人《しゅじん》に対《たい》して……」浮「マア〱そこのところを一つ曲《ま》げて頭《かしら》を下《さ》げてくれたまえ」甚《ひど》いことをいやアがると思《おも》いながら、黒田甲斐守《くろだかいのかみ》、仕方《しかた》がないから頭《かしら》を少《すこ》しさげて、長「いかに後藤先生《ごとうせんせい》」又「何《なん》だ長政《ながまさ》」長「コリャまだあんなことを申《もう》して居《い》る」浮「マア〱よろしい、そこを一つまげて後藤《ごとう》に頼《たの》みたまえ」長「どうか後藤先生《ごとうせんせい》、加藤氏生死《かとううじせいし》の件《けん》につき天文《てんもん》をもってお測《はか》りください」又「ウム、其方《そのほう》ども一同頼《どうたの》むとあればこよい此方《このほう》が見《み》てとらせる。しかしこの天文《てんもん》というものは、大体《だいたい》その気《き》を養《やしな》い、こころを沈《しず》め、なるだけ精神《せいしん》をやわらげたる上《うえ》で無《な》いと判然《はんぜん》わかるものではない。それにつき猶《なお》よほど観《み》る時刻《じこく》までは間《あいだ》がある。とも角《かく》も酒肴《さけさかな》の用意《ようい》をいたしてこれへ持《も》ってまいれ、五升計《しょうばか》りで宜《よ》いぞ」大勢《おおぜい》の大名《だいみょう》も驚《おど》ろいた。後藤《ごとう》という男《おとこ》は人《ひと》の悪《わる》いやツだ。いろ〳〵なことを付《つ》けこんで居《い》るとおもいながら、今更《いまさら》いたし方《かた》がない。やがてのことにそれへ酒肴《さけさかな》を用意《ようい》してもち出《だ》した。スルと後藤又兵衛《ごとうまたべえ》は正面《しょうめん》に大踞坐《おおあぐら》をかいて、大杯《おおさかずき》でグイ〳〵と飲《の》みはじめた。又「アヽ誰《た》れか大名《だいみょう》の中《うち》二三人《にん》、これへまいって酌《しゃく》を致《いた》せ」いわしておけば無礼《ぶれい》なことをもうすと、大勢《おおぜい》の大名《だいみょう》も閉口《へいこう》してしまったが、その内《うち》に又兵衛《またべえ》はおおきな声《こえ》で威張《いば》りたおしながら、充分《じゅうぶん》に酔《よい》がまわったと見《み》えて、グー〳〵鼾《いびき》をかいて大《だい》の字《じ》なりにそこへ寝込《ねこ》んでしまった。△「何《ど》うも甚《ひど》い奴《やっ》ツだ。どうだモウ大分《だいぶん》寝《ね》たから一つ起《おこ》して見様《みよう》か……コレ後藤《ごとう》、コリャ又兵衛《またべえ》〳〵」と呼《よ》び起《おこ》されて眼《め》を覚《さ》ました後藤又兵衛《ごとうまたべえ》、又「コリャ誰《た》れだ、其方《そのほう》は天文博士《てんもんはかせ》を捉《とら》えて又兵衛《またべえ》〳〵とは何《なん》だ」△「コレ後藤《ごとう》、いい加減《かげん》に威張《いば》って置《お》け、モウ夜半時分《よなかじぶん》ではないか」又「知《し》っている、天文《てんもん》を測《はか》るには夜《よ》の引明《ひきあ》けにかぎるのだ。不用事《いらんこと》を申《もう》すナ」△「そんなことをいわないで、はやく観《み》てくれ。それでないと安神《あんしん》がならぬから……」又「ウン、それじゃア観《み》てつかわす」とそこでようやく大勢《おおぜい》をつれて高楼《たかどの》へ出《で》て参《まい》り、ジッと天体星辰《てんたいほし》のようすを観《み》て居《お》りましたが、又兵衛《またべえ》は大抵《たいてい》なことは一寸見《ちょっとみ》ればわかっておりますけれども、これをはやくわかったといえば自分《じぶん》が威張《いば》ることができないとおもったので、彼方此方《あなたこなた》を頻《しき》りに眺《なが》めている。又「ハヽア、まだ充分《じゅうぶん》にわからぬぞ。どうも夜《よ》のひき明《あ》けでないと判然《はっきり》せぬナ」△「酷《ひど》いことをいう奴《やつ》があるものだ。何《ど》うぞ一つはやく観《み》てくれ」そのうちにどうやら斯《こ》うやら夜《よ》の丑《やつ》刻過《す》ぎの頃《ころ》おい、たしかに星辰《ほし》のようすを見《み》さだめたる又兵衛基次《またべえもとつぐ》、又「アヽようやく相《あい》わかりました」皆「どうだ」又「全《まった》く清正殿《きよまさどの》においては存命《ぞんめい》でございまするナ」皆「なに、しからば清正殿《きよまさどの》には存命《ぞんめい》いたしいらるるとな」又「ハイ、さようでございまする。よほど苦心《くしん》をいたされたものと見《み》えて、星辰《ほし》に少々《しょうしょう》の障《さわ》りありといえども、まずただいまより三日《か》ばかり経《た》ちましたら、加藤殿《かとうどの》は無事《ぶじ》にこの地《ち》へ御到着《ごとうちゃく》にあいなります」と断然《だんぜん》としていいきった。大勢《おおぜい》の大名《だいみょう》の連中《れんちゅう》は此《こ》の生死《せいし》のほどを又兵衛《またべえ》にいわそうと思《おも》い、みなく残念《ざんねん》ながら頭《かしら》をさげて居《お》りましたが、サア此《この》ことがわかって仕舞《しま》うというと、皆「コリヤ、又兵衛《またべえ》、大《おお》きに御苦労《ごくろう》であった」甲「アヽ又兵衛《またべえ》、どうも御苦労《ごくろう》」乙「コリヤ後藤《ごとう》……」丙「アヽ又兵衛《またべえ》……」あっちからも、こっちからも後藤《ごとう》く、又兵衛《またべえ》くとしきりにいいだした。後藤又兵衛《ごとうまたべえ》は、又「オヤしまった、こんなことならモウ半日《はんにち》もひっぱって遣《や》ったらよかったに」と思《おも》っている。ところが第《だい》一主人《しゅじん》の黒田甲斐守《くろだかいのかみ》、長「オヽコリヤ後《ご》藤又兵衛《とうまたべえ》、用事《ようじ》はすんだ。陣中《じんちゅう》に退《さが》って休息《きゅうそく》をいたせ。疾《はや》く退《さが》れ又兵衛《またべえ》」と先刻《せんこく》の竹篦《しっぺい》がえしにやられたが、何《ど》うもいたし方《かた》がないから又兵衛《またべえ》もそれなりでわが陣所《じんしょ》へ引《ひき》とって来《く》る。諸大名《しょだいみょう》の面々《めんめん》も、皆「しかし後藤《ごとう》が天文《てんもん》を見《み》たことであるから、ヨモヤいつわりはあるまい。マア〳〵三日《か》許《ばか》りはこの評定《ひょうじょう》を延期《えんき》するがよかろう」と有《あ》って、茲《ここ》に加藤勢《かとうぜい》の乗《のり》込《こ》みを相待《あいま》って居《い》る事《こと》に定《き》まった。ところがお話《はな》し変《かわ》って此方《こちら》加藤清正公《かとうきよまさこう》は、難風《なんぷう》に船《ふね》をふきとばされて、遂《つい》に竹島《たけしま》と云《い》う処《ところ》へ無事《ぶじ》に着船《ちゃくせん》したが、只命《ただいのち》が無事《ぶじ》と云《い》うだけで元気《げんき》は更《さら》にない。ようやくそこの海岸《かいがん》に上陸《じょうりく》して三四日間《かかん》ここに身体《からだ》をやすめそれよりまたもや船《ふね》に乗《の》って朝鮮西平府《ちょうせんさいへいふ》の太在宝《だいざいほう》という土地《とち》へ着船《ちゃくせん》し、ここで、どうも様子《ようす》がおかしいから、土地《とち》の朝鮮人《ちょうせんじん》に聞《き》いて見《み》ると、どうも詳《くわ》しいことはわからんけれども、大軍《たいぐん》が東萊《とうらい》に進《すす》んだということだから、ソレッ……というので、加藤《かとう》の大軍《たいぐん》が途《みち》を急《いそ》いでこの土地《とち》に遣《や》ってきた。おいでになりましたるお方《かた》は御承知《ごしょうち》でございましょうが、此処《ここ》には東萊《とうらい》の温泉《おんせん》といって温泉場《おんせんば》のあるところでございまする。演者《わたくし》先般《せんぱん》彼《か》の地《ち》を視察《しさつ》にまいりましたる節《せつ》に、韓国《かんこく》の志士《しし》として、日本人《にほんじん》の記憶《きおく》に残《のこ》っておりまする、朴永孝《ぼくえいこう》がこの地《ち》に病《やまい》を養《やしな》い、なおその当時《とうじ》の戦記《せんき》を取調《とりしら》べたということでございまする、豊太閤《ほうたいこう》の偉業《いぎょう》として忘《わす》るることのできない土地《とち》でございまする。愈々《いよいよ》途《みち》を急《いそ》いで参《まい》りまする と、はたして後藤基次《ごとうもとつぐ》のいったる通《とお》り、丁度《ちょうど》三日目《かめ》に着《ちゃく》したというのは、これによって見《み》ましても、決《けっ》して一遍《ぺん》ただ豪勇《ごうゆう》というばかりではない、実《じつ》に若年《じゃくねん》なれども又兵衛《またべえ》は、文武両道《ぶんぶりょうどう》の名将《めいしょう》たることは言《げん》を俟《ま》たない次第《しだい》である。時《とき》に諸侯《しょこう》は、清正《きよまさ》の到着《とうちゃく》を聞《き》いていまさらながら又兵衛《またべえ》の事理《じり》に精《せい》通《つう》したことにおどろいた。甲「どうだ今度《こんど》の又兵衛天文《またべえてんもん》の一件《けん》は……」乙「いかにも乃公《おれ》も驚《おどろ》いた。あんなことをいったって、高《たか》が二十才《はたち》やそこらの又兵衛《またべえ》が、なにをいうかと思《おも》ったが、イヤ、どうも人《ひと》というものは見《み》かけによらんものだ」丙「左様《さよう》〳〵、乃公《おれ》もそうは思《おも》ったが、たとえあやまりであっても差支《さしつか》えない。かの小西《こにし》の奴《やつ》に総大将《そうだいしょう》をさせるがいやさに、三日《か》でも日《ひ》を延《の》ばしたらいいと思《おも》って居《お》ったのだが、それが適中《てきちゅう》していよ〳〵行《ゆき》長《なが》の鼻《はな》をあかして遣《や》ったというのは、先《ま》ず是《こ》れで彼《か》の又兵衛《またべえ》の奴《やつ》にヘイ〳〵いわされた腹《はら》癒《い》せが出来《でき》たというものだ。ヤレ〳〵肩《かた》のこりも下《さ》がったようだ」と銘々《めいめい》その適中《てきちゅう》におどろき、かつ喜《よろこ》んでおりまする。しかるに清正《きよまさ》もこのことを聞《き》くと、清「アヽおそろしい奴《やつ》は彼《あ》の又兵衛基次《またべえもとつぐ》だ。今《いま》こそ黒田《くろだ》の家来《けらい》として陪臣《ばいしん》の列《れつ》に加《くわ》わって居《お》るけれども、もし今《こん》後《ご》八年《ねん》秀吉公《ひでよしこう》御《ご》寿命《じゅみょう》全《まった》き時《とき》には決《けっ》して陪臣《ばいしん》をもって一生《しょう》を終《お》わるべきものでは無《な》い。恐《おそ》るべくして、しかも語《かた》るべきは後藤《ごとう》である又兵衛《またべえ》である」と甚《ひど》く感服《かんぷく》をして、遂《つ》いに秘《ひそ》かに清正《きよまさ》は、基次《もとつぐ》に面会《めんかい》をした。ここは余《あま》り同業者《どうぎょうしゃ》において弁《べん》じておりませんが、事実清正《じじつきよまさ》が、後藤《ごとう》と秘密《ひみつ》に面会《めんかい》をしたという根拠《こんきょ》がある。後年《こうねん》この対面《たいめん》の一条《じょう》は、実際《じっさい》となってあらわれ、筑前《ちくぜん》を浪人《ろうにん》したというのは、すでに〳〵その確固《かっこ》として動《うご》かすべからざる予言《よげん》であったということは、ここに一言《げん》して置《お》く必要《ひつよう》があるのでございまする……。

◎俊傑英雄戦地《しゅんけつえいゆうせんち》の会合《かいごう》

時《とき》に肥後守清正《ひごのかみきよまさ》は、又兵衛《またべえ》はいかなることをはなしたかというのに、すでに前記《ぜんき》した通《とお》り、又兵衛《またべえ》は天文《てんもん》の理法《りほう》によって加藤清正殿《かとうきよまさどの》は、三日《か》のうちに当地《とうち》に着《ちゃく》する、決《けっ》して不幸《ふこう》なる最後《さいご》を遂《と》げては居《い》ないという言葉《ことば》は事実《じじつ》となって現在清正公《げんざいきよまさこう》はその三日目《かめ》に東萊《とうらい》に着《ちゃく》したのである。そこで大《おお》くの諸大名《しょだいみょう》は其《そ》の的中《てきちゅう》したる事《こと》に驚《おど》ろくよりは先《ま》ず加藤清正《かとうきよまさ》が甚《はなは》だしく感服《かんぷく》した。清「かねて黒田甲斐守《くろだかいのかみ》の一族《ぞく》として後藤又兵衛基次《ごとうまたべえもとつぐ》と云《い》える冠者《かんじゃ》あることを耳《みみ》にはしたが、シミ〴〵対面《たいめん》をしたることも談合《だんごう》をしたることもない。全《まった》く未知《みち》の人《ひと》ではあるけれども、どうもそれがために諸大名《しょだいみょう》を叩頭《こうとう》せしめその眼中恰《がんちゅうあた》かも人《ひと》なきがごとく、悠然自若《ゆうぜんじじゃく》として、微酔静《びすいしず》かに人《ひと》の存亡《そんぼう》を卜《ぼく》したる勇気豪心実《ゆうきごうしんじつ》に感《かん》ずるにあまりあり、かれ後藤又兵衛《ごとうまたべえ》は、実《じつ》に語《かた》るに足《た》るものである。どうぞして一度《たび》是非面会《ぜひめんかい》がしたい、誰《た》れかあるひそかに又兵衛基次《またべえもとつぐ》にこの旨《むね》を伝《つた》えよ」とのおおせがある。即《すなわ》ち御側《おそば》に控《ひか》えておったる一人《にん》は、ただちに黒田《くろだ》の陣中《じんちゅう》において、秘密《ひみつ》に清正公《きよまさこう》の意《い》のあるところを伝《つた》えると、たとえ未知《みち》の間《あいだ》にありまする人《ひと》とはもうしながら気《き》のあうというのはどこにそういう原因《げんいん》があるかはわかりませんが、これを聞《き》いたる又兵衛基次《またべえもとつぐ》、又「フム……、清正公《きよまさこう》拙者《せっしゃ》に対面《たいめん》せんと云《い》わるるか、征討軍《せいとうぐん》の総大将《そうだいしょう》、しかも文武両道《ぶんぶりょうどう》の大智者古今《だいちしゃここん》の忠者《ちゅうしゃ》たる肥後殿《ひごどの》なれば如何《いか》にも御面会《ごめんかい》いたそうどうか今宵初夜《こよいしょや》を合図《あいず》に御陣中《ごじんちゅう》に忍《しの》びもうさん。よろしくお返事《へんじ》ねがわしく存《ぞん》じたてまつる」との返事《へんじ》をした。そこでいよ〳〵その日《ひ》の初夜《しょや》の刻《こく》と相成《あいな》りまするると、肥後《ひご》の猛将清正《もうしょうきよまさ》は、奇代《きたい》の怪傑後藤基次《かいけつごとうもとつぐ》と加藤《かとう》の陣中《じんちゅう》に対面《たいめん》することになった。両雄《りょうゆう》はこれを天象《てんしょう》にたとえれば風雨生物《ふううきもの》にたとえるときは、あるいは竜虎《りゅうこ》であろうか、猛獅《もうし》に巨象《きょぞう》でございましょうか。いま天下《てんか》は戦国《せんごく》の余威《よい》をうけて豊太閤天下《ほうたいこうてんか》を統《とう》一したるそのときにかくの如《ごと》き両傑《りょうけつ》が旗下《きか》に陪臣《ばいしん》とに論《ろん》なく、秀吉《ひでよし》に従《したが》うというので、前途《ぜんと》ます〳〵光明《こうみょう》ある次第《しだい》でございまする。軍中上段《ぐんちゅうじょうだん》の間《ま》には肥後守清正虎《ひごのかみきよまさとら》の皮《かわ》の敷《しき》物《もの》には悠然《ゆうぜん》として坐《ざ》を占《し》める、右側《みぎがわ》には同《おな》じく熊《くま》の大皮《おおかわ》をしきまして、これに後藤基次《ごとうもとつぐ》を乗《じょう》する。一方《ぼう》は肥後熊本《ひごくまもと》の大主《たいしゅ》、一方《ぼう》は黒田《くろだ》の臣下《しんか》、素《もと》より位《くら》いにおいても同《どう》一に論《ろん》ずることはできない。けれども秘密《ひみつ》の会合《かいごう》、しかも双方《そうほう》は、これわが友《とも》であるという、海《うみ》のごとき大度量《だいどりょう》をもって接見《せっけん》をした。まず口《くち》は清正公《きよまさこう》から開《ひら》かれた。清「イヤこれは予《か》ねて名《な》前《まえ》をしょうちいたした、貴公《きこう》が甲斐殿《かいどの》の旗下《きか》において勇士《ゆうし》とこそいわれたる後藤又兵衛基《ごとうまたべえもと》次殿《つぐどの》か……」又「イヤもうしおくれました。おおせのごとく拙者《せっしゃ》は黒田甲斐守長政《くろだかいのかみながまさ》の臣下《しんか》にして又兵衛基次《またべえもとつぐ》といえる若年者《じゃくねんもの》。本日《ほんじつ》はわざ〳〵お使《つか》いをくだされ、太夫《たいふ》の御身《おんみ》をもって、一陪臣《ばいしん》の拙者《せっしゃ》に御面会《ごめんかい》くださるのみならず異数《いすう》のお待遇《もてなし》を得《え》て、これに上越《うえこ》す名誉《ほまれ》とてはござらん。ありがたき仕合《しあわ》せにぞんじたてまつりまする」清「イヤそうではない。人《ひと》に位《くら》いはありといえども文武《ぶんぶ》には位《くら》いはない。貴公《きこう》の高名《こうめい》なることをうけたまわり、一度《ど》面会《めんかい》いたしたいと心得《こころえ》おったるが、その望《のぞ》みかないかく面会《めんかい》いたすは、実《じつ》によろこばしきことである。貴公《きこう》は今度《このたび》の朝鮮征伐《ちょうせんせいばつ》についてなにか意見《いけん》でもあれば、拙者《せっしゃ》は総大将《そうだいしょう》として参考《さんこう》のためにうけたまわりたい」又「イヤそれは拙者《せっしゃ》よりもうしあげたいとおもい居《お》ったるところである。今天下《いまてんか》はかく太平《たいへい》をよそおい居《お》るとはいいながら、各国《かっこく》の大名《だいみょう》は豺狼《さいろう》の爪《つめ》を磨《みが》くがごとく前者《ぜんしゃ》の過《あやま》ちを待《ま》って其《そ》の虚《きょ》にのりいらんとすること、数《かず》しれず、おそれ多《おお》きことには候《そうら》えども天下御坐所《てんかござしょ》をすらうかがわんとするものあるべし。これ陪臣《ばいしん》の分才《ぶんざい》として又兵衛基次《またべえもとつぐ》窃《ひそ》かに苦心《くしん》いたすところでござる。古語《こご》にも兄弟垣《けいていかき》にせめぐときは、その家全《いえまった》からずとかや、豊太閤《ほうたいこう》は尾張《おわり》を出《い》でて位《くら》い人臣《じんしん》を極《きわ》むるとは雖《いえ》ども、そは全《まった》く天《てん》のしからしむるところ。到底人意《とうていじんい》を以《も》って能《よ》く成《な》すところにあらず。ことに当朝鮮征伐《とうちょうせんせいばつ》についても、貴下《きか》の御威望《ごいぼう》をそねみ、飽《あく》までその瑕瑾《かきん》を見《み》つけてそれにかわらんとする者《もの》あり……」と半《なか》ばいわせずしばしとおし止《と》め、清「イヤ基次《もとつぐ》、まず待《ま》たれよ。その儀《ぎ》は拙者《せっしゃ》においても心《こころ》に当《あ》たる事無《ことな》きにあらざれども、天《てん》は正道《せいどう》にこそ汲《く》みすれ、決《けっ》して悪《あく》をたすける謂《い》われなし。拙者《せっしゃ》においても、多少《たしょう》そのことをしらぬにあらねども、さようなることはかりにも口外《こうがい》いたすことにもしらず、またさようなる小人輩《しょうじんばら》は、かくもうす清正《きよまさ》には眼中《がんちゅう》にない。イヤ捨《す》ておけば自然自滅《しぜんじめつ》いたす事《こと》であろう、ハッヽヽ」又「おおせ御道理《ごどうり》にそろ。大量腹《たいりょうふく》は実《じつ》に海《うみ》よりも広《ひろ》く山《やま》よりも高《たか》し。さりながらかかる小人輩《しょうじんばら》をそのまま捨《す》ておくときには、飽《あく》までその悪事増長《あくじぞうちょう》し止《と》まるところなく、遂《つ》いには殿下《でんか》のお位《くら》いをあやうくするの計画《けいかく》なしとも限《かぎ》らず。その儀《ぎ》は如何《いか》に思《おぼ》し召《め》さるるや」清「ハッヽヽ、彼《か》れ等《ら》小人《しょうじん》なにかなさん。さりながらもしかかる鼠輩《そはい》あることを、うけたまわるにおいては、およばずながら虎之助《とらのすけ》の少年《しょうねん》より、異数《いすう》の恩顧《おんこ》を蒙《こうむ》ったる肥後清正《ひごきよまさ》、ヤワカそのままには捨《す》ておかんや。たちまちその身《み》は、首体《しゅたい》そのところを異《こと》にすべし。清正《きよまさ》の軍刀《ぐんとう》は、出《い》でて敵《てき》を屈服《くっぷく》せしめ、いっては殿下《でんか》のお身《み》を守《まも》る可《べ》し、微々《びび》たる一小藩何事《しょうはんなにごと》をかなしもうすべき、アッハッヽヽ。去《さ》りながら後藤氏《ごとうじ》、もしお身《み》の主人《じゅじん》にしてかかる疑《うたが》い起《お》こしたるときは貴公如何《きこういかが》いたさるるや。臣《しん》は君《きみ》のためにつくすは主従《しゅじゅう》の本義《ほんぎ》である、悪事《あくじ》と知《し》りつつも、主人《しゅじん》をたすけるは貴公《きこう》の望《のぞ》むところでござろう」清正《きよまさ》は何気《なにげ》なくいい放《はな》って、ひそかに後藤《ごとう》の様子《ようす》にジー……ッと目《め》をつけた。基次《もとつぐ》は、ハッとおどろくかとおもいの外《ほか》、ヤオラ形《かたち》を改《あらた》めて、又「イヤそれはちがいまする。凡《およ》そ臣下《しんか》の分限《ぶんげん》として、君《きみ》につかうるはこれ本義《ほんぎ》とはもうしながら、その主人若《しゅじんも》し天地《てんち》にいれられざる行《おこな》いをなすに於《お》いては、もはや主《しゅ》にあらず、また臣《しん》にあらず。もしさようのことのあるに於《お》いては、武士《ぶし》たるべきものは潔《いさぎ》よく君《きみ》のために切腹《せっぷく》をいたして死諫《しかん》するか、又《また》は聞《き》きいれざる事判明《ことはんめい》いたす場合《ばあい》は、犬死《いぬじに》すべき身《み》を存命《ながら》えて、たとえ二君《じくん》に仕《つか》えずとも、世《よ》のため人《ひと》の為《た》め、その身《み》を犠《ぎ》牲《せい》となして、人《ひと》の本分《ほんぶん》を守《まも》るべきこそ、これ武士《ぶし》の本領《ほんりょう》とこそ心得候《こころえそろ》。只《た》だ死《し》するのみをもって名誉《めいよ》とするは、これ似非忠義《えせちゅうぎ》とこそ申《もう》すべきものかとこころえまする」現在前《げんざいまえ》に古《こ》今《こん》の大名将《だいめいしょう》、加藤肥後守清正公《かとうひごのかみきよまさこう》をさしおいて、陪臣《ばいしん》の身《み》をもって、恐《おそ》れげもなく、泰然《たいぜん》として、自分《じぶん》の意見《いけん》を主張《しゅちょう》した。是《こ》れが当年《とうねん》わずかに二十才《さい》の小冠者《こかんじゃ》ともうされましょうか。古《ふる》い言葉《ことば》に胆斗《たんと》のごとしということがあるを、もし其《そ》の言葉《ことば》を人《ひと》にもって当《あ》てはめるなれば恐《おそ》らく当時《とうじ》の基次《もとつぐ》が、後年徳川家康公《こうねんとくがわいえやすこう》に使《つか》いして、その使命《しめい》をはずかしめざりしかの大阪方《おおさかがた》の若大将木村長門守重成《わかだいしょうきむらながとのかみしげなり》をおいて、誰《た》れをかその適当《てきとう》なる人物《じんぶつ》を見出《みい》だすことができましょうや。これ後《のち》に黒田家《くろだけ》から離散《りさん》して、単身大阪《たんしんおおさか》の衰微《すいび》せる豊臣家《とよとみけ》に赴《おもむ》きて、その怪腕《かいわん》を振《ふる》い、その本領《ほんりょう》を発揮《はっき》し、大和民族《やまとみんぞく》の特有《とくゆう》たる武士道《ぶしどう》を遺憾《いかん》なくつくしましたるは、既《すで》に〳〵このときにおいてその決意《けつい》を示《しめ》したる通《とお》り、だん〳〵お読《よ》みなさる中《うち》には、合点《がてん》のゆくところがあるだろうと信《しん》じまする。ここに清正公《きよまさこう》も殊《こと》の外感服《ほかかんぷく》いたし、いよ〳〵語《かた》るべきは基次《もとつぐ》であるとその後《のち》もしば〳〵基次《もとつぐ》を招《まね》いてその意見《いけん》を戦《たたか》わしたという。名将《めいしょう》は良臣《りょうしん》を知《し》る、千里《り》の馬《うま》もここに伯楽《はくらく》をえて、遂《つ》いに無《む》二の交《まじわ》りを結《むす》びまする。其処《そこ》で前《まえ》にもちょっと述《の》べたる通《とお》り、いよ〳〵朝鮮征伐《ちょうせんせいばつ》となり、諸将《しょしょう》は各自非凡《かくじひぼん》の勇《ゆう》を鼓《こ》して鶏林《けいりん》八道《どう》をきり靡《な》びける、その間所々《あいだしょしょ》の転戦《てんせん》、皇城《こうじょう》の占領《せんりょう》、臥薪嘗胆《がしんしょうたん》の功《こう》はむなしからず、威風堂々《いふうどうどう》として、向《むか》うところ敵《てき》なく攻《せ》むればとり戦《たたか》えば勝《か》つ、勇壮無《ゆうそうむ》二の戦記《せんき》はありますけれども、それは本編後藤又兵衛《ほんぺんごとうまたべえ》としては比較的関係《ひかくてきかんけい》が少《すく》ないのみならず、他《た》の著《ちょ》書《しょ》や太閤記《たいこうき》あるいは朝鮮征伐《ちょうせんせいばつ》として記載《きさい》したものが沢山《たくさん》にあるからここには単《たん》に又兵衛基《またべえもと》次《つぐ》を主《しゅ》として書《か》きあらわすために、クダ〱しきところを除《のぞ》いて本編《ほんぺん》の四大佳境《だいかきょう》たる南山《なんざん》の猛虎狩《もうこが》りを述《の》べることにしよう。いよ〱三韓《かん》八道《どう》を縦横無尽《じゅうおうむじん》にきり靡《なび》けたる勢《いきお》いをもって、ついには大明国《だいみんこく》の境《さかい》なる南山《なんざん》というところまで押《お》し寄《よ》せてここに陣《じん》を構《かま》え、小西《こにし》、浮田《うきた》等《ら》の来《きた》るのを、いまや遅《おそ》しと相待《あいま》って居《い》る。ところがどうしたことか夜分《やぶん》になると、雑兵《ぞうひょう》などが三人《にん》五人《にん》と行衛《ゆくえ》がわからなくなり、毎夜不思議《まいよふしぎ》なことがつづくので、みな〱恐《おそ》れおののいて居《い》たが、或夜《あるよ》の事後藤又兵衛《ことごとうまたべえ》は、黒田長政公《くろだながまさこう》の陣屋《じんや》の内《うち》にあって、又「どうも不思議《ふしぎ》なことがあるものだ。毎晩《まいばん》の様《よう》に人間《にんげん》の行衛《ゆくえ》が判《わか》らなくなると言《い》うのは、往昔《むかし》から神隠《かみがく》しだとかあるいは天狗《てんぐ》にさらわれるなど聞《き》いて居《い》るけれども、其《そ》れにしても不埒《ふらち》至極《しごく》の奴輩奴《やつばらめ》、たとえ天狗《てんぐ》にもせよ神《かみ》にもせよ、吾《わ》が日本《にほん》の兵卒《へいそつ》を拐《かどわ》かすとは、このままにすまして置《お》くことはあいならん。今宵《こよい》は夜通《よどお》しに俺《おれ》が見張《みは》りをいたして遣《や》ろう」と又《また》兵衛基次《べえもとつぐ》は、ただ一人陣屋《ひとりじんや》にあって寝《ね》もやらず、次第《しだい》に更《ふ》け渡《わた》る月影《つきかげ》に、ジッと外面《そと》をうかがって居《い》るおりしもあれ、予《か》ねて主君長政公《しゅくんながまさこう》が寵愛《ちょうあい》に及《およ》んで居《い》る春霞《はるがすみ》と名付《なづ》けたる駿馬《しゅんば》が、裏手《うらて》の馬小屋《うまごや》において俄《にわ》かにヒーンヒヽーンッとただならぬ嘶《いななき》をいたし、騒《さわ》ぎ狂《くる》うて居《い》るようすに又兵衛基次《またべえもとつぐ》、又「ウヌッ曲者御参《くせものござん》なれッ」と陣刀《じんとう》の目釘《めくぎ》を湿《しめ》しながら、パッとそこを飛《と》びだし、裏手《うらて》の方《かた》にきたって見《み》ると、見《み》るもすさまじき大虎《おおとら》一頭《とう》、早《は》や息絶《いきた》えてグンニャリして居《い》る春霞《はるがすみ》を口《くち》に咬《くわ》え、そのまま逃《に》げだそうとするありさまに、後藤《ごとう》はハッと驚《おど》ろきながら、陣刀《じんとう》をギラリ鞘《さや》をはらうと等《ひと》しく躍《おど》りこんだる一刹那《せつな》、又「ヤッ」と一声《せい》かの猛虎《もうこ》を目蒐《めが》けてきりつけたが、ヒラリ飛鳥《ひちょう》のごとく身《み》を翻《ひるが》えした彼《か》の大虎《おおとら》は、咬《か》み殺《ころ》した馬《うま》を其処《そこ》へすておいてはやくも向《むこ》うの藪《やぶ》の中《なか》へ逃《に》げ込《こ》み、そのまま行衛《ゆくえ》しれずにあいなってしまった。そこでしかたなく後藤又兵衛基次《ごとうまたべえもとつぐ》は、なにか心《こころ》に点頭《うなず》きながら吾《わ》が陣中《じんちゅう》へ立《た》ち帰《かえ》ってまいり、主君長政殿《しゅくんながまさどの》に、このことをもうしあげると長政殿《ながまさどの》は早《は》や家来《けらい》の注進《ちゅうしん》によって、御承知《ごしょうち》のことだと有《あ》って急《いそ》ぎ此事《このこと》を加藤《かとう》の陣《じん》へ通知《つうち》した。スルと加藤《かとう》の陣《じん》でも今迄時々雑兵《いままでときどきぞうひょう》が紛失《ふんしつ》して、奇態《きたい》なことだとおもって居《い》る矢先《やさき》でございますから、清

「ウム憎《にっ》くき畜生奴《ちくしょうめ》ッ、それでは明日《あす》より三日《か》のあいだ虎狩《とらが》りをもよおし、一匹《ぴき》も残《のこ》さず

退治《たいじ》て仕舞《しま》えッ」と触《ふ》れを出《だ》した。そこで加藤《かとう》、黒田《くろだ》、浅野《あさの》の三手《て》が、もうしあわせそれぐ手順《てじゅん》を定《さだ》めて虎狩《とらがり》をはじめた。ところが三家《け》の勇士豪傑《ゆうしごうけつ》は、何《なん》でも虎《とら》を沢山退治《たくさんたいじ》て、其皮《そのかわ》を日本《にほん》へ土産《みやげ》にもってかえろうというので、朝鮮名題《ちょうせんなだい》の虎《とら》の名所《めいしょ》、南山竹寮県《なんざんちくりょうけん》へドッと一時《じ》にくりだした。なにしろ一騎当千《きとうせん》の豪傑《ごうけつ》ぞろいだから、ただ一人《ひとり》、抜《ぬ》け駈《か》けの功名《こうみょう》をやろうというので、おもい〳〵に山奥深《やまおくふか》く入《い》りこみ、一日彼方此方《にちあなたこなた》と狩《か》りまわっている。後藤又兵衛《ごとうまたべえ》もなんとかして猛虎《もうこ》の一頭《とう》や二頭《とう》は退治《たいじ》て遣《や》りたいとはおもって居《い》るが、この節《せつ》はいろ〳〵な軍議評定《ぐんぎひょうじょう》の席《せき》へは大抵出《たいていで》なければならぬので、虎狩抔《とらがりなど》をする隙《ひま》がない。ところが今日《きょう》は一日暇《にちいとま》を得《え》たのでサア今日《きょう》こそ俺《おれ》が目覚《めざま》しき働《はた》らきをいたしてくれるとおもいながら、充分《じゅうぶん》の準備《じゅんび》をしてかねて手馴《てな》れた九尺柄《しゃくえ》の手槍《てやり》を引提《ひっさ》げ、ノソ〳〵陣《じん》屋《や》を立《た》ちいでようとすると、おなじく黒田家《くろだけ》八虎《こ》と呼《よば》われたる一人《にん》、母里太兵衛《もりたへえ》という豪《ごう》傑《けつ》に出逢《であ》った。ところがこの太兵衛《たへえ》は未《ま》だ一頭《とう》も討《う》ちとらないので、非常《ひじょう》にそれを心外《しんがい》に思《おも》って居《い》る。又「オヽどうだ太兵衛《たへえ》、貴様《きさま》ア虎《とら》を何匹退治《なんびきたいじ》た」太「ウム又兵衛《またべえ》、毎日《まいにち》〳〵出掛《でか》けては居《い》るが、どうしたことかまだ一匹《ぴき》の虎《とら》にも出逢《であ》わんよ」又「オヤ〳〵、それはどうも意気地《いくじ》のないことだナ」太「何《な》アに、意気地《いくじ》が無《な》いのジャアない。おれの持《も》って居《い》る槍《やり》は三位《み》の位《くらい》が有《あ》るから、畜生《ちくしょう》ながらもその威光《いこう》におそれてよう近寄《ちかよ》らないのだ」又「ハヽヽヽヽ、馬鹿《ばか》なことをいうナ人間《にんげん》ならばイザしらず、禽獣《きんじゅう》の類《たぐい》がそんなことをして居《い》るものか。全体貴様《ぜんたいきさま》は日頃豪《ひごろえら》そうにいって居《い》るが、根《ね》が臆病者《おくびょうもの》だから虎《とら》の居《い》ないところばかりを一日《にち》歩行《ある》きまわって、今日《きょう》も出逢《であわ》ぬ〳〵といって戻《もど》って来《く》るのだろう。そんな奴《や》ツをおれの弟分《おととぶん》にして、黒田家《くろだけ》八虎抔《こなど》といわれて居《い》るのが片腹痛《かたはらいた》い。三位《み》の日本号《にほんごう》の槍《やり》が泣《な》いて居《い》るだろう」太「ウーム、けしからぬことを能《よ》くいったナ臆病《おくびょう》だとか意気地《いくじ》なしだとか。ヨシ今日《きょう》はきっと退治《たいじ》て見《み》せるぞ」又「ハヽヽ、止《や》めい〳〵、そんなことをいって恥《はじ》をさらそうより、おそれいった、以来《いらい》はけっして豪《えら》そうにもうしませんと降参《こうさん》をしろ」太「馬鹿《ばか》をいえッ、今日《きょう》はどうしてでも二三匹《びき》は腰《こし》にブラさげてくるぞッ」又「マア今日《きょう》はおれも行《い》って見《み》るつもりだから、危《あぶ》ないときには助太刀《すけだち》に行《い》って遣《や》る。マアあとからでかけて来《こ》い」太「ウムそいツアおもしろい。俺《お》れもあとから屹度《きっと》ゆくぞ。今日《きょう》は一つ獲物比《えものくら》べだぞ」又「ハヽヽ、マア〳〵なんでもよいから泣面《なきづら》をかくな」と豪傑二人《ごうけつふたり》は隔《へだ》てぬ仲《なか》の遠慮《えんりょ》なく、たがいに大言《たいげん》をはきながら、ドン〳〵別《わか》れ〳〵になって深山幽《しんざんゆう》谷《こく》に足《あし》を踏《ふ》みいれて、ここよかしこと虎《とら》の居所《いどころ》をさがし廻《まわ》っている。

◎出征将士南山《しゅっせいしょうしなんざん》の虎狩《とらが》り

そも此《この》母里太兵衛《もりたへえ》が秘蔵《ひぞう》する、三位《み》の位《くら》いある日本号《にほんごう》の槍《やり》と言《い》うは、越中松倉郷《えっちゅうまつくらごう》の義弘《よしひろ》が鍛《きた》え上《あ》げたる長《なが》さは二尺《しゃく》三寸《ずん》、形《かたち》は剣《けん》のようになって居《お》ります。それを一天万乗《てんばんじょう》の大君《おおきみ》より、関白殿下秀吉公《かんぱくでんかひでよしこう》の勲功《くんこう》を御賞美《ごしょうび》あって、御下賜《ごかし》にあいなったる御剣《ぎょけん》であったが、秀吉公《ひでよしこう》もこのまま佩《たば》さんでいるのは、いかにもおそれ多《おお》いというので、これを槍《やり》といたされた。この槍《やり》にはまえ〱から三位《み》の位《くら》いが付《つ》いて居《お》りまして、世《よ》にこれを日本号《にほんごう》ととなえまする天下《てんか》の名槍《めいそう》。これをば或時殿下秀吉公《あるときでんかひでよしこう》より、戦場抜群《せんじょうばつぐん》の功名《こうみょう》によって、かの福島正則公《ふくしままさのりこう》が芸州沼田郡広島《げいしゅうぬまたごおりひろしま》七十有余万石《ゆうよまんごく》に封《ほう》ぜられた際《さい》、正則公《まさのりこう》に下《くだ》された由緒《ゆいしょ》の深《ふか》い槍《やり》で、福島家《ふくしまけ》には第《だい》一番《ばん》の重宝《ちょうほう》となっていた。ところが頃《ころ》は天正《てんしょう》十七年正月《ねんしょうがつ》、黒田甲斐守長政公《くろだかいのかみながまさこう》は母里太兵衛数成《もりたへえかずなり》に命《めい》じて、福島左衛門太夫正則殿《ふくしまさえもんだいふまさのりどの》のところへ年頭《ねんとう》の祝詞《しゅくし》をもうしあげる使者《ししゃ》を仰《おお》せつけられたが、かねて母里太兵衛《もりたへえ》は非常《ひじょう》の大酒家《たいしゅか》で、酔《よ》うと前後不覚《ぜんごふかく》となって乱暴《らんぼう》をはたらくから、主人長政《しゅじんながまさ》は今日《きょう》一日《にち》だけ固《かた》く禁酒《きんしゅ》をせよと申《もう》しつけて母里太兵衛《もりたへえ》を福島《ふくしま》の邸《やしき》に使者《ししゃ》につかわした。ところが年頭《ねんとう》の祝詞《しゅくし》丈《だ》けは無事《ぶじ》に済《す》まして、イザ立帰《たちかえ》らんといたしたこのとき、正則公《まさのりこう》は年頭《ねんとう》の祝儀《しゅうぎ》であるから、酒《さけ》を一杯呑《ばいの》めと仰《おお》せられたが、母《も》里太兵衛《りたへえ》は予《かね》て主人《しゅじん》よりの仰《おお》せがあったものですから、強《し》いてお断《ことわ》りをもうしあげるを、全体気象活達《ぜんたいきしょうかったつ》な福島正則《ふくしままさのり》は、自分《じぶん》のおもうたことはぜひとも貫徹《かんてつ》させねばおかぬという我《が》慢無類《まんむるい》の性質故《せいしつゆえ》、飽《あ》くまでも太兵衛《たへえ》に酒《さけ》を呑《の》まそうと侑《すす》められる。ところが母里太兵衛《もりたへえ》も我慢太郎《がまんたろう》といっていたくらいの人物《じんぶつ》だから、対手《あいて》が太守《たいしゅ》であろうが将軍《しょうぐん》であろうが、意地《いじ》になったらけっしてあとへひく男《おとこ》では無《な》い。なんといってものまない。余《あま》りのことに正則《まさのり》は、正「祝儀《しゅうぎ》には酒《さけ》がかならず付《つ》きものだ、よって予《よ》がすすめるのだ、其方《そのほう》が首尾《しゅび》宜《よ》く一杯呑《ばいの》めばなんなりとも其方《そのほう》が望《のぞ》みの物《もの》をとらせるぞッ」とどうかして酒《さけ》を呑《の》まそうとしておおせられる。スルとこのとき母里太兵衛《もりたへえ》は、睨《じっ》と四辺《あたり》を見廻《みまわ》して居《お》りましたが、やがて胸中《きょうちゅう》に打《う》ちうなずき、太「ウムよし〳〵然《そ》うだ〳〵」と何《なに》か思案《しあん》をさだめて、太「どうも御前《ごぜん》、私《わたし》は下戸《げこ》でお酒《さけ》は頂戴《ちょうだい》いたしかねておりますものを、しいて飲《の》めとおっしゃるのは御無理《ごむり》とは思《おも》いますが、なんなりとも望《のぞ》みの品《しな》を遣《や》ろうとのお言葉《ことば》に従《した》がい、いや〳〵ながら頂戴《ちょうだい》つかまつりましょう」正「イヤ此奴《こい》ツなか〳〵狡猾《こうかつ》な奴《や》ツだ。予《よ》が望《のぞ》みの品《しな》をとらすと言《い》えばいや〳〵ながら頂《いただ》くなんて、狡《ずる》いことをもうす。ソレ満々《なみなみ》と一杯《ぱい》ついでやれ」と声《こえ》の下《した》より小姓《こしょう》が銚子《ちょうし》を持《も》ってこぼれるほど注《つ》ぎ込《こ》んだ。酒《さけ》ときいたら、三度《ど》の御《ご》飯《はん》よりすきな母里太兵衛《もりたへえ》は、太「それでは頂戴《ちょうだい》つかまつります」とこれからグイ〳〵グイ〳〵飲《の》みはじめたが、なか〳〵下戸《げこ》どころの騒《さわ》ぎジャア無《な》い。一升余《しょうあま》りも這入《はい》ろうという大杯《たいはい》に、都合《つごう》三杯《ばい》の酒《さけ》を煽《あお》りつけた。正「オヽ母里太兵衛《もりたへえ》、能《よ》くぞ予《よ》のもうしごとを聞《き》き入《い》れ、好《この》まぬ酒《さけ》を過《す》ごしたのう。満足《まんぞく》におもうぞッ、望《のぞ》みに任《まか》せて約束通《やくそくどお》りなんなりとも得《え》さするぞ。なにが所望《しょもう》ジャ申《もう》せ……」太「ハイ、ありがたきしあわせに存《ぞん》じ奉《たてま》つります……、では遠慮無《えんりょな》く申《もう》し上《あ》げます」正「ウム、遠慮《えんりょ》はいらぬもうして見《み》い」太「それでは恐《おそ》れながら御前《ごぜん》の後辺《うしろ》に飾《かざ》りつけて在《あ》る、そのお槍《やり》を拝領《はいりょう》おおせつけられまする様《よう》」正則《まさのり》公《こう》はハッと後辺《うしろ》をふり返《かえ》って御覧《ごらん》になると、福島家重宝日本号《ふくしまけちょうほうにほんごう》の槍《やり》だ。流石《さすが》の正則公《まさのりこう》もこれには吃驚《びっくり》いたされ、正「ヤッ、失策《しま》った、とんでもないことをいいだした。これは気《き》が注《つ》かなかった」と思《おも》われたから、正「オヽ太兵衛《たへえ》、此槍《このやり》か、これはいかん、折角《せっかく》の所望《しょもう》ジャが其方《そのほう》に遣《つか》わすことはあいならん。外《ほか》の物《もの》を望《のぞ》め……オヽ知行《ちぎょう》を遣《や》る、三千石遣《ごくつかわ》そう。どうジャ……不用《いら》ぬか、この槍《やり》ばかりは身《み》にも家《いえ》にも代《か》え難《がた》き大切《たいせつ》の品《しな》ジャ……外《ほか》の物《もの》をなにか……」としきりにことわりをいって居《い》られる。このとき母里太兵衛《もりたへえ》は、太「イエ他《ほか》の品物《しなもの》はなにも欲《ほ》しくはございません。それでは斯《こ》ういたしましょう。望《のぞ》みの品《しな》をつかわすといったは予《よ》がわるかった、何《ど》うか是《こ》れ丈《だ》けは許《ゆる》して呉《く》れと、貴方《あなた》さまがかく申《もう》す太兵衛《たへえ》の前《まえ》に両手《りょうて》をつかえて謝罪《しゃざい》を遊《あそ》ばせ。しからば私《わたし》も諦《あき》らめましょう」というと正則公《まさのりこう》は烈火《れっか》のごとく憤《いきどお》り給《たま》い、正「バヽ馬鹿《ばか》を申《もう》せッ、福島左衛門太夫正則《ふくしまさえもんだいふまさのり》が、汝如《なんじごと》きに両手《りょうて》をつかえて謝罪《しゃざい》ができるかッ、アヽコヽな不届《ふとど》き者《もの》めがッ、ウム……」太「アハヽヽヽ、それが出来《でき》ないとおおせあれば飽《あ》くまでも日本号《にほんごう》を頂《いただ》きましょう」正「イヤ相成《あいな》らん」太「ならんとあれば降参《こうさん》なさい」正「黙止《だま》れッ、降参《こうさん》などとは汚《けが》らわしいぞッ」太「しからばぜひ頂戴致《ちょうだいいた》します。御前《ごぜん》も七十余万石《よまんごく》の大国主《だいこくしゅ》、一旦口外《たんこうがい》せられたことは反古《ほご》にも成《な》りますまい。何《ど》うでございます」と談《だん》じ付《つ》けられて流石《さすが》の正則公《まさのりこう》も言句《ごんく》に詰《つま》り、正「ウムッ……」としばらく唸《うな》っておられたが、正「エヽッ、しし仕方《しかた》がないモヽ持《も》って行《ゆ》けッ」と、腹立《はらだち》まぎれやら口惜《くや》しまぎれやらで、残念《ざんねん》そうにうしろに飾《かざり》つけてあった日本号《にほんごう》の槍《やり》をとってグイッと突《つ》き出《だ》された。太兵衛《たへえ》は莞爾《にっこ》と笑《わら》って両手《りょうて》にこれをうけて、太「ハッ有《あ》り難《がた》く拝領致《はいりょういた》します。槍《やり》一筋《すじ》に三位《み》の位《くら》いある天下《てんか》の名槍《めいそう》、手前頂戴《てまえちょうだい》いたすればとて、けっしてこの槍《やり》を汚《けが》すようなことは誓《ちか》っていたしません。御安堵《ごあんど》あそばしまするよう。早速《さっそく》ながらそれでは御暇《おいとま》を頂《いただ》きます」と現金《げんきん》な人《ひと》があるもので、槍《やり》を貰《もら》うと、そのままノコ〳〵と正則公《まさのりこう》の御前《ごぜん》をさがり、挨拶《あいさつ》もそこ〳〵にして槍《やり》を貰《もら》って帰《かえ》って来《き》たが、サアなにしろ日本《にほん》の名槍《めいそう》が母里太兵衛《もりたへえ》の手《て》にはいったというので天下《てんか》の大評判《おおひょうばん》とあいなり、御主君黒田長政殿《ごしゅくんくろだながまさどの》でも途中《とちゅう》で此槍《このやり》に出逢《であ》った時《とき》には敬礼《けいれい》を仕《し》なければならぬ位《くらい》い、是《こ》れが為《た》めに長政公《ながまさこう》よりさらに母里太兵衛《もりたへえ》に二千石《ごく》の御加増《ごかぞう》をくだされたので、母里《もり》太兵衛《たへえ》は躍《おど》り上《あが》ってうちよろこび、この槍《やり》のためには流石《さすが》の後藤又兵衛《ごとうまたべえ》もたび〳〵頭《かしら》を下《さ》げさせられている。ところがこのたび南山《なんざん》の虎狩《とらがり》に付《つ》いて母里太兵衛《もりたへえ》は、この名誉《めいよ》ある日《に》本号《ほんごう》の槍《やり》を携《たず》さえ、後藤又兵衛《ごとうまたべえ》にわかれてだん〳〵と山中深《さんちゅうふか》くはいって行《ゆ》く。後藤又兵衛《ごとうまたべえ》はただ一人《ひとり》で手馴《てな》れた槍《やり》をたずさえて、これまたドン〳〵〳〵山奥深《やまおくふか》く入《い》り込《こ》んでまいり彼方此方《あなたこなた》と探《さが》し廻《まわ》って居《い》るこのとき、右手《みぎて》の山《やま》のうしろに当《あた》ってにわかにウォーッ〳〵というすさまじき虎《とら》の唸《うな》り声《ごえ》が聞《きこ》えた。又「ハテナ那《あ》りゃアたしかに虎《とら》の唸《うな》り声《ごえ》に違《ちが》いないが、ヨシッ一つ俺《おれ》が行《い》って退治《たいじ》て遣《や》ろう」と思《おも》ったから、そのまま宙《ちゅう》をとぶごとくこなたの山《やま》の頂上《ちょうじょう》まで出《で》てまいり、右手《みぎて》大樹《たいじゅ》の木影《こかげ》に身《み》を屈《かが》めてヒョイッと眺《なが》めると、コハ抑《そ》もいかに吾《わ》が同僚《どうりょう》なる母里太兵衛《もりたへえ》が、どこから追《お》いだして来《き》たか牛見《うしみ》たような大虎《おおとら》を対手《あいて》にして、彼《か》の日本号《にほんごう》の槍《やり》を閃《ひら》めかし、虎《とら》を臨《のぞ》んで突掛《つっかか》ったが、なにしろ神変自在《しんぺんじざい》の大虎《おおとら》は、爛々《らんらん》たる両眼《りょうがん》を輝《かが》やかし口《くち》は火炎《かえん》を吐《は》かんばかりにおそろしく、グワッと一杯《ぱい》に開《ひら》いて只《ただ》一咬《か》みと躍《おど》りかからんとする。飛《と》びつかれてはたまらないから同《おな》じくヒラリ身《み》を躱《かわ》した母里太兵衛《もりたへえ》は、再《ふたた》び槍《やり》をとり直《なお》していとも烈《はげ》しく突《つ》き掛《かか》る。虎《とら》もさるものヒラリ〳〵と右《みぎ》に躱《かわ》しひだりに避《さ》け、たくみに日本号《にほんごう》の槍《やり》を外《はず》して居《い》るから、さしもの太兵衛《たへえ》もきをいら立《だ》て、太「エヽッ畜生奴《ちくしょうめ》ッ」と勇気《ゆうき》をふるって喚《おめ》きさけび、拳《こぶし》に力《ちから》をこめて、ヤアーッ……とばかりに突《つ》きだした。ところが狙《ねら》いが狂《くる》ったと見《み》えて虎《とら》は横《よこ》へバッとひらき、前《まえ》へ流《なが》れて来《き》た槍先《やりさ》きを、ピタリ前足《まえあし》で押《おさ》え、槍《やり》の千段巻《だんまき》の辺《あた》りをガリ〳〵と噛《かじ》りはじめた。太「ヤア大変《たいへん》〳〵ッ、汝《おの》れコン畜生《ちくしょう》ッ」と金剛力《こんごうりき》を出《だ》してひかんとするが、何《ど》うしても引《ひ》き戻《もど》す事《こと》が出来《でき》ない。そのうちにも虎《とら》は次第《しだい》〳〵と槍《やり》を噛《かじ》りながら、手許《てもと》の方《ほう》へ近付《ちかづ》いて来《く》る。太兵衛《たへえ》はほとんど進退茲《しんたいここ》に谷《きわ》まって、太刀《たち》を引抜《ひきぬ》いて斬《き》りつける猶予《ゆうよ》がない。と言《い》って愚図《ぐず》〳〵して飛《と》び付《つ》かれては生命《いのち》がなくなる。流石《さすが》の母里太兵衛《もりたへえ》も槍《やり》を握《にぎ》って身掲《みがま》えたる儘《まま》、四苦《く》八苦《く》の苦《くる》しみをいたしている。これを此方岩《こなたいわ》の上《うえ》にあって篤《とく》とながめた後藤《ごとう》又兵衛《またべえ》、又「オヤ〳〵母里太兵衛奴《もりたへえめ》、出《で》るときは豪《えら》そうにいって居《い》たが、どうやら閉口《へいこう》したらしいぞ、たすけて遣《や》ろうかしら。しかしただ助《たす》けてやっては面白《おもしろ》くないが、コーッと……エヽ……ウム面白《おもしろ》いッ」となにか心《こころ》に思案《しあん》をさだめ、突然《いきな》り大口《おおぐち》開《ひら》いて、又「アハヽヽヽヽ」と高笑《たかわら》いをした。下《した》なる太兵衛《たへえ》はムッと癪《しゃく》に触《さわ》ったから、太「オヤッ誰《た》れだい俺《お》れが九死一生《しょう》の難儀《なんぎ》な場合《ばあい》を見《み》て笑《わら》うのは……不埒至極《ふらちしごく》の奴《や》ツめ」とヒョイッと岩《いわ》の上《うえ》を見上《みあ》げると、そこには後藤又兵衛《ごとうまたべえ》が突立《つった》って居《い》るから、太「オッ後藤《ごとう》かッ」とあまりのうれし紛《まぎ》れに大声《おおごえ》揚《あ》げて叫《さけ》びたてた。

◎日本号三位《にほんごうみ》の槍《やり》を得《う》

後藤又兵衛基次《ごとうまたべえもとつぐ》は、このとき相変《あいかわ》らずニコ〳〵笑《えみ》を含《ふく》みながら、又「アハッハッハッ、後藤《ごとう》かもないものだ。その醜体《ざま》は何《な》んだい。ヤッとのことで出逢《であ》ったと思《おも》えばかえってその虎《とら》に退治《たいじ》される。シテ見《み》るとその日本号《にほんごう》の槍《やり》も大層御利益《たいそうごりやく》のある槍《やり》だナ。なるほど三位《み》の価格《ねうち》は有《あ》るわい」太「オイ〳〵後藤冗戯《ごとうじょうだん》ジャないぞ。頼《たの》むから何《ど》うか手伝《てつだ》ってくれ、サアはやく〳〵ッ……虎《とら》がだん〳〵近寄《ちかよ》って来《く》るよ」又「ハヽヽ太兵衛《たへえ》然《そ》う泣《な》くな、日本《にほん》の勇士《ゆうし》が助勢《じょせい》なんて頼《たの》むものジャないぞ」太「オイそんな人《ひと》の悪《わる》いことをいうナ、今《いま》おれに助勢《じょせい》をしてくれたら、こののち貴様《きさま》のいうことは決《けっ》して違背《いはい》しない。何《ど》うか助《たす》けて呉《く》れ、早《はや》く〳〵」又「ホヽウジャこののちはどんなことでも、おれのいうなり次第《しだい》になるんだナ」太「ウムそうだ〳〵、はやく助勢《じょせい》をして呉《く》れッ。ソレ大分近《だいぶんちか》よって来《き》た」又「ジャ太兵衛《たへえ》、そのお前《まえ》の持《も》って居《い》る槍《やり》をおれにくれるか、そうすれば助勢《じょせい》をしてやる何《ど》うだ」太「ウム……此奴《こやつ》又《また》つけこんだナ、コヽ此槍許《このやりばか》りは何《ど》うぞ許《ゆる》してくれ」又「何《な》に厭《い》やだというんだナ、アヽそうか、じゃマア貴様《きさま》はその虎《とら》に噛《か》まれて死《し》んで仕舞《しま》えッ。俺《お》れは此処《ここ》で見物《けんぶつ》して居《い》てやる。貴様《きさま》が殺《ころ》された後《あと》でおれがその槍《やり》を分捕《ぶんど》りすれば世話《せわ》は無《な》い。はやく死《し》んでしまえッ」太「ヤッ、ゴヽ後藤《ごとう》ッ、頼《たの》む〳〵、ソレ〳〵モウたまらん、はやく手伝《てつだ》って呉《く》れッ」見《み》ると虎《とら》ははやだん〳〵に槍《やり》を咬《か》みながら、手許《てもと》へ近《ちか》よって、今《いま》しも爛々《らんらん》たる眼《め》をいからし、牡丹花《ぼたんか》の如《ごと》き真赤《まっか》の口《くち》を開《ひら》いて、一咬《か》みにせんと身構《みがま》えた。

又「アハッハッ……、面白《おもしろ》い〳〵、いけないよ〳〵それとも強《し》いてたのむというなら、その槍《やり》をくれるか」太「ソ、それはあんまり無理《むり》だ」又「ホヽウ無理《むり》ならおれは見物《けんぶつ》して居《い》るだけだ」と互《たが》いに押《お》し問答《もんどう》をしてはてしがない。虎《とら》はいよ〳〵迫《せま》って来《き》た。太兵衛《たへえ》は最《も》う堪《たま》ら無《な》く成《な》って、太「アヽア、しかたがない、やる〳〵、たすけてくれ〳〵ッ」と命《いのち》に換《か》える宝《たから》はないから、止《や》むをえず承知《しょうち》をした。又「何《な》に槍《やり》を呉《く》れるか、ウム、そんならたすけてやろう。そのかわりこの俺《お》れが持《も》って居《い》る槍《やり》を貴様《きさま》にやるから心配《しんぱい》するナ。この槍《やり》でも天《てん》九郎勝永《ろうかつなが》の鍛《きた》えた名槍《めいそう》で、その槍《やり》とは肩《かた》をならべる位《くら》いの宝物《ほうもつ》だ。ジャこれと換《か》えることにしよう。こうすれば貴様《きさま》の方《ほう》では大《たい》した損《そん》でもないぞ」太「嘘《うそ》を言《い》うナ、しかし早《はや》く救《たす》けてくれ、はやく〳〵」又「ウム武士《ぶし》に二言《ごん》はないナ、あとで兎《と》や角《かく》もうしたところで決《けっ》して承知《しょうち》はしないぞ。それでは俺《お》れが助《たす》けてやろう」高《たか》い絶壁《ぜっぺき》のその上《うえ》より、又兵《またべ》衛基次《えもとつぐ》はパッと身軽《みがる》に身《み》をおどらせて飛《と》びおり、自分《じぶん》のひっさげたる槍《やり》をヤッと身構《みがま》え、又「エイッ」と一声《せい》くり出《だ》す槍《やり》さきは、プツリッ猛虎《もうこ》の太股《ふともも》を貫《つら》ぬいたから、何条《なんじょう》たまらん流石《さすが》の大虎《おおとら》も、いまは死《し》にもの狂《ぐる》いとあいなって、ウォーッと一声怒号《せいどごう》するとひとしく母里太兵衛《もりたへえ》の方《ほう》を捨《す》てて置《お》いて、ヒラリ身《み》を翻《ひる》がえすやいなや、パッとこんどは後藤又兵《ごとうまたべ》衛目蒐《えめが》けてとびかかる。又「ヤッもの〳〵しや畜生奴《ちくしょうめ》ッ」とまたもや、又「エイッ」というなり第《だい》二の槍《やり》を繰《く》りだし、プツリッとかの大虎《おおとら》の肩口《かたぐち》をふかく貫《つら》ぬき、力《ちから》まかせにグーッと押《おさ》えつけますると、流石《さすが》の大虎《おおとら》も後藤《ごとう》にかかってはたまりません。まして急所《きゅうしょ》の痛手《いたで》にはや片息《かたいき》とあいなって、ホッとくるしき息《いき》を継《つ》ぎながら、虎「トラ聞《きこ》えません又兵衛《またべえ》さん」と、言《い》った……真逆《まさ》かそんな事《こと》もない、けれどもとに角又兵衛基次《かくまたべえもとつぐ》のために大虎《おおとら》は退《たい》治《じ》されてしまった。又「サア太兵衛《たへえ》約束《やくそく》だ、この槍《やり》を大切《たいせつ》にしろ。日本号《にほんごう》は此方《こっち》へよこせ」こうなると太兵衛《たへえ》もはなはだ残念《ざんねん》でたまりません。泣《な》きだしそうな顔《かお》をして、太「オイ後藤《ごとう》、そりゃアどうもひどいジャアないか」又「オヤッなにが甚《ひど》い。貴様《きさま》この俺《おれ》がいなかったら今頃《いまごろ》は虎《とら》に噛《か》みころされて居《い》るところだぞ。それをありがたいとおもわず、兎《と》や角愚痴《かくぐち》をもうすとは実《じつ》にけしからん。ぐず〱もうさずとはやく槍《やり》を渡《わた》して仕舞《しま》えッ」と怒鳴《どな》りつけられて流石剛情我慢《さすがごうじょうがまん》の母里太兵衛《もりたへえ》もいまはしかたがない。不承不承《ふしょうぶしょう》に日本号《にほんごう》の槍《やり》を渡《わた》す。又「イヨウこりゃアどうも忝《かたじ》け無《な》い。サア太兵衛《たへえ》、がらにもないものを持《も》って居《い》るとくらい負《ま》けがして命《いのち》があやういぞ」太「エヽイよけいなことをいうな」と遂《つい》にここで後藤又兵衛《ごとうまたべえ》は日本号《にほんごう》の槍《やり》を手《て》に入《い》れてしまった。さてもそののち後藤又兵衛《ごとうまたべえ》も各所《かくしょ》に戦争《せんそう》をいたして、抜群《ばつぐん》のはたらきをして居《い》たが、はからずも慶長《けいちょう》三年《ねん》八月《がつ》十八日《にち》にあって、左《さ》しもの英雄太政大臣関白豊臣秀吉公《えいゆうだじょうだいじんかんぱくとよとみひでよしこう》も病気《びょうき》にかかり薨去《こうきょ》せられたがため、出征《しゅっせい》の軍《ぐん》士《し》も遺憾《いかん》ながらモウ一足《あし》というところで戦争《せんそう》を中止《ちゅうし》して、ひき揚《あ》げることとあいなったから、又兵衛基次《またべえもとつぐ》も主君黒田長政公《しゅくんくろだながまさこう》に随《した》がって無事帰国《ぶじきこく》におよびました。然《しか》るにそののち慶長《けいちょう》五年《ねん》九月《がつ》、石田治部少輔三成《いしだじぶしょうゆうなり》は上杉中納言景勝《うえすぎちゅうなごんかげかつ》と東西相応《とうざいあいおう》じて徳川内大臣家康《とくがわないだいじんいえやす》を亡《ほろ》ぼさんと、豊臣家恩顧《とよとみけおんこ》の大名《だいみょう》を語《かた》らい、濃州不破郡関《のうしゅうふわごおりせき》ケ原《はら》に大合戦《だいかっせん》を開《ひら》いた。すべてこの辺《へん》は関《せき》ケ原軍記《はらぐんき》に詳《くわ》しゅう出《で》て居《お》りますから、ホンノ後藤又兵衛《ごとうまたべえ》に関係《かんけい》の有《あ》る処丈《ところだ》けを、皆《かい》つまんでもうしあげます。さてその当時黒田甲斐守長政《とうじくろだかいのかみながまさ》は、藤堂佐渡守高虎《とうどうさどのかみたかとら》、田中兵部大輔吉政《たなかひょうぶたいふよしまさ》等の同勢《どうぜい》とともに、徳川家《とくがわけ》に味方《みかた》をなし、大垣《おおがき》の方《ほう》より石田勢《いしだぜい》に対《たい》し後詰《ごづめ》の兵《へい》のきたるを押《おさ》えんと、合渡川《ごうとがわ》のこなたに陣《じん》を張《は》って、敵《てき》やきたるとまち構《かま》えたが、さらに押《お》しよせ来《く》るようすはない。はやその日《ひ》の午《うま》の刻《こく》にもあいなったから、甲斐守長政《かいのかみながまさ》は、長「なんと各々方《おのおのがた》、われ〳〵かく安閑《あんかん》としてこのところに滞陣《たいじん》しておらんより寧《いっ》その事岐阜城《ことぎふじょう》の攻手《せめて》に加《くわ》わって一働《はた》らきやろうではないか」と相談《そうだん》のうえ、斥候《ものみ》の兵《へい》をつかわして、ようすを窺《うかが》わせたるところ、はや味方《みかた》は三の丸《まる》へせめ入《い》ったという知《し》らせでございますから、吉「オヤ〳〵、それではモウ岐阜《ぎふ》は陥《おち》るに間《ま》がない。それなればわざ〳〵行《ゆ》くほどのことはあるまい。といってわれ〳〵がここに安閑《あんかん》としているというのも残念《ざんねん》だ。それではこれより寧《むし》ろ大垣《おおがき》の方《ほう》へ逆《さか》よせをいたそうではないか」長「オウそれよかろう」高「ジャはやくその仕度《したく》をしろッ」と三将《しょう》は評定《ひょうじょう》におよんで居《お》りまするところへ、斥候《ものみ》のものはドン〱とかけ戻《もど》ってまいり、甲「ハッ申《もう》し上《あ》げます」長「オヽなんジャ」家「ただいま、後《ご》詰《づめ》の兵《へい》とみえまして、何《ど》うやら合渡《ごうと》の町《まち》を此方《こなた》へ到着《とうちゃく》いたしたようすでございます」と言《い》うのですから甲斐守《かいのかみ》は、長「そりゃアおもしろい、しからば一番《ばん》その敵《てき》なりとも撃《う》ちとってやろう」とドッと鬨《とき》をつくって三手《て》の兵《へい》は、合渡川《ごうとがわ》の辺《ほと》りまで押《お》しだした。ところがその中《うち》にも田中吉政《たなかよしまさ》は、吾《わ》れが此合渡川《このごうとがわ》を先陣仕様《せんじんしよう》と、窃《ひそ》かに士卒《しそつ》に下知《げち》して川上《かわかみ》を瀬踏《せぶ》みいたさせ、充分浅瀬《じゅうぶんあさせ》を調《しら》べその上自分《うえじぶん》は従兵《じゅうへい》三十人《にん》ばかりをひき連《つ》れ、ちょっと川辺《かわべ》を見《み》まわるというような体裁《ていさい》で、陣所《じんしょ》をいでてドン〱ドン〱川上《かみかみ》さして急《いそ》ぎ行《ゆ》く。ところが跡《あと》に残《のこ》った黒田長政《くろだながまさ》は、さようなことはすこしも知《し》らず、待《ま》てども〱川上《かわかみ》から帰《かえ》って参《まい》りませんから、士卒《しそつ》に命《めい》じて様子《ようす》を見《み》に遣《や》りまするると、使《つか》いのものはほどなく取《と》って返《かえ》してまいり、士「どうやら田中《たなか》さまは川上《かわかみ》より向《むこ》う岸《ぎし》へお渡《わた》りの様子《ようす》でございます」と注進《ちゅうしん》におよんだ。サアこれを聞《き》いて黒田長政《くろだながまさ》は大《おお》きにうちおどろき、長「さては田中《たなか》にだし抜《ぬ》かれたか。大《おお》きに口惜《くちお》しいことである。ソレいそぎ跡《あと》よりおい付《つ》けよ」と下知《げち》をいたしたるこのとき、さきのほどより側《そば》に在《あ》って此様子《このようす》を残《のこ》らずきいて居《い》た後藤又兵衛基次《ごとうまたべえもとつぐ》は、慌《あわ》てて主君《しゅくん》の袖《そで》をひかえ、又「ヤア〳〵御主君《ごしゅくん》御待《おま》ち成《な》さい。田中殿《たなかどの》がわが軍《ぐん》をだし抜《ぬ》かれたのは、さだめしこの川《かわ》を先陣《せんじん》しようという考《かんが》えで前々《まえまえ》から瀬《せ》ぶみをいたさせていたことに相違《そうい》ございません。しかしそれは労《ろう》して功《こう》なしというもので、なんとなれば敵《てき》は既《すで》にこの真向《まむこ》うのところに押《お》しよせて、充分《じゅうぶん》にそなえをたてて居《お》りまするが、彼等《かれら》はみなこの近辺《きんぺん》のものが沢山《たくさん》で、此川《このかわ》の勝手《かって》を能《よ》く知《し》って居《お》ります。よってここぞ浅瀬《あさせ》とおもえばこそかく備《そな》へを立《た》てたものに相違《そうい》ない。われよりこのんで川上《かわかみ》を渡《わた》りますると、敵《てき》ははるかに間《あいだ》を隔《へだ》てて居《お》りますから、はやく戦《たたか》いをいたすということは出来《でき》ません。たとえここがしょう〳〵位《ぐら》い水《みず》が深《ふか》くとも、往古《いにしえ》の宇治川《うじがわ》に優《まさ》るとは覚《おぼ》えません。ただ早《はや》くわたって此方《こちら》より槍《やり》をいれますれば、田中《たなか》の先陣《せんじん》はさだめし無益《むえき》とあいなりましょう。ことに正面《しょうめん》に敵《てき》を見《み》ながら川上《かわかみ》へ廻《まわ》るなぞというは、敵《てき》を恐《おそ》るるにたり、よってわれ〳〵の軍《ぐん》はぜひともここよりお進《すす》みなさい。吾軍《わがぐん》の先陣《せんじん》としては拙者《せっしゃ》がのりだしましょう」と流石《さすが》は後藤又兵衛基次《ごとうまたべえもとつぐ》、天晴《あっぱ》れ戦《たたか》い馴《な》れたるものでございますから主人長政《しゅじんながまさ》にこのことをすすめた。これによって長政《ながまさ》は実《げ》にもとうちうなずき、軈《やが》て川岸《かし》に出《い》でて遥《はる》かに川向《かわむこ》うを見渡《みわた》すと、敵《てき》は真正面《ましょうめん》にそなえを立《た》てて、こちらから川《かわ》を渡《わた》って行《ゆ》けば、一挙《きょ》にドッとうちとらんといたして居《い》る。

◎後藤合渡川《ごとうごうとがわ》の先陣《せんじん》

此方川向《こなたかわむか》いにそなえを立《た》てたる軍勢《ぐんぜい》というは、浮田秀家《うきたひでいえ》、石田三成《いしだなり》、小西行長《こにしゆきなが》等の士卒《しそつ》三万《まん》五千人《にん》、これより先《さ》き大垣《おおがき》の城《しろ》に於《お》いては、岐阜城後詰《ぎふじょうごづめ》のことを両軍《りょうぐん》の諸将《しょしょう》が評議《ひょうぎ》をいたしましたが、このとき石田三成《いしだなり》は自分独《じぶんひと》りで主将《しゅしょう》の心《こころ》になって、かれこれと指図《さしず》がましきことをいたしますから諸将《しょしょう》は何《いず》れも不平《ふへい》を鳴《な》らして誰《た》れ一人《ひとり》として返答《へんとう》をするものもない。是《こ》れを眺《なが》めて三成《なり》は大《おおい》に怒《いか》り、三「おの〳〵方《がた》はいかが思召《おぼしめ》すかはぞんぜねども、岐阜黄門秀信殿《ぎふこうもんひでのぶどの》の手前《てまえ》も有《あ》り、救《すく》わずんば武士《ぶし》の道《みち》に欠《か》けることである。よって各々手勢《おのおのてぜい》なりともお出《だ》しめされ」という尾《お》について、小西行長《こにしゆきなが》も、行「岐阜黄門忠志《ぎふこうもんちゅうし》によって堅固《けんご》に籠城《ろうじょう》あることとなれば、吾等《われら》こと〴〵く馳《は》せさんじて後詰《ごづめ》をせずばかなうまじ。何《いず》れも御《ご》不興《ふきょう》の体《てい》にみゆるは何《なに》ごとである。吾等《われら》は先手《さきて》の兵《へい》なりとも進発《しんぱつ》せざるべからず」と大音《たいおん》にのべたてたから、浮田秀家《うきたひでいえ》は是《こ》れを聞《き》いて、秀「いかさま御両所《ごりょうしょ》のもうさるるごとく、秀信殿《ひでのぶどの》折角《せっかく》味方《みかた》せられし手前《てまえ》もあり、後詰《ごづめ》おそくして落城《らくじょう》などさせては誠《まこと》にいいわけがない。よって吾等《われら》が郎党《ろうとう》斎藤権右衛門《さいとうごんえもん》は、万夫不当《ばんぷふとう》の勇士《ゆうし》でござるゆえ、彼《か》れに二千人《にん》をさずけて岐阜城《ぎふじょう》に遣《つかわ》すであろう」ともうし出《い》でたから三成《なり》もいささか怒《いか》りをしずめ、三「しからば拙者《せっしゃ》も杉江勘兵衛《すぎえかんべえ》に二千人《にん》をそえてさし遣《つか》わさん」行「拙者《せっしゃ》も山田忠右衛門《やまだちゅうえもん》、森本《もりもと》五郎右衛門《ろうえもん》の両人《りょうにん》に一千人《にん》を授《さず》けましょう」と有《あ》って、たちまち五千人《にん》の同勢《どうぜい》をもって大《おお》垣《がき》を出立《しゅったつ》いたさせたが、なにぶん評議《ひょうぎ》に時《とき》を移《うつ》したので、今《いま》ようやく合渡川《ごうとがわ》のこなたまで出《で》て参《まい》り、さきを窺《うかが》って見《み》まするると、川《かわ》の向《むこ》うには関東勢《かんとうぜい》が威義《いぎ》を正《ただ》して堂々《どうどう》とそなえを立《た》てて居《お》りますから、迂乎進撃《うっかりしんげき》することもできず、いかがはせんと評定《ひょうじょう》におよびましたが、このとき松田《まつ》十太夫《だだいふ》というものそれへ進《すす》みいで、十「われ〳〵は岐阜《ぎふ》の後詰《ごづめ》をせんとて折角《せっかく》これまで来《きた》りながら、わずかの敵《てき》に怖《おそ》れて川《かわ》をもよう渡《わた》らぬと有《あ》っては、主人《しゅじん》までの恥辱《ちじょく》と相成《あいな》る。しからばはやく此方《こちら》より押《お》し渡《わた》って、敵兵《てきへい》がささえなば命《いのち》かぎり戦《たた》かいをいたそうではござらぬか」と勇《いさ》み立《た》って言《い》い出《だ》した。スルと浮田秀家《うきたひでいえ》より遣《つか》わされたる斎藤権右衛門《さいとうごんえもん》は大勇猛《だいゆうもう》の人物《じんぶつ》ですから、権「ウム、その儀尤《ぎもっと》もしかるべし」と大賛成《だいさんせい》を表《ひょう》し、ここで直《すぐ》さまその評議《ひょうぎ》を定《さだ》め、やがて権右衛門《ごんえもん》はみずから川岸《かし》にいでて向《む》うを打《う》ちながめると、黒田長政《くろだながまさ》の一軍《ぐん》が、すでに此方《こなた》へ川《かわ》を渡《わた》ろうというありさまでございますから、権「ハヽア、さては東軍是《とうぐんこ》れへきたったるは、勇気《ゆうき》にはやってこの川《かわ》を渡《わた》り、われ〳〵と戦《たたか》いをひらかんという所存《しょぞん》と相《あい》みえる。彼《あ》の馬印《うまじるし》はたしかに黒田《くろだ》、藤堂《とうどう》とおもわれるが、彼等《かれら》はこの辺《あた》りの勝手《かって》不案内《ふあんない》の遠国者《えんごくもの》である。よしそれなれば一番《ばん》あざむいて撃《う》ちとりくれん。この筋《すじ》は浅瀬《あさせ》にして川下《かわしも》は深《ふか》き由《よし》なれば、われ〳〵が下流《かりゅう》の方《ほう》を渡《わた》る体《てい》に見《み》せなば、敵方《てきがた》の兵《へい》はさては浅瀬《あさせ》ならんと思《おも》っておなじく川下《かわしも》より渡《わた》らんとするに相違《そうい》無《な》い。このとき川中《かわなか》で漂《ただ》ようところを撃《う》ちとろうではないか」ともうしますると、諸士《しょし》の面々《めんめん》は一同《どう》これに賛成《さんせい》をいたし、まず斎藤《さいとう》、松田《まつだ》の両人《りょうにん》まっさき駈《か》けに川下《かわしも》に向《むか》って、馬《うま》を水中《すいちゅう》にパッとのり入《い》れた。ところが東岸《とうがん》より是《こ》れを眺《なが》めた黒田長政《くろだながまさ》は心《こころ》のうちに、「さては那処《あすこ》こそ浅瀬《あさせ》と相見《あいみ》える。われも敵方《てきがた》の押《お》しよせ渡《わた》るところをまち受《う》けてたたかわん」と勇《いさ》みに勇《いさ》んですでにその下知《げち》をせんとする。このとき後藤又兵衛《ごとうまたべえ》ははやくも敵方《てきがた》の計略《けいりゃく》をしって押《お》しとどめ、又「アイヤ吾君《わがきみ》、待《ま》ち給《たま》え、敵方《てきがた》は初《はじ》めにこの向《むこ》う岸《ぎし》にそなえを立《た》てたのではございませんか。しかるに今《いま》にわかに川下《かわしも》を渡《わた》らんとするのは、これ必《かなら》ず深《ふか》き謀計《はかりごと》ある事《こと》とおもわれます。よって迂闊《うかつ》に打《う》ちいったらばきっと過失《あやまち》をとります。正《まさ》しく此筋《このすじ》こそ浅瀬《あさせ》に相違《そうい》ございませんゆえ、御主君《ごしゅくん》はここよりお渡《わた》りあそばしまするよう。拙者《せっしゃ》はしょう〳〵思《おも》う仔細《しさい》もあれば、敵《てき》の渡《わた》るところより川《かわ》を渡《わた》って見《み》ましょう。御《ご》主君《しゅくん》はその隙《すき》にここより川《かわ》を渡《わた》って敵《てき》の陣所《じんしょ》へ切《き》りいり給《たま》え」と勧《すす》め立《た》てた。スルと片傍《かたわき》に控《ひか》えた黒田《くろだ》三左《ざ》衛門《えもん》一成《かずなり》も、一「なるほど後藤氏《ごとううじ》のもうさるる通《とお》り、これはかならず敵《てき》方《がた》の謀計《はかりごと》とおもわれまするから、拙者吾君《せっしゃわがきみ》の先陣《せんじん》となって、ここより渡《わた》り申《もう》さん」と述《の》べたから、黒田長政《くろだながまさ》においてもこれに同意《どうい》をする。ところで此方後藤又兵衛基次《こなたごとうまたべえもとつぐ》は、あらかじめ敵《てき》の謀計《はかりごと》をさっし、主人長政《しゅじんながまさ》を此処《ここ》に残《のこ》し置《お》き、其身《そのみ》は只一人《ただひとり》ひそかに川下《かわしも》へ廻《まわ》って来《き》たが、元来智謀《がんらいちぼう》にすぐれし名士《めいし》の基次《もとつぐ》は敵《てき》の計略《けいりゃく》を察《さっ》してかえって敵将《てきしょう》を討《う》ちとりくれんずと心《こころ》にうなずき、鎧《よろい》を脱《ぬ》ぎ捨《す》てて小具足《こぐそく》ばかりに兜《かぶと》を着《ちゃく》し、身軽《みがる》にいでたって馬《うま》にうち跨《また》がり、敵方《てきがた》の渡《わた》る此方《こなた》の岸《きし》よりサッと川中《かわなか》に馬《うま》をのりいれたが、案《あん》のごとくなか〳〵の深水《ふかみ》でございますから、基次《もとつぐ》は馬《うま》を引《ひ》きたて〳〵押《お》しわたらんとする。このとき西岸《せいがん》よりは松田《まつだ》十太夫《だいふ》、斎藤権《さいとうごん》右《え》衛門《もん》の両人川中《りょうにんかわなか》へ馬《うま》をザンブと乗《の》りいれて、川中《かわなか》三分《ぶ》ばかりのところで、ピタッと馬《うま》を乗《の》り捨《す》てた。ここから東《ひがし》の方《かた》は水《みず》が深《ふか》いから、このところで敵《てき》を討《う》ちとろうという考《かんが》えをいたしている。ところへ此方《こなた》の岸《きし》から後藤《ごとう》がザブ〳〵川《かわ》を渡《わた》りはじめたから松田《まつだ》は士卒《しそつ》に鉄砲《てっぽう》をもたせ、近《ちか》よらば一撃《げき》の許《もと》に撃《う》ち殺《ころ》そうと相《あい》まって居《い》ると、又兵衛基次《またべえもとつぐ》はこのていを眺《なが》めて密《ひそ》かに打《う》ち悦《よろ》こび段々《だんだん》と馬《うま》を進《すす》めたが、水《みず》はいよ〳〵深《ふか》くして鞍爪《くらづめ》もわからぬくらい。その身《み》はなおも勇気《ゆうき》にはやる体《てい》に見《み》せ掛《か》け、手綱《たづな》をひきたて〳〵恐《おそ》るる色《いろ》もなくおし渡《わた》り、今《いま》しも川《かわ》の中流迄《ちゅうりゅうまで》出《で》てくると、馬上《ばじょう》ながらに大音《だいおん》をあげたることにいたして、又「ヤア〳〵敵《てき》も味方《みかた》も能《よ》ッく承《うけたま》われ。われこそは黒田甲斐守《くろだかいのかみ》が郎党《ろうとう》にして、後藤又兵衛基次《ごとうまたべえもとつぐ》ともうすもので有《あ》る。この川《かわ》の先陣《せんじん》を致《いた》す」と呼《よ》わりながら、敵兵《てきへい》間近《まぢか》く進《すす》んでくる。それとみるよりこなた松田《まつだ》十太夫《だいふ》、十「スワヤ来《きた》ったり、ソレ撃《う》ち出《だ》せッ」と下知《げち》をいたしまするると士卒《しそつ》はたちまち狙《ねら》いを定《さだ》めドヽヽドーンと、鉄《てっ》砲《ぽう》を撃《う》ちはなしたが、其《そ》れと同時《どうじ》に又兵衛《またべえ》は、又「アヽッ」と一声残《こえのこ》したまま、ドブーンと水中《すいちゅう》にうち落《お》され、水《みず》の間《ま》に〳〵おい〳〵敵《てき》の馬前《ばぜん》へ流《なが》れよる。これを眺《なが》めて十太夫《だいふ》は大《おお》いによろこび、十「得《え》たりや応《おう》ッ」と槍《やり》とり直《なお》し、馬上《ばじょう》よりただ一突《つ》きと狙《ねら》いをつけ、グワ〳〵ッと繰《く》り出《だ》したる槍先《やりさ》きに、アワヤ後藤《ごとう》は田楽差《でんがくざ》しとおもいの外此方《ほかこなた》はもとより企《たく》んだこととて、先刻《せんこく》の鉄砲《てっぽう》に命中《あた》ったていに見《み》せかけ、勿論水練《もちろんすいれん》は無双《むそう》の達人《たつじん》、ひそかに手足《てあし》で舵《かじ》をとりながら、松田《まつだ》の側《そば》へ流《なが》れ寄《よ》ったのだが、いましも、十「エヽッ」と一声《せい》松田《まつだ》が突《つ》きだしたる槍《やり》さきを、グルリ身体《からだ》をかわすやいなや、水中《すいちゅう》にムク〱ッともぐりいると見《み》るまに、はやくも十太夫《だいふ》の打《う》ち跨《また》がったる馬《うま》の前足《まえあし》をグーッと引摑《ひっつか》み、怪力《かいりき》に任《まか》してズル〱ッとひいたから、不意《ふい》を喰《くら》って何《なに》たまろう、十太夫《だいふ》は槍《やり》を持《も》ったそのままに、サブーンと水中《すいちゅう》に真逆《まっさか》さまに陥《はま》り込《こ》んだ。得《え》たりや応《おう》と又兵衛基次《またべえもとつぐ》、十太夫《だいふ》の身体《からだ》を其儘《そのまま》ブク〱ッと深所《ふかみ》へ引摺《ひきず》ってまいり、水《みず》のなかで難無《なんな》く松田《まつだ》の首《くび》を掻《か》ききり、其兜《そのかぶと》をうばわって自分《じぶん》がそれを着《ちゃく》し、自分《じぶん》の兜《かぶと》を松田《まつだ》の首《くび》にきせ、その首《くび》を刀《かたな》のさきに貫《つら》ぬいて水中《すいちゅう》ながら高《たか》くさしあげ、抜手《ぬきて》をきって斎藤権右衛門《さいとうごんえもん》の控《ひか》えたるところへさして、ドン〱ドン〱進《すす》んで行《ゆ》く。ところが斎藤権右衛門《さいとうごんえもん》におきましては、いましも松田《まつだ》が水中《すいちゅう》へ陥《はま》り込《こ》んだのをはるか此方《こなた》から眺《なが》めて、馬《うま》を踏《ふ》み損《そん》じたので有《あ》ろうと思《おも》いおどろいて居《お》りまする処《ところ》へ、暫《しば》らくするとその松田《まつだ》の兜《かぶと》がヒョイッと水上《すいじょう》にあらわれ、どうやら敵《てき》の首《くび》を差《さ》しあげて此方《こちら》へ泳《およ》いでまいりますから、扨《さ》ては十太夫《だいふ》が敵《てき》の首《くび》を討《う》ちとったものと早《はや》合点《がってん》をなし、権「松田殿《まつだどの》、水中《すいちゅう》の働《はた》らき天晴《あっぱ》れ〱」といいながら、やがて近寄《ちかよ》ったる奴《や》つを引揚《ひきあ》げて遣《や》らんと、馬上《ばじょう》から片手《かたて》を差《さ》し伸《の》べたやつを、基次《もとつぐ》は其手《そのて》をつかんで、又

「エーッ」と水中《すいちゅう》へひき落《おと》した。此方権右衛門《こなたごんえもん》も聞《きこ》えた勇士《ゆうし》だが、水《みず》に慣《な》れぬのと不意《ふい》を喰《くら》ったので、権「アヽッ」と狼狽《ろうばい》をする隙《すき》もなく、基次《もとつぐ》は又候深所《またぞろふかみ》へこれを引摺《ひきず》ってまいり、これも同《おな》じく水中《すいちゅう》で首《くび》を掻《か》ききって仕舞《しま》った。ちょっとの間《ま》にこの寄手《よせて》の大将《たいしょう》を二人《ふたり》迄何《までなん》の苦《く》もなく打《う》ちとったることとて、敵《てき》も味方《みかた》もただ後藤《ごとう》の目覚《めざま》しきはたらきに胆《きも》を潰《つぶ》している。其間《そのあいだ》に又兵衛基次《またべえもとつぐ》は早《はや》くも斎藤《さいとう》の馬《うま》にヒラリッとうち跨《また》がり、はるかの味方《みかた》を差《さ》しまねいておいて、ただちに馬《うま》を飛《と》ばして向《む》う岸《ぎし》へおし渡《わた》った。これをながめて此方後藤《こなたごとう》の郎党片山勘兵衛《ろうとうかたやまかんべえ》、山田幸右衛門《やまだこうえもん》その他《た》のものは、士卒《しそつ》を従《した》がえドッと許《ばか》りに押《お》し渡《わた》る。このとき、黒田長政《くろだながまさ》は川上《かわかみ》の処《ところ》からおし渡《わた》らんとして、まず瀬踏《せぶ》みとして黒田《くろだ》三左衛門《ざえもん》が真《まっ》さきに進《すす》んで馬《うま》をのりいれると、水《みず》は非常《ひじょう》に浅瀬《あさせ》でございますゆえ、三左衛門《ざえもん》はそのまま真一文字《まいちもんじ》に向《む》う岸《ぎし》におし渡《わた》って大音《だいおん》をあげ、三「ヤア〳〵敵《てき》も味方《みかた》もよくうけたまわれよ。この川《かわ》の先陣《せんじん》は黒田甲斐守長政《くろだかいのかみながまさ》なり」と名乗《なの》りをあげ、そのままドッとばかりに敵陣目蒐《てきじんめが》けてつき入《い》った。

◎筑前《ちくぜん》黒田《くろだ》家《け》退去《たいきょ》

つゞいて黒田長政《くろだながまさ》もサッと川中《かわなか》に馬《うま》をのりいれて、難《なん》なく向《むこ》う岸《ぎし》に打《う》ち渡《わた》り、無《む》二無《む》三敵陣《てきじん》めがけて突掛《つっかか》る。ところがここは石田《いしだ》の郎党《ろうとう》渡辺新之丞《わたなべしんのじょう》、杉江勘兵衛《すぎえかんべえ》、村山理助《むらやまりすけ》等《ら》が備《そな》えをたてて居《お》りましたが、いまこの黒田《くろだ》の勢《いきお》いにみな〳〵恐《おそ》れをなし、士卒《しそつ》はウワーッワッと敗走《はいそう》におよんだから、三人《にん》の輩《ともがら》はおおいに憤《いきどお》りを発《はっ》し、三人「ヤッみなのもの止《とど》まれーッ〳〵ッ」と残兵《ざんぺい》を激《はげ》まし戦《たたか》おうとするところへ、黒田《くろだ》三左衛門《ざえもん》は槍《やり》を捻《ひね》って大喝《だいかつ》一声《せい》、喚《おめ》きさけんで突《つ》きこんだ。これをながめて村山理助《むらやまりすけ》は、理「ヤア猪牙才《ちょこざい》千万《ばん》なりッ。わが陣刀《じんとう》のきれ味《あじ》を見《み》よッ」と三尺余《しゃくよ》の陣刀《じんとう》をギラリふり冠《かむ》ってきってかかり、三四合《ごう》も打《う》ち合《あわ》せたがこなた三左衛門《ざえもん》は、三「エヽッ面倒《めんどう》なりッ」と一声《こえ》かけるとひとしく、チャチーン彼《か》の陣刀《じんとう》を撥《は》ねあげた。刀《かたな》をとられて理助《りすけ》はウロ〳〵狼狽《うろた》えて居《い》るやつを、隙《す》かさず斬《き》り込《こ》んだ三左衛門《ざえもん》は、絶息《とどめ》の槍《やり》をグサッと突《つ》き差《さ》して、ついに首《くび》をあげてしまった。ところがここに管《すが》六之助《のすけ》という黒田《くろだ》の家臣《かしん》があって、これは先年朝鮮《せんねんちょうせん》の役《えき》において、勢《いきお》い烈《はげ》しき猛虎《もうこ》を手捕《てど》りにしたと言《い》う位《くらい》の勇士《ゆうし》で、黒田《くろだ》三左衛門《ざえもん》にまさるとも豈夫劣《よもやおと》らぬというう猛勇無双《もうゆうむそう》の豪傑《ごうけつ》、これ又黒田《またくろだ》の後《あと》に続《つづ》いて敵中《てきちゅう》に駈《か》けいり、忽《たちま》ち杉江勘兵衛《すぎえかんべえ》を突《つ》き伏せなんの苦《く》もなく首《くび》を掻《か》ききってしまった。この有様《ありさま》にいよ〳〵西軍《せいぐん》は乱《みだ》れ立《た》って、渡辺《わたなべ》新之丞《しんのじょう》もぜひなく引《ひ》きしりぞかんとする。大将黒田長政《たいしょうくろだながまさ》はこれをながめて、長「ソレ一人《にん》もあますなッ、討《う》ち取《と》れッーッ」と呼《よば》わりながら、みずから槍《やり》を捻《ひね》って追《お》っ駈《か》ける。新之《しんの》丞《じょう》は長政《ながまさ》をみるより好《よ》き敵《てき》なりとおもったかヒラリひきかえしてチャーンと槍《やり》をあわせ、火水《ひみず》になって戦《たたか》ったから、これをながめて石田《いしだ》の郎党《ろうとう》、三十人《にん》ばかりの者《もの》どもは、皆「ソレ敵方《てきがた》の大将《たいしょう》討《う》ちとってしまえッ」とドッと返《かえ》して黒田長政《くろだながまさ》を、四方《ほう》八方《ぽう》より追《お》っとり囲《かこ》んで撃《う》たんとする。ところが長政《ながまさ》はあまり急《きゅう》に追《お》っ駈《か》けたので、吾《わ》が後《あと》に続《つづ》く兵《へい》もなく仕《し》方《かた》なく自分唯《じぶんただ》一騎《き》大勢《おおぜい》に取《と》り囲《かこ》まれ、すでに危《あや》うくみえたるところへ、彼方《あなた》の方《かた》より、パッ〳〵〳〵ッ砂煙《すなけむ》りをたてて駈《か》けつけてきたのは、彼《か》の後藤又兵衛基次《ごとうまたべえもとつぐ》にして、川下《かわしも》にて敵《てき》をおい散《ち》らし、長政《ながまさ》の馬印《うまじるし》をみるより、これへ馬《うま》をとばして駈《か》けつけたのでございます。又「ヤア〳〵御主君御心確《ごしゅくんおこころたし》かにお持《も》ちあそばせ、後藤又兵衛基次助勢《ごとうまたべえもとつぐじょせい》つかまつるッ」とドッとばかりに突込《つっこ》んだまま、たちまち敵方《てきがた》の大将分《たいしょうぶん》を五六騎《き》バッタ〳〵ッと突《つ》き落《おと》し、いきおいに乗《じょう》じて駈《か》け立《た》てたから、敵兵共《てきへいども》はたちまち八方《ぽう》へ散乱《さんらん》する。ところへ藤堂《とうどう》佐渡守高虎《さどのかみたかとら》、田中兵部大輔吉政《たなかひょうぶたいふよしまさ》等の同勢《どうぜい》、次第《しだい》〱に駈《か》けつけてまいり、ついに此敵《このてき》をこと〲く討《う》ちはらい、勝鬨《かちどき》をあげたことにございます。これを関《せき》ヶ原《はら》の戦《たたか》い始《はじ》めとして、ここに東西両軍《とうざいりょうぐん》の大戦争《だいせんそう》となり、天下分目《てんかわけめ》の関《せき》ヶ原《はら》も、金吾中納言《きんごちゅうなごん》の裏切《うらぎ》りによって僅《わず》か一日《にち》のあいだに勝敗定《しょうはいさだ》まり、徳川方《とくがわがた》の大勝利《だいしょうり》とあいなったが、当時黒田長政《とうじくろだながまさ》の軍《ぐん》にしたがって働《はた》らいたる後藤又兵衛《ごとうまたべえ》の勲功《くんこう》は敵味方《てきみかた》の目《め》を驚《おど》ろかしたのでございます。この功《こう》によって黒田甲斐守長政《くろだかいのかみながまさ》は筑前福岡《ちくぜんふくおか》において五十二万石《まんごく》をたまわり、其他《そのた》の諸将《しょしょう》もめい〱それ〲恩賞《おんしょう》をたまわった。このとき黒田長政公《くろだながまさこう》は後藤又兵衛《ごとうまたべえ》に三万《まん》五千石《ごく》の食禄《しょくろく》をあたえ、筑前大隈《ちくぜんおおくま》の城主《じょうしゅ》に封《ほう》じたのですが、これは実《じつ》に不公平《ふこうへい》きわまった所置《しょち》といわねばならぬ。なぜなれば此黒田《このくろだ》が、筑前福岡《ちくぜんふくおか》を領《りょう》して、五十二万石《まんごく》という大身《たいしん》にあいなったのも、畢竟《ひっきょう》するに後藤又兵衛《ごとうまたべえ》が槍先《やりさ》きの功名《こうみょう》によるので、すでに長政《ながまさ》の父黒田如水《ちちくろだじょすい》が病死《びょうし》をいたしまする砌《みぎ》り、その枕許《まくらもと》に子息長政《しそくながまさ》と後藤又兵衛《ごとうまたべえ》の両人《りょうにん》をお招《まね》きにあいなり、当黒田家《とうくろだけ》は其方等《そのほうら》二ツ割《わり》にいたしてもよい、それは当家《とうけ》がかく盛《さか》んにあいなったのも、皆《みな》これ後藤又《ごとうまた》兵衛《べえ》が働《はた》らきである、必《かな》らずわが亡《な》き後《のち》といえども後藤《ごとう》を粗末《そまつ》にしてはあいならぬと、くれ〴〵も御遺言《ごいごん》があった位《くらい》だが、しかし黒田長政《くろだながまさ》の方《ほう》にしてみると、たとえ間違《まちが》いながら理屈《りくつ》があったので、これはつまり甲斐守長政《かいのかみながまさ》に後藤《ごとう》のごとき勇士《ゆうし》をみる目《め》がなかったのです。それは何《なん》であるかというと、前年石田《ぜんねんいしだ》三成《なり》がことを企《くわ》だてて、関ケ原《せきはら》に旗揚《はたあ》げをいたしまする際《さい》、後藤又兵衛《ごとうまたべえ》は主人甲斐守長政《しゅじんかいのかみながまさ》にすすめて、又「まず石田《いしだ》の心中《しんちゅう》は充分御《じゅうぶんご》承知《しょうち》の上石田方《うえいしだがた》に味方《みかた》をなし、ここで徳川《とくがわ》をうち滅《ほろ》ぼしたそののち、また〳〵石田《いしだ》を討《う》ちとって主君天下《しゅくんてんか》の政権《せいけん》を握《にぎ》られよ、いまここにて徳川方《とくがわがた》に従《した》がうときは、所謂徳川《いわゆるとくがわ》のために欺《だま》し使《つか》いとあいなり、生涯頭《しょうがいあたま》のあがらぬ道理《どうり》、御父孝高公《おんちちよしたかこう》ですら太閤御存生《たいこうごぞんしょう》のおりから天下《てんか》をのぞみ給《たま》いしことあり、という意味《いみ》をもって、しきりに長政殿《ながまさどの》にすすめたが、なにぶん甲斐守長政殿《かいのかみながまさどの》は左様《さよう》なこころえ違《ちが》いの儀《ぎ》は宜敷《よろし》くないといって、ついに後藤《ごとう》の勧《すす》めにしたがわず徳川殿《とくがわどの》へ味方《みかた》をいたし、関ケ原《せきはら》に出陣《しゅつじん》をしたので、後藤基次《ごとうもとつぐ》においても、自分《じぶん》には充分《じゅうぶん》の成算《せいさん》はありながら、対手《あいて》が主人《しゅじん》だから強《し》いてという訳《わけ》にもゆかず、主人《しゅじん》にしたがって関ケ原《せきはら》におなじく出陣《しゅつじん》をした。然《しか》るにまったく石田《いしだ》の手《て》は空《むな》しくやぶれて、徳川方《とくがわがた》の勝利《しょうり》とあいなり、黒田《くろだ》は福岡《ふくおか》五十二万石《まんごく》に封《ほう》ぜられたる節《せつ》、甲斐守《かいのかみ》は後藤又兵衛基次《ごとうまたべえもとつぐ》にむかって、長「いかに基次《もとつぐ》、先般汝《せんばんなんじ》の言葉《ことば》にしたがい石田《いしだ》に味方《みかた》をするときは、いまごろは所領《しょりょう》をこと〴〵く失《うし》なうのであった。其方《そのほう》は実《じつ》におそろしき謀反人《むほんにん》である」と仰《おお》せられた。このとき基次《もとつぐ》は莞爾《にっこ》りわらい、又「さればでございまする、黒田家《くろだけ》が畢竟徳川家《ひっきょうとくがわけ》に御《お》従《した》がいなされたればこそ徳川《とくがわ》の勝利《しょうり》とあいなりましたが、万《まん》一石田方《いしだがた》にお附《つ》きあそばしたならば、必《かな》らず徳川方《とくがわがた》は滅亡《めつぼう》いたしました。しかし御主君《ごしゅくん》はモウそれだけの御思召《おぼしめ》しの御《お》方《かた》でございまするから、私《わたし》は強《し》いて彼《か》れこれは申《もう》しあげませんが、いかにも惜《お》しい事《こと》をつかまつりました」とただ笑《わら》っておりましたが、これより後《のち》は黒田甲斐守長政殿《くろだかいのかみながまさどの》、家臣《かしん》ながら後藤又兵衛《ごとうまたべえ》は実《じつ》に恐《おそ》るべき奴《や》ツであると、そののちは何《なん》となく諸事《しょじ》について意見《いけん》が合《あ》わないので、ただ大隈《おおくま》三万《まん》五千石《ごく》に封《ほう》じただけで、面白《おもしろ》く思《おも》っておられない。併《しか》し又兵衛《またべえ》はけっして主君長政《しゅくんながまさ》に対《たい》して悪《わる》いかんがえを抱《いだ》いていたのではないので、ただ穏和《おとな》しく大隈《おおくま》の城《しろ》にあって三万《まん》五千石《ごく》をいただき、専《もっ》ぱら黒田家《くろだけ》に忠義《ちゅうぎ》をつくし、人々《ひとびと》もその器量《きりょう》のほどを敬服《けいふく》いたしている。また諸大名《しょだいみょう》の連中《れんじゅう》も後藤又兵衛《ごとうまたべえ》が朝鮮征伐以来関《ちょうせんせいばついらいせき》ケ原《はら》の一戦《せん》に、非常《ひじょう》な勲功《くんこう》をあらわして、主家黒田家《しゅかくろだけ》を福岡《ふくおか》五十二万石《まんごく》に出世《しゅっせ》させたのは、みな又兵《またべ》衛《え》の槍先《やりさき》の功名《こうみょう》によって得《え》たとしっているから、あまり黒田家《くろだけ》が後藤《ごとう》を待遇《たいぐう》するの薄《うす》いのを呆《あき》れている。しかるに此処《ここ》にまた一つ主従《しゅじゅう》のあいだを隔《へだ》てたというは、この又兵衛《またべえ》の倅《せがれ》甚太郎《じんたろう》というものが、幼少《ようしょう》のときより黒田長政殿《くろだながまさどの》のお側《そば》において小姓役《こしょうやく》を相勤《あいつと》めておりましたが、当年《とうねん》とって十五才《さい》の春《はる》をむかえた、天晴《あっぱ》れ小姓《こしょう》のうちでは美男《びなん》とよばれて、後藤《ごとう》ほどの豪傑《ごうけつ》の伜《せがれ》にしては似合《にあわ》しからざる優《やさ》しい、女《おんな》にもみまほしき生《うま》れでございます。ところで主君黒田甲斐守殿《しゅくんくろだかいのかみどの》はしきりに是《こ》れを御寵愛《ごちょうあい》に相成《あいな》っていられたが、あるとき黒田家《くろだけ》の領分《りょうぶん》、彼《か》の筑紫太宰府《つくしだざいふ》の天神《てんじん》へ寄進《きしん》のためとあって、神官《しんかん》より願《ねが》いいでお能《のう》を興行《こうぎょう》いたしたことがある。このときわざ〱南都《なんと》より観世長太夫《かんぜちょうだいふ》という名人《めいじん》がくだって能《のう》をもよおしたが、長政公《ながまさこう》もこれを御上覧《ごじょうらん》になったときに、かねて後藤《ごとう》の一子《し》甚太郎《じんたろう》も、此道《このみち》には熱心《ねっしん》のものと聞《き》きおよばれたので、長「コリャ甚太郎《じんたろう》、其方《そのほう》もなにか一差《さ》しまえよ」との仰《おお》せがさがった。主命《しゅめい》もだしがたく甚太郎《じんたろう》はそのせつ一番《ばん》の能《のう》をもよおしたが、これ迄《まで》はさのみの思召《おぼしめ》しもなかったけれどもこのとき甲斐守殿《かいのかみどの》が甚太郎《じんたろう》の能《のう》を御覧《ごらん》あそばして、ことの外御賞美《ほかごしょうび》のあまり、長「甚太郎《じんたろう》なるものは今日《こんにち》より予《よ》が寵愛《ちょうあい》いたし遣《つか》わす。寝所《しんじょ》の伽《とぎ》をもうしつける」と仰《おお》せだされた。御側御用人長田安太夫《おそばごようにんおさだやすだいふ》というものに御沙汰《ごさた》にあいなりますると、さっそく長田安太夫《おさだやすだいふ》は城内《じょうない》にかえって甚太郎《じんたろう》をまねき、安「さて甚太郎殿御悦《じんたろうどのおよろこ》びあれ、主君今日拙者《しゅくんこんにちせっしゃ》に仰《おお》せだされましたるは、貴公《あなた》は御寝所《ごしんじょ》の伽《とぎ》をさせよとの御事《おんこと》、これ主君《しゅくん》の思召《おぼしめ》しに適《かな》いしことでありますから、さっそくお請《う》けをいたされよ」甚太郎《じんたろう》はこれをうけたまわりますると、ハッと許《ばか》りにおどろいた。甚「ハッ、そは折角《せっかく》の仰《おお》せにはございまするが、拙者《せっしゃ》においては其儀《そのぎ》は平《ひら》に御容赦《ごようしゃ》のほどを願《ねが》いたてまつります」と断然《だんぜん》として跳《は》ねつけた。長田《おさだ》はこれを聞《き》いて大《おお》いにいきどおり、安「これは甚太郎殿《じんたろうどの》、実《じつ》に怪《け》しからぬことをいわっしゃる。武士《ぶし》たるもの主君《しゅくん》より高禄《こうろく》を頂戴《ちょうだい》し、身体髪膚《しんたいはっぷ》を養《やし》なうにあらずや。しからば命《いのち》までみな御主人《ごしゅじん》のものである。それになんぞや御用赦《ごようしゃ》を願《ねが》いたいの不《ふ》承知《しょうち》のとは、はなはだ以《も》って心得《こころえ》ちがいであろう。そう〱お請《う》けをいたさねばお身許《みばか》りかお身内《みうち》の方々《かたがた》にもお為《た》めにあいなるまい」甚太郎《じんたろう》はサッと気色《けしき》を変《か》えたることにいたして、甚「これは実《じっ》に怪《け》しからぬ仰《おお》せ、身体髪膚《しんたいはっぷ》を養《やし》なう云々《しかじか》とのただいまの御《ご》一言《ごん》、一応《おう》御道理《ごもっとも》なる仰《おお》せなれど今日《こんにち》武士《ぶし》たるものが寝所《しんじょ》の伽《とぎ》の御奉公《ごほうこう》をつとめ、喜《よろ》こびますものがあるかは存《ぞん》じませぬが、身不肖《みふしょう》なれども拙者《せっしゃ》は、後藤又兵衛基次《ごとうまたべえもとつぐ》の一子《し》でござる。身命《しんめい》を抛《なげ》うち主君《しゅくん》の御馬前《ごばぜん》にて命《いのち》をすて、御家《おいえ》のために戦場《せんじょう》において屍《かばね》を曝《さら》すがこれ武士《ぶし》たるものの身《み》の勤《つと》めともうす者《もの》でござる。しかるにそれとは事変《ことかわ》り、これは御奉公《ごほうこう》の筋《すじ》がちがいまする。よって私《わたし》は飽《あ》くまでも男色《だんしょく》などの御奉公《ごほうこう》はお断《こと》わりを申《もう》しあげます。他《た》に喜《よろ》こんでお請《う》けをいたします者《もの》も候《そうら》わんが、それは所謂戦場《いわゆるせんじょう》の働《はた》らきのできざるものでございまして、今日男子《こんにちだんし》たるべきものが、婦人同様《ふじんどうよう》に寝所《しんじょ》の伽《とぎ》をつとめ、御寵愛《ごちょうあい》を蒙《こう》むるなどの所存《しょぞん》は更《さら》にこれなく、この儀許《ぎばか》りは主君《しゅくん》の御意《ぎょい》たりとも固《かた》くお断《ことわ》りを申《もう》しあげます。それがために私《わたし》および私《わたし》一家《か》のものに対《たい》しお為《た》めにならぬと仰《おお》せられまするが、左様《さよう》なことが御咎《おとが》めになるのならば、如何《いかん》ともいたし方《かた》がございません」と理《り》の当然《とうぜん》にさしもの長田安太夫《おさだやすだいふ》も、大《おお》いに赤面《せきめん》をいたし、さっそく此由《このよし》を主人長政殿《しゅじんながまさどの》に申《もう》しあげますると、長「なんと申《もう》す、甚太郎《じんたろう》はいよ〱左様《さよう》もうしたか。ウム左様《そう》か、流石《さすが》は後藤《ごとう》の伜《せがれ》丈《だ》けのことはある。健気《けなげ》なことを申《もう》しおったのう。左様《さよう》なことを申《もう》すなれば予《よ》は飽《あ》くまでも執心《しゅうしん》が増《ま》すのである。コリャ安太夫《やすだいふ》、其方《そのほう》より篤《とく》と彼《か》れにもうし付《つ》けるがよかろうぞ。万《まん》一強情《ごうじょう》を張《は》らば予《よ》においても所存《しょぞん》がある。其方《そのほう》どもに屹度切腹《きっとせっぷく》を申《もう》しつけるぞ、左様《さよう》にこころえよ」弱《よわ》ったのは長田安太夫《おさだやすだいふ》だ、こりゃアどうも大変《たいへん》なことになって来《き》たと思《おも》いながら、拠《よん》どころなく再《ふた》たび甚太郎《じんたろう》を手許《てもと》にまねいて、安「甚太郎殿《じんたろうどの》、貴殿《きでん》が強《た》って御辞退《ごじたい》をなさるとお身《み》のためによろしくござらぬ。御親父《ごしんぷ》に御迷惑《ごめいわく》がかかる様《よう》なことがあっては不孝《ふこう》の第《だい》一。それでもお手前《てまえ》は御不承知《ごふしょうち》であるか」甚太郎《じんたろう》も不孝《ふこう》という一言《ごん》を聞《き》いて、暫時途方《ざんじとほう》にくれていたが、なにか心《こころ》のうちに思案《しあん》を定《さだ》めたうえ、甚「このうえからは即答《そくとう》もなりかねます。暫時《ざんじ》御部屋《おへや》にさがって思案《しあん》のうえ、後程御返事《のちほどごへんじ》をつかまつる」とそのまま吾《わ》が部屋《へや》に退《さが》りまするとそう〳〵身仕度《みじたく》をいたして城内《じょうない》を立出《たちい》で、父《ちち》の居城《きょじょう》たる彼《か》の大隈《おおくま》の城《しろ》へ逃《に》げ帰《かえ》ってしまった。

◎一子《し》後藤甚太郎《ごとうじんたろう》の切腹《せっぷく》

後藤甚太郎《ごとうじんたろう》は身仕度《みじたく》も匆々《そこそこ》大隈《おおくま》の城内《じょうない》へ帰《かえ》ってまいりまするとさっそく父又兵衛基次《ちちまたべえもとつぐ》に対面《たいめん》をいたしましたが、仔細《しさい》をしらぬ又兵衛《またべえ》は大《おお》きにおどろき、又「コリャ、甚太郎《じんたろう》、勤役中《きんやくちゅう》に何故《なにゆえ》あって立《た》ちかえった」甚「ハッ御意《ぎょい》にございます。少々父上《しょうしょうちちうえ》にも申《もう》しあげ兼《か》ねまするが、実《じつ》は御主君《ごしゅくん》より些《いさ》さか御無体《ごむたい》な儀《ぎ》を仰《おお》せつけられ、それゆえ秘《ひそ》かに立帰《たちかえ》りました様《よう》な次第《しだい》。そのわけは御父上《おちちうえ》、あとにて委《くわ》しく申《もう》しあげまするゆえ、暫時《ざんじ》どうか休息《きゅうそく》を仰《おお》せ付《つ》けられまするよう」又兵衛《またべえ》はみるとよほど顔色《かおいろ》も悪《わる》うございますから、病気《びょうき》とこころえて許《ゆる》してやりまするとと、甚太郎《じんたろう》はそのまま一間《ま》の内《うち》にはいったきり、一向《こう》なんとも申《もう》してでません。しかるに此方《こちら》は黒田長政殿《くろだながまさどの》でございます。甚太郎《じんたろう》が遂《つい》に城内《じょうない》を飛《と》びだして、父《ちち》の許《もと》へ逃《に》げ帰《かえ》ったということをお聞《き》きに相成《あいな》りますると、ことの外御立腹《ほかごりっぷく》をいたされた。長「吾《わ》れを飽《あ》くまでも軽蔑《けいべつ》いたしたる仕業《しわざ》、此上《このうえ》はいかにしても許《ゆる》しがたし。コリャ長田安太夫《おさだやすだいふ》、汝《なんじ》そう〳〵大隈《おおくま》の城《しろ》に乗《の》りこんで甚太郎《じんたろう》を連《つ》れかえれよ」との仰《おお》せ、これによって長田安太夫《おさだやすだいふ》は取《と》るものも取《と》りあえず、大隈《おおくま》の城《しろ》に乗《の》りこんできた。さて後藤《ごとう》に面会《めんかい》をいたしますると安太夫《やすだいふ》は、安「さて後藤殿《ごとうどの》、御子息甚太郎殿《ごしそくじんたろうどの》このたび主君《しゅくん》の仰《おお》せをそむき、当城《とうじょう》へ逃《に》げ帰《かえ》られたでございましょう。これによって主君《しゅくん》はもっての外《ほか》の御立腹《ごりっぷく》。さっそく甚太郎殿《じんたろうどの》は拙者同道《せっしゃどうどう》にて立帰《たちかえ》りまする」このとき又兵衛基次《またべえもとつぐ》は、又「されば、いまし方倅《がたせがれ》はなるほど当城《とうじょう》へ立帰《たちかえ》りましたが、しかし何《なに》か不調法《ぶちょうほう》でもいたしましたのでござるかナ」安「さよう其儀《そのぎ》は甚太郎殿《じんたろうどの》に御訊《おたず》ねなされたら相判《あいわか》ります」又「ハヽア左様《さよう》か、しからばどうか暫時御猶予《ざんじごゆうよ》くだされ」又兵衛《またべえ》はそう〳〵彼《か》の居間《いま》に出掛《でか》けてまいり、取《と》り合《あ》いの襖《ふすま》をサラリひらいて中《なか》へ這入《はい》ろうとすると這《こ》はいかに、一間《ま》のうちには倅《せがれ》甚太郎《じんたろう》、はや両肌《りょうはだ》を押《お》し脱《ぬ》いで物《もの》の見事《みごと》に切腹《せっぷく》をいたして相果《あいは》てております。あまりのことに又兵衛《またべえ》もハッと驚《おど》ろいてよく〳〵みると、傍《かた》わらに一通《つう》の書置《かきおき》がのこしてある、取《と》る

手遅《ておそ》しと押披《おしひら》き、これを読《よ》みくだしてみると、

一此度吾君《このたびわがきみ》より閨中《けいちゅう》の伽仰《とぎおお》せつけられ候《そうら》えども、婦人同様《ふじんどうよう》の御奉公《ごほうこう》をつとめ、御寵愛《ごちょうあい》を蒙《こう》むり候《そろ》こと勇士《ゆうし》の本意《ほんい》にあらずと存《ぞん》ず。又二《またふた》つには父上《ちちうえ》の御名前《おなまえ》にも関《かか》わる儀《ぎ》と存《ぞん》じ余儀《よぎ》なく君命《くんめい》に背《そむ》きその申訳《もうしわけ》として切腹《せっぷく》いたし相果《あいは》て候《そろ》。

月《がっ》　日《ぴ》　　　　甚《じん》　太《た》　郎《ろう》

父《ちち》　上《うえ》　様《さま》

と記《しる》してある。ハッとおどろいたる又兵衛《またべえ》、無念《むねん》の歯嚙《はが》みをいたしたる事《こと》にいたして、又「吾《わ》れ一人《にん》の倅《せがれ》を惜《お》しむには非《あら》ずといえども、主人長政公《しゅじんながまさこう》のいたし方《かた》あまりといえば不《ふ》埒《らち》の所為《しょい》、畢竟《ひっきょう》ずるに福岡《ふくおか》五十二万石《まんごく》は後藤《ごとう》が奉公《ほうこう》に因《よ》るところである。しかるに倅《せがれ》に対《たい》し斯様《かよう》なことをいたさるるとは、まことに不埒至極《ふらちしごく》のことである」と怒《いか》り心頭《しんとう》に発《はっ》し、彼《か》の遺書《いしょ》を持《も》ってそのまま使者《ししゃ》に立《た》ったる長田安太夫《おさだやすだいふ》の前《まえ》にでてきた。そこで又兵衛《またべえ》は倅甚《せがれじん》太郎《たろう》が切腹《せっぷく》をいたしたる次第《しだい》を物語《ものがた》り、又「畢竟其方《ひっきょうそのほう》が主君《しゅくん》に対《たい》し、斯様《かよう》なことを諫言《かんげん》いたさぬから起《おこ》ったことである。この又兵衛《またべえ》の倅《せがれ》を閨中《けいちゅう》の伽《とぎ》などとは主人《しゅじん》のなされ方《かた》はなはだ宜敷《よろし》くない。倅《せがれ》が切腹《せっぷく》いたせし次第《しだい》を立帰《たちかえ》って左様《さよう》もうせッ」とハッタとばかり睨《ね》めつ

けた。これを聞《き》いて長田《おさだ》はブル〳〵ッと顫《ふる》えあがり、ほう〴〵の体《てい》で逃《に》げかえったが、さっそく甲斐守殿《かいのかみどの》にこのことを申《もう》しあげますると、長政《ながまさ》はもっての外《ほか》の御立腹《ごりっぷく》、「言語同断《ごんごどうだん》不埒《ふらち》な奴《や》ツ、このうえからは予《よ》も考《かんが》えがある」と仰《おお》せられて、其後又兵衛《そののちまたべえ》の様子《ようす》をそれとなく窺《うか》ごうておりますると、又兵衛《またべえ》は伜甚太郎《せがれじんたろう》の葬式《そうしき》をだした後病気《のちびょうき》と披露《ひろう》いたし、一向《こう》登城《とじょう》をいたしません。さて斯《こ》うなってみると主従《しゅじゅう》はます〳〵不和《ふわ》と相成《あいな》ってくる。日頃後《ひごろご》藤《とう》は当家《とうけ》の政事《せいじ》をにぎって万事《ばんじ》に指図《さしず》をいたしておりまするが、他《た》の家来《けらい》のめい〳〵は羨《うらや》ましきことに思《おも》って、なかには嫉妬《そねみねた》みをするものが沢山《たくさん》ある。なかにも黒田美作《くろだみまさか》という者《もの》はこのことを聞《き》いてさっそく登城《とじょう》をいたし、美「恐《おそ》れながら此儘《このまま》にことをお捨《す》ておきに相《あい》成《な》るときは、彼《か》れ又兵衛《またべえ》は屹度主君《きっとしゅくん》に仇《あだ》をいたします。よって今《いま》のうちに後藤《ごとう》を片附《かたづ》けてお仕舞《しま》いあそばせ」とだん〳〵勧《すす》め立《た》てたところから、長政殿《ながまさどの》も迂闊《うか》〳〵其気《そのき》にあいなって、長「ウム、それは至極道理《しごくどうり》のことであるが、しかしなにをいうにも天晴《あっぱ》れの豪傑《ごうけつ》、容易《ようい》に撃《う》ち取《と》ることは叶《かな》うまい。なにか宜敷《よろし》き計略《けいりゃく》はないか」と相談《そうだん》をいたしますると、美作《みまさか》はジッと考《かんが》えておりましたが、美「アヽ、それについて至極宜敷《しごくよろし》きことがございます。というは外《ほか》でもございませんが、人毎《ひとごと》に一つの癖《くせ》はあるものを、われには許《ゆる》せ敷島《しきしま》の道《みち》とあって、人間《にんげん》はなくて七癖《くせ》、あって四十八癖《くせ》とやらもうし、後藤《ごとう》はいつも詰所《つめしょ》にきたり、火鉢《ひばち》の前《まえ》に坐《すわ》りますると、すぐに火箸《ひばし》をもち、なにか灰《はい》の中《なか》へ文字《もんじ》などの物《もの》を書《か》くか、あるいは灰《はい》を掻《か》きまわすのが彼《か》れの癖《くせ》でございます。そこで御前《ごぜん》より彼《か》れに至急登城《しきゅうとじょう》を仰《おお》せつけられ、寒《さむ》いおりからですから沢山《たくさん》に宣徳《せんとく》の火鉢《ひばち》に火《ひ》をいれ、そのうえ鉄火箸《てつひばし》の太《ふと》い奴《や》ツを充分《じゅうぶん》に火《ひ》に投《く》べ焼《や》きたるを、後藤《ごとう》の入《い》りきたる前《まえ》に火鉢《ひばち》に差《さ》しておきまするると、彼《か》れは坐《すわ》るなり何心《なにごころ》なくグッとその火箸《ひばし》を握《にぎ》るに相違《そうい》ございません。さある時《とき》はたちまち手《て》に焼傷《やけど》をいたし、アッと驚《おど》ろくその隙《すき》をうかがい、四方《ほう》より飛《と》びこんで槍襖《やりぶすま》を立《た》てた上突殺《うえつきころ》すという手段《しゅだん》にあそばしては如何《いかが》でござります」長「ウム、そは至極面白《しごくおもしろ》からん」と主従《しゅじゅう》はこの卑怯未練《ひきょうみれん》なる計略《けいりゃく》をさだめ、さっそく長田安太夫《おさだやすだいふ》をはじめとして御近習《ごきんじゅう》の内槍術《うちそうじゅつ》に堪能《たんのう》のもの五十人《にんん》というものを撰《えら》みだし、充分用意《じゅうぶんようい》をいたさせたうえ、さて此方後藤又兵衛《こなたごとうまたべ》には至急用向《しきゅうようむ》きこれある由《よし》を申《もう》しいれ、病気《びょうき》にても苦《くる》しからず、強《お》して登城《とじょう》をいたせよとのことを申《もう》し伝《つた》えた。後藤《ごとう》の方《ほう》にしてみると、余《あま》りよい心持《こころも》ちはいたしませんけれども外《ほか》ならぬ君命《くんめい》のことでございますから、止《や》むをえず不承《ふしょう》〴〵に登城《とじょう》をなし、やがて其身《そのみ》の詰所《つめしょ》に来《きた》ってみると、宣徳《せんとく》の火鉢《ひばち》には沢山《たくさん》の火《ひ》が入《い》れてある。寒《さむ》い時分《じぶん》のこととて又兵衛《またべえ》は、さっそくその火鉢《ひばち》の前《まえ》に寄《よ》ってまいり、着坐《ちゃくざ》をいたしますると、何心《なにごころ》なく例《れい》の癖《くせ》をだして其儘《そのまま》そこに突《つ》き差《さ》してあった鉄火箸《てつひばし》をグイッと握《にぎ》ったが、かねて充分真赤《じゅうぶんまっか》になる程焼《ほどや》いてあった火箸《ひばし》ですから、ジュ〳〵ッと音《おと》するとともに、手《て》の掌《ひら》へ焼《や》き付《つ》いてしまった。大抵《たいてい》の者《もの》ならキャッといって驚《おど》ろくところだが、さてはッと思《おも》った又兵衛《またべえ》は、なおも其火箸《そのひばし》をグッとばかりに握《にぎ》り〆《し》めて其手《そのて》は決《けっ》して放《はな》しません。手掌《てのひら》よりはプーップーッと煙《けむ》りが出始《ではじ》め、ついに焼《や》けついてしまった奴《や》ツを、なおも確《しっ》かと握《にぎ》りつめてギロリ四方《ほう》へ眼《め》を配《くば》っている物凄《ものすご》さ。ところへソレッというお下知《げち》とともに四方《ほう》の襖《ふすま》をサッと開《ひら》いて、バラ〳〵〳〵ッと四五十人《にん》の武士《ぶし》、鉢巻襷《はちまきたすき》に身《み》をかため槍《やり》を閃《ひら》めかして、リュウ〳〵後藤《ごとう》をのぞんで突込《つっこ》んできた。又「なにを猪牙才《ちょこざい》な蛆虫《うじむし》どもッ」と右《みぎ》の焼火箸《やけひばし》をビューッ〳〵ッふり廻《まわ》し、左手右手《ゆんでめて》に槍《やり》を払《はら》いのけ、真先《まっさき》に進《すす》んだ長田安太夫《おさだやすだいふ》の咽喉許《のどもと》目蒐《めが》けて、又「ヤッ」と一声《せい》彼《か》の焼火箸《やけひばし》を貫通《つきとう》した。なにかは以《も》ってたまるべき安太夫《やすだいふ》は、安「ワッ」というなり虚空《こくう》をつかんで息絶《いきた》えた。そのうえ続《つづ》いて七八人《にん》の若武士《わかざむらい》を、東西《とうざい》の方《ほう》に突《つ》きたおす。此方《こなた》五十人《にん》ばかりの武士《ぶし》は、其《その》いきおいに恐《おそ》れをなし、いずれも命辛《いのちか》ら〴〵ほう〴〵の体《てい》で逃《に》げ散《ち》ってしまった。ところが甲斐守長政殿《かいのかみながまさどの》は今更逃《いまさらに》げることも相成《あいな》らず、長「いかに又兵衛《またべえ》、今《いま》にはじめぬ汝《なんじ》の手《て》のうち、天晴《あっぱ》れであるぞよ」と仕方《しかた》なしにお賞《ほ》めのお言葉《ことば》、このとき後藤《ごとう》は彼《か》の肉付《にくつ》きの火箸《ひばし》を漸《よう》やくそれへ差《さ》しだし、又「主君《わがきみ》、なにゆえに拙者《せっしゃ》をかく迄憎《までにく》みたまうや。先君孝高公《せんくんよしたかこう》の御遺言《ごいごん》によって、只今《ただいま》までは附随《したが》い御奉公《ごほうこう》をつかまつりたれど、かく情《なさ》けなきいたされ方《かた》、よって拙者《せっしゃ》はただいまより当城《とうじょう》を退身《たいしん》つかまつります。この肉付《にくつ》きの火箸《ひばし》は御家《おいえ》の重宝《ちょうほう》にいたされよ。また当黒田家《とうくろだけ》五十二万石《まんごく》も畢竟後藤《ひっきょうごとう》が槍先《やりさき》の功《こう》によって領《りょう》し給《たま》いしことである。随分失《ずいぶんうし》なわぬよう大切《たいせつ》に守護《しゅご》いたされよ」と決然《けつぜん》としていいはなった。長政公《ながまさこう》は烈火《れっか》のごとくいきどおり給《たま》い、長「黙止《だま》れ〳〵ッ後藤《ごとう》、当黒田家《とうくろだけ》の五十二万石《まんごく》は、御父孝高公《おんちちよしたかこう》の御器量《ごきりょう》によってである。それをややともすれば汝《なんじ》が槍先《やりさき》にて得《え》しもののごとく大言《たいげん》をはらうが、さほど其方大言《そのほうたいげん》をはらうならば、このの ち他国《たこく》へ乗込《のりこ》んで汝《なんじ》五十二万石《まんごく》の食禄《しょくろく》を取《と》ってみよ」後藤《ごとう》は大口《おおぐち》あいてカラ〳〵ッと打《う》ちわらい、又「アハッハッハッ、いかにもなってお目《め》にかける。ここ十年経《ねんた》たざるうち、貴殿《きでん》より上《うえ》になって御覧《ごらん》にいれる。この後藤《ごとう》さえ附《つ》いておれば、こののちまた二十万石《まんごく》三十万石《まんごく》との御加増《ごかぞう》もあらんが、われ退去《たいきょ》するうえは黒田《くろだ》の禄《ろく》は後《あと》へ減《へ》るとも、このうえ加増《かぞう》ということは思《おも》いもよらず、左様《さよう》にこころえさっしゃい」と其火箸《そのひばし》をパッと向《むこ》うの鴨居《かもい》に投《な》げだしたが、プツリッとそこへ突立《つった》った。そののち後藤又兵衛《ごとうまたべえ》はゆう〳〵として黒田《くろだ》の城《しろ》を退身《たいしん》したけれども、誰《た》れ一人《ひとり》として其後《そのあと》をおう者《もの》なく、ついに黒田《くろだ》の門《もん》はそれが例《れい》となって決《けっ》して閉《し》めた事《こと》はないといいます。また後藤《ごとう》が肉付《にくつ》きの火箸《ひばし》というは、のち黒田家《くろだけ》の重宝《ちょうほう》として残《のこ》ったそうでございます。

◎細川家《ほそかわけ》に於《お》ける後藤《ごとう》

さても後藤又兵衛基次《ごとうまたべえもとつぐ》は、大隈《おおくま》の城《しろ》に立《た》ちかえってさっそく家臣《かしん》一同《どう》をあつめ城内《じょうない》にある軍用金《ぐんようきん》をそれ〴〵分配《ぶんぱい》をいたし、いずれなりとも立去《たちさ》って奉公《ほうこう》におよべとある。しかるに家臣《かしん》のうち山田外記《やまだげき》、あるいは山田幸右衛門《やまだこうえもん》、弟幸助《おとうとこうすけ》、片山勘兵衛《かたやまかんべえ》、石川采女《いしかわうねめ》、安田勘《やすだかん》十郎《ろう》、織越頼母《おりこしたのも》をはじめとして重立《おもだ》ったるもの五十余名《よめい》はみな、皆「われ〳〵吾《わ》が君《きみ》の御《ご》器量《きりょう》をしたい、一旦家臣《たんかしん》と相成《あいな》ったる上《うえ》からは、二君《くん》につかえる心底《しんてい》はさら〳〵ございません。このうえからは何処《どこ》までも御供《おとも》を願《ねが》いたてまつる」とのことゆえ、後藤《ごとう》もその忠義《ちゅうぎ》に感心《かんしん》をいたし、又「しからば一旦吾《たんわ》れ当城《とうじょう》を退去《たいきょ》するとも、ふたたび世《よ》に出《い》でたるそのときは、かならず集《あつ》まりくれるよう、いずれ再会《さいかい》を期《き》し物語《ものがた》りにおよばん」皆「ハッ、委《い》細承知《さいしょうち》つかまつりました。シテ主君《しゅくん》の御住所《ごじゅうしょ》は……」又「左《さ》ればである、何処《いずく》を当《あ》てと定《さだ》めなき旅《たび》の空《そら》であるが、万事文通《ばんじぶんつう》の義《ぎ》は河内国高井田村《かわちのくにたかいだむら》百姓《しょう》太郎助許《たろすけもと》へいたしくれる様《よう》」とここに一同《どう》へ別《わか》れをつげて、武具甲冑《ぶぐかっちゅう》の類《るい》はことぐく城内《じょうない》へ飾《かざ》りつけ又兵衛基次《またべえもとつぐ》はホンの空手《てぶら》で、妻《つま》は先年病死《せんねんびょうし》をいたし、当年《とうねん》二才《さい》にあいなる又次郎《またじろう》という伜《せがれ》を懐裡《ふところ》にいれ、かねて大切《たいせつ》に秘蔵《ひぞう》している彼《か》の日本号《にほんごう》という槍《やり》を引提《ひっさ》げて、ここに大隈《おおくま》の城《しろ》を退去《たいきょ》して、天下《てんか》の浪人《ろうにん》と相成《あいな》ったのでございます。しかるにこのころ後藤又兵衛《ごとうまたべえ》が浪人《ろうにん》したことが世《せ》間《けん》にしれ渡《わた》りますると、大《おお》いに世《よ》の評判《ひょうばん》とあいなった。取分《とりわ》け隣国《りんごく》の諸大名《しょだいみょう》は大《おお》いに喜《よろ》こんで、どうかいたして後藤《ごとう》を見付《みつ》け次第《しだい》に召《め》し抱《かか》えたいものである、禄《ろく》は彼《か》れがのぞみに任《まか》してつかわす、畢竟《ひっきょう》後藤《ごとう》があればこそ黒田家《くろだけ》は五十二万石《まんごく》一度《ど》に立身《りっしん》をいたしたのであるから、何卒《なにとぞ》いたして彼《か》れを召《め》し抱《かか》えたいものと、大名《だいみょう》の方々《かたがた》はいずれも後藤《ごとう》の落《お》ちゆくさきを窺《うか》がっておりましたがここにその当時豊前企救郡小倉《とうじぶぜんきくごおりこくら》の城主御高《じょうしゅおんたか》三十万石細川越中《まんごくほそかわえっちゅう》守殿《のかみどの》は、黒田家《くろだけ》とはいたって不和《ふわ》の間柄《あいだがら》でございますが、はやくも家臣《かしん》のめい〱に仰《おお》せつけられて、越「後藤又兵衛《ごとうまたべえ》が筑前《ちくぜん》を浪人《ろうにん》すれば定《さだ》めて上方《かみがた》へ上《のぼ》るであろう。よって当地《とうち》を通行《つうこう》いたしなば見付《みつ》け次第《しだい》に後藤《ごとう》を連《つ》れまいれよ」との御沙汰《ごさた》を下《くだ》していられた。ところが或日《あるひ》のとこの小倉《こくら》の城下《じょうか》に大阪屋《おおさかや》八五郎《ろう》という旅籠屋《はたごや》があったが、これへ深編笠《ふかあみがさ》の浪人体《ろうにんてい》のもの、懐裡《ふところ》に一人《ひとり》の子供《こども》を抱《いだ》き、渋紙包《しぶがみづつ》みの槍《やり》を引担《ひっかつ》ぎ、右《みぎ》の手《て》は怪我《けが》でもしたか白木綿《しろもめん》でグル〳〵ッと巻《ま》き立《た》てたまま、ボンヤリとそこへ這入《はい》ってきた。武「コリャ許《ゆる》せ、今宵《こよい》は其方《そのほう》の宅《たく》に泊《とま》ってつかわす。よい座敷《ざしき》があらば案内《あんない》いたせ」とのことゆえ、下《げ》女《じょ》はさっそく案内《あんない》をして奥《おく》の一間《ま》へ通《とお》したが、至《いた》って万事横柄《ばんじおうへい》な武士《ぶし》でございます。武「そこで早速酒《さっそくさけ》をだせ。しかし俺《お》れはかく子供《こども》をつれている、どうか此子《このこ》に乳《ちち》を呑《の》ましてくれ」と貰《もら》い乳抔《ちちなど》をさせているが、此武士《このぶし》はなか〳〵能《よ》く酒《さけ》を呑《の》んで其日《そのひ》はまず三升《しょう》ばかりも傾《かたむ》けて寝込《ねこ》んでしまった。ところが翌日《よくじつ》になっても更《さら》に出立《しゅったつ》をする気色《けしき》もなく、朝《あさ》から坐《すわ》ったきりで、グイ〳〵大杯《たいはい》で飲《の》み続《つづ》けております。大阪屋《おおさかや》の下女《げじょ》は子供《こども》に彼方此方《あちらこちら》と乳《ちち》を貰《もら》い歩行《あるき》ますので、大変困《たいへんこま》っているけれども、此方《こなた》はそんなことには遠慮《えんりょ》なく、大抵《たいてい》一日《にち》に五六升《しょう》の酒《さけ》を煽《あお》りつけます。かくて五六日間《にちかん》というもの逗留《とうりゅう》いたしておりましたから亭主《ていしゅ》の八五郎《ろう》も、八「オヤ〳〵大変《たいへん》によく飲《の》む奴《や》ツがあるものだ。しかしあまりに身装《みなり》は立派《りっぱ》でないから、万《まん》一後《あと》で勘定《かんじょう》のできぬ時《とき》にはまことに困《こま》る」と思《おも》ったのでさっそく其《その》日《ひ》までの勘定書《かんじょうが》きをもって奥《おく》の間《ま》へ歩《や》ってきた。八「ヘエ旦那《だんな》さまながらく御逗留《ごとうりゅう》くださいまして、まことにあり難《がと》うぞんじます。はなはだ申《もう》し上《あ》げかねましたが、モウ五日《いつか》にもなりますから、どうか一つ今日《きょう》は御勘定《ごかんじょう》を願《ねが》いとうぞんじます」と其前《そのまえ》に勘定書《かんじょうが》きを差出《さしだ》しまする と、武「なに、勘定《かんじょう》……勘定《かんじょう》とは旅籠代《はたごだい》のことであるか」八「ハイ、さようで……」武「折角《せっかく》だが亭主《ていしゅ》、実《じつ》のところ俺《お》れはいま一文《もん》ももち合《あわ》せの金《かね》がないのだ」八五郎《ろう》は吃驚《びっく》りした。八「ゴ、御冗戯《ごじょうだん》ではございません。左様《さよう》なことを仰《おお》せくださいましては、はなはだ迷惑《めいわく》をいたします」武「ハヽヽヽ、さようか、アヽ払《はら》いは必《かな》らずいたしてやるが、おれは今《いま》といってもっていない。しかし当地《とうち》は細川《ほそかわ》の領分《りょうぶん》だナ」八「さようでございます」武「しからばこの細川家《ほそかわけ》の家老《かろう》に長岡監物《ながおかけんもつ》という奴《や》ツがあるか」八「モシ旦那《だんな》、そんな野方途《のほうず》なことを仰《おお》せられては大変《たいへん》ですよ。長岡様《ながおかさま》と申《もう》しまする と当時御城代家老《とうじごじょうだいがろう》で、なか〳〵大《たい》した御方《おかた》でございますよ」武「ウム、そうかジャそこへ一つ行《い》ってこい」八「ヘエ、しかし貴郎《あなた》長岡《ながおか》さまを御存《ごぞん》じで……」武「アヽ至《いた》っておれは心易《こころやす》いぞ。監物《けんもつ》にそういってナ、二百両程《りょうほど》借《か》りてこい」八「ヘエ……ナなんと申《もう》してまいりますので、御冗戯《ごじょうだん》でしょう」又「イヤ冗戯《じょうだん》ジャない、後藤《ごとう》がそういっている、路用《ろよう》がないから二百両《りょう》もってこいとこう申《もう》せ」八「ヘエ後藤《ごとう》……後藤《ごとう》ともうしますると貴郎《あなた》の御名前《おなまえ》で」武「そうだ、黒田《くろだ》の浪人《ろうにん》後藤又兵衛《ごとうまたべえ》が路用《ろよう》につきて困《こま》るから、長岡監物《ながおかけんもつ》に二百両貸《りょうか》してくれと斯《こ》ういってこい」八「エヽッ、ジャ旦那《だんな》さまは噂《うわ》さに高《たか》いあの黒田《くろだ》の後藤様《ごとうさま》でございましたか。こりゃアどうも存《ぞん》ぜぬこととは申《もう》しながら飛《と》んでもない失礼《しつれい》をもうしました。それではさっそく行《い》ってまいります」とにわかに叮重《ていちょう》の取扱《とりあつ》かいをいたし、さっそく八五郎《ろう》は御家老監《ごかろうけん》物様《もつさま》の屋敷《やしき》へやってまいり、執次《とりつ》ぎを以《も》ってこのことを申《もう》しいれた。これを聞《き》いて長岡監《ながおかけん》物《もつ》は、監「さては其方《そのほう》の許《もと》に後藤先生《ごとうせんせい》が御滞在《ごたいざい》であったか。かならず粗忽《そこつ》に取《と》り扱《あつ》かうな。いずれ此方《こなた》より金子《きんす》をもって、後《あと》より罷《まか》りでると申《もう》しておけ」と監物殿《けんもつどの》は八五郎《ろう》をかえし、さっそく登城《とじょう》をいたされて主人越中守《しゅじんえっちゅうのかみ》さまへこの由《よし》を申《もう》しあげまするると、細川侯《ほそかわこう》も大《おお》いに御喜《およろ》こびでございました。主「ウムそうか、ではどうか監物《けんもつ》、さっそく金子《きんす》を何程《いくら》でも持参《じさん》いたしてまいり、彼《か》れを何《なん》とかして召《め》し抱《かか》えてこい」とのおおせ。これによって監物殿《けんもつどの》は金子《きんす》をお納戸方《なんどがた》より受取《うけと》って、大阪屋《おおさかや》八五郎《ろう》の宅《たく》へ歩《や》ってきた。八「イヤ、これは御家老様《ごかろうさま》でございますか」監「ウム八五郎《ろう》、後藤《ごとう》の先生《せんせい》はいずれにお在《い》であそばす」八「ハイ、ただいま奥《おく》の間《ま》で御酒《ごしゅ》を召《め》し飲《あが》って在《い》らっしゃいます」監「ではすぐ案内《あんない》をいたしてくれ」と亭主《ていしゅ》の案内《あんない》につれられて、ズイッとその座敷《ざしき》へでてまいりました。監「イヤこれは後藤先生《ごとうせんせい》、まことにどうも早《は》やおひさし振《ぶ》りでございました」又「オウこれは監物《けんもつ》、貴様《きさま》も壮健《そうけん》で結構《けっこう》だな。アマア此方《こっち》へはいれ」大阪屋《おおさかや》八五郎《ろう》は次《つぎ》の間《ま》で此体《このてい》をみて呆《あき》れかえっている。八「どうも同《おな》じ陪臣《ばいしん》でもこれほど権式《けんしき》の違《ちが》うものか」と呆然《ぼんやり》といたして見《み》ておりまするると、このとき長岡《ながおか》は、監「さて後藤先生《ごとうせんせい》、今度《こんど》うけたまわりますれば黒田《くろだ》家《け》を御浪人《ごろうにん》なされてことに路用《ろよう》にも御困《おこま》りなさるとのおもむき、さっそく持参《じさん》つかまつりました。しかし金《かね》は二百両《りょう》ありますればお宜《よろ》しゅうございまするか」又「マア当分《とうぶん》二百両《りょう》有《あ》りゃアどうかこうか払《はら》いもできる。貸《か》してくれるか」監「ハイ、承知《しょうち》つかまつりました。これに持参《じさん》をいたしましたから、どうかお受取《うけと》りをねがいます」又「そりゃアあり難《がた》い。どうだ一杯行《ばいゆ》こうか」監「あり難《がた》い仕合《しあわ》せにございます。つきましては後藤先生《ごとうせんせい》、しよう〱お願《ねが》いの次第《しだい》がありますが、主人越中守儀《しゅじんえっちゅうのかみぎ》、尊公《そんこう》が浪人《ろうにん》をなされたる由《よし》をうけたまわり何卒又兵衛《なにとぞまたべえ》を召《め》し抱《かか》えたいとのおおせでございまする。しかし先生如何《せんせいいかが》でございましょうか、知行《ちぎょう》のところは何程《なにほど》なりとも其許《そのもと》のお望《のぞ》みにまかして差《さ》しあげまするが、当細《とうほそ》川家《かわけ》へ御足《おあし》を御止《おとど》めくださる次第《しだい》には相成《あいな》りますまいか」又「ウムなるほど、一番黒田《ばんくろだ》への面当《つらあ》てに奉公《ほうこう》してもよいが、しかし望《のぞ》みに任《まか》してといわれると、なんの功《こう》もないのにそう無暗《むやみ》に頂戴《ちょうだい》する訳《わけ》には相成《あいな》らぬ。どの位《くらい》全体《ぜんたい》くださるであろう」監「左様《さよう》でございます。貴郎《あなた》の思召《おぼしめ》しをおおせ下《くだ》さいましたら幾何《いくら》でも差《さ》しあげますから」又「そういわれると此方《このほう》があまり厚顔《あつかま》しいこともいえぬものだ。どうだ八千石位《ごくぐらい》はでるかナ」監「ハイそれは結構《けっこう》でございます。八千石《ごく》ならば私吃度《わたしきっと》お受合《うけあ》いをいたします」又「ハ、、、、、貴様《きさま》が抱《かか》えるのではあるまい。越中守殿《えっちゅうのかみどの》が抱《かか》えようとおっしゃるんだから、マア兎《と》も角《かく》も一応立帰《おうたちかえ》って、御主君《ごしゅくん》にそのことを話《はな》してみてくれ。御承知《ごしょうち》ならどうかその墨附《すみつき》を持参《じさん》をいたして貰《もら》いたい。そうすればおれも安心《あんしん》をして罷《まか》り越《こ》すから……」監「ハッ委細承知《いさいしょうち》つかまつりました。それではさっそく立帰《たちかえ》って主君越中守《しゅくんえっちゅうのかみ》に申《もう》しあげます」と長岡監物《ながおかけんもつ》は金《きん》子《す》をおいてそのままたち帰《かえ》ってしまった。あとに後藤又兵衛《ごとうまたべえ》は、又「コリャ亭主《ていしゅ》」八「へエ〳〵」又「貴様《きさま》は余程尻《よほどしり》の狭《せま》い奴《や》ツだ。わずか五日許《かばか》りの旅籠賃《はたごちん》でかれこれ催促《さいそく》がましいことをもうすな。サアこの二百両《りょう》はこのまま貴様《きさま》の家《うち》へ預《あず》けておくから、これだけあったら当分飲《とうぶんの》めるだろう」八「どうも旦那《だんな》さま、結構《けっこう》でございます。おおせに随《した》がい、確《たし》かにお預《あず》かりもうします」又「ウム」八「しかし貴方《あなた》は御奉公《ごほうこう》をなさいますか」又「それはマアどうでもよい。モッとなにか美味《うま》い物《もの》をもってこい」サア大阪屋《おおさかや》八五郎《ろう》は喜《よろ》こびだした。当時《とうじ》の二百両《りょう》といえばいまの五千円《えん》からに対《たい》する金子《きんす》だから、美味《うま》いものは何程《なにほど》なりとも喰《く》わせ次第《しだい》、酒《さけ》は何石《なんごく》でも飲《の》ませ次第《しだい》。此方《こちら》は長岡監物《ながおかけんもつ》はさっそく立帰《たちかえ》って主人《しゅじん》にこのよしを申《もう》しいれますると、細川侯《ほそかわこう》もことの外御喜《ほかおよろ》こびで、さっそく八千石《ごく》の御墨附《おすみつき》をしたため、監物《けんもつ》に御渡《おわた》しにあいなりましたから、長岡監物《ながおかけんもつ》は取《と》る物《もの》も取《と》りあえず、大阪屋《おおさかや》八五郎《ろう》の許《もと》へふたたび乗《の》りこんできた。監「ヤッ後藤先生《ごとうせんせい》、先刻《せんこく》は大《おお》きに御面倒《ごめんどう》をつかまつりました。主君《しゅくん》に左様申《さようもう》しあげたるところ、殊《こと》の外御喜《ほかおよろ》こびで……しからば尊公《あなた》のおおせのとおり、墨附《すみつき》を持参《じさん》つかまつりました」又「イヤこれはどうも千万《ばん》あり難《がた》い」と彼《か》の墨附《すみつき》を受取《うけと》り、押《お》し披《ひら》いて暫時《ざんじ》打《う》ち眺《なが》めておりましたが、又「イヤいかにもこれは八千石《ごく》、マア〳〵此位《このくら》いの価値《ねうち》だ」といいながら、やがて傍《かた》わらに寝《ね》かしてあった赤児又次郎《あかんぼうまたじろう》の懐裡《ふところ》にこの墨附《すみつき》をいれ、又「コリャ又次郎《またじろう》、其方《そのほう》も今日《きょう》よりは細川《ほそかわ》の家臣後藤又次郎《かしんごとうまたじろう》だ生長《せいちょう》ののちは屹度忠義《きっとちゅうぎ》をつくせよ。かならず父《ちち》の顔《かお》に関《かか》わる様《よう》なことをするな……いかに長岡《ながおか》、どうかただいまより又次郎《またじろう》を連《つ》れ帰《かえ》って貰《もら》いたい」と当年《とうねん》二才《さい》にあいなる赤児《あかんぼう》をそれへ差出《さしだ》した。

◎二才《さい》の幼児録《ようじろく》八千石《ごく》

長岡監物《ながおかけんもつ》はあまりのことに呆《あき》れかえって、監「コ、これは全体《ぜんたい》なんでございます」又「なんでもない拙者《せっしゃ》の倅《せがれ》だ。種《たね》は後藤《ごとう》の種《たね》であるぞ。後藤種《ごとうだね》というものは随分《ずいぶん》それだけの価値《ねうち》のあるものだ、今日《きょう》より細川《ほそかわ》の家臣《かしん》後藤又次郎《ごとうまたじろう》だ。どうか連《つ》れ返《かえ》ってくれるよう」監「御冗戯《ごじょうだん》ではない。私《わたし》は尊公《あなた》を願《ねが》っておりますので」又「ハヽヽヽヽ、俺《おれ》はどうも八千石《ごく》では奉公《ほうこう》はできぬナ」監「それゆえ私《わたし》は最初《さいしょ》から申《もう》しておりまする。食禄《しょくろく》はおのぞみに任《まか》して差《さ》しあげるといっているのでございます」又「ウムまことに道理《どうり》だが、些《ちっ》と細川《ほそかわ》侯《こう》ではたらぬと思《おも》うのは外《ほか》でもない。今度《こんど》前主人長政《ぜんしゅじんながまさ》と口論《こうろん》をいたして黒田家《くろだけ》を退去《たいきょ》のみぎり、それほど大言《たいげん》を吐《は》くこととなれば、予《よ》と同様《どうよう》に五十二万石《まんごく》取《と》れるかと斯様《かよう》に長政《ながまさ》よりいわれたのだ。いかにも五十二万石《まんごく》は取《と》ってみせる、それより一粒欠《りゅうか》けても奉公《ほうこう》をしないと、大言《たいげん》を払《はら》って大隈城《おおくまじょう》を退《しり》ぞいた拙者《せっしゃ》。しかるに今《いま》のところでは細川侯《ほそかわこう》は三十万石《まんごく》、身《み》共《ども》は五十二万石《まんごく》一粒欠《りゅうか》けても奉公《ほうこう》はできぬのだから、どうか断《ことわ》ってくれ」監

「エヽッ」と監物《けんもつ》は、大変《たいへん》なことをいう奴《や》ツもあるものだと呆《あき》れかえった。又「しかしこれは表面的《おもてむき》であるが、真逆《まさか》さような高禄《こうろく》でかかえる人《ひと》もあるまいし、マア生涯拙者《しょうがいせっしゃ》は武家《ぶけ》奉公《ほうこう》を構《かま》われたも同様《どうよう》、これなる倅《せがれ》は拙者《せっしゃ》が胤《たね》であるから、五十二万石《まんごく》の浪人《ろうにん》の子《こ》とすれば八千石《ごく》ぐらいの価値《ねうち》はありましょう。どうか長岡《ながおか》、細川殿《ほそかわどの》へ其由《そのよし》をもうして、いまからこの又次郎《またじろう》をお連《つ》れかえりを願《ねが》いたい。黒田《くろだ》は五十二万石《まんごく》よりモウ生涯禄《しょうがいろく》の上《あが》りそうなことはない。しかし御器量《ごきりょう》ある当細川越中殿《とうほそかわえっちゅうどの》いずれ黒田《くろだ》より上《うえ》に昇進《しょうしん》さるる方《かた》と拙者《せっしゃ》は睨《にら》んでいるから、連《つ》れ帰《かえ》られても必《かな》らず不足《ふそく》はいわれまい。左様《さよう》におもって下《くだ》さるよう」とここに至《いた》って長岡監物《ながおかけんもつ》は、とんでもない瞞着《いかさま》に掛《かか》ったとはおもいましたが、今更《いまさら》断《こと》わる訳《わけ》にもあいなりませず、余義所《よんどころ》なく其子《そのこ》を懐裡《ふところ》にいれて城内《じょうない》へ立帰《たちかえ》ってきた。そこで主君《しゅくん》越中守様《えっちゅうのかみさま》のお目通《めどお》りへでまするると、越「オヽ長岡大儀《ながおかたいぎ》である、しかし後藤《ごとう》はまいったか」監「ハッ御意《ぎょい》にございます、ここに居《い》られまする」と懐裡《ふところ》から彼《か》の又次郎《またじろう》を取《と》り出《だ》してそこへ差《さ》しだした。越「コリャ監物《けんもつ》、それは何《なん》だ、その小児《しょうに》は……」監「ハッ、恐《おそ》れながら後藤又兵衛《ごとうまたべえ》は、斯様《かよう》〳〵しか〴〵に申《もう》しました。これは又兵衛《またべえ》の一子又次郎《しまたじろう》ともうす者《もの》でございます」越「ウーム」仔細《しさい》をお聞《き》きあそばして、細川侯《ほそかわこう》も大《おお》きに御感心《ごかんしん》をいたされた。越「ウム流石《さすが》は後藤《ごとう》である。五十二万石《まんごく》一粒《りゅう》欠《か》けてもとは能《よ》くもうした。それなればいかに抱《かか》えたくとも予《よ》の知行《ちぎょう》ではたりぬのう」監「ハッ、御意《ぎょい》にございます」越「しかし又次郎《またじろう》ことは後世《こうせい》に至《いた》ってかならず間《ま》に逢《あ》うであろう。監物《けんもつ》、其方《そのほう》に預《あず》けおくゆえ、大切《たいせつ》にいたし育《そだ》ててつかわせ」監「委細承知《いさいしょうち》つかまつりました。矢張《やは》り八千石《ごく》は頂戴《ちょうだい》ができまするので……」越「馬鹿《ばか》をいえ、八千石《ごく》は又次郎《またじろう》が十五歳《さい》になったらとらせるマアそれ迄《まで》は其方《そのほう》の手許《てもと》で大事《だいじ》にかけて育《そだ》てておけ」監物《けんもつ》はいい面《つら》の皮《かわ》だ。監「ハヽッ畏《かし》こまりたてまつる」と長岡監物殿《ながおかけんもつどの》は、この又次郎《またじろう》をつれて、吾《わ》が邸《やしき》へ立帰《たちかえ》ってまいり、乳母《うば》をおいて養育《よういく》におよびましたが、この又次郎《またじろう》はのちに後藤外記《ごとうげき》ともうして、細川《ほそかわ》の家臣《かしん》とあいなったが流石瓜《さすがうり》の蔓《つる》には茄子《なす》は生《な》らず、後藤又兵衛《ごとうまたべえ》の胤《たね》ほどあって後世《こうせい》には天晴《あっぱ》れ武勇《ぶゆう》をあらわし、その勇名《ゆうめい》を謡《うた》われたので、また仙台伊達家《せんだいだてけ》には後藤孫兵衛《ごとうまごべえ》という人《ひと》があったが、これもこの外記《げき》の別《わか》れでございます。しかしそれは後《のち》のお話《はな》しとして、さてここに後藤又兵《ごとうまたべ》衛《え》は、よう〳〵足手纏《あしでまと》いの又次郎《またじろう》を細川家《ほそかわけ》に片付《かたづ》け、まずこれなれば安神《あんしん》と、ついに半月《はんつき》ばかり逗留《とうりゅう》をいたしてのち、ひそかに当所《とうしょ》を出立《しゅったつ》いたしました。又兵衛基次《またべえもとつぐ》はそれより船《ふね》にのって向《む》こう地《ち》へわたり彼方此方《あなたこなた》と見物《けんぶつ》しながら出掛《でか》けてまいりましたのは、芸州沼田郡《げいしゅうぬまたごおり》広島《ひろしま》の城下《じょうか》でございます。その当時《とうじ》広島《ひろしま》は福島左衛門太夫正則殿《ふくしまさえもんだいふまさのりどの》の領分《りょうぶん》で、後藤《ごとう》はいましも広島本川通《ひろしまほんかわどお》りを、例《れい》の槍《やり》を担《かた》げてブラ〈〜やってまいる。此折《このおり》しも、むこうの方《かた》より、皆「下《した》アにッ〈〜ッ」と制《せい》し声《ごえ》をかけて、此方《こちら》に進《すす》んでくる行列《ぎょうれつ》、町家《ちょうか》の者《もの》はいずれも戸外《おもて》へでて、下座《げざ》をいたしておりますから、又兵衛《またべえ》もさては領主《りょうしゅ》の御通《おとお》りであるナと、道《みち》のかたわらに身《み》を避《さ》けてながめて居《い》るところへ、遠乗《とおの》りにでもお出掛《でか》けにあいなったものとみえて裏金《うらきん》の陣笠《じんがさ》、狩装束《かりしょうぞく》にて馬上《ばじょう》に打《う》ちまたがり、おなじ一様《よう》の扮装《いでた》ちで御近習《ごきんじゅう》のめい〈〜十四五名《めい》いずれも馬《うま》の頭《かしら》をならべ此方《こちら》の方《ほう》へ進《すす》んでくる。微行《しのび》のこととて前後《ぜんご》にはおよそ百名《めい》ばかりの供人《ともびと》を附《つ》き添《そ》わせ、いましも次第《しだい》に御城内差《ごじょうないさ》して立帰《たちかえ》られるようす。ひょっとこの有様《ありさま》をながめていたる後藤又兵衛基次《ごとうまたべえもとつぐ》、又「ハヽア、生《うま》れは桶屋《おけや》の小伜《こせがれ》でも、流石《さすが》は太閤殿下《たいこうでんか》の直参《じきさん》だけあって、当時《とうじ》は芸備《げいび》二ケ国《こく》の領主《りょうしゅ》、福島左衛門太夫正則《ふくしまさえもんだいふまさのり》、実《じつ》に大《たい》したものだナ」と不図見上《ふとみあ》げたこのとき、馬上《ばじょう》にあって福島正則《ふくしままさのり》は、正「オヤ妙《みょう》な奴《やつ》つが長《なが》い物《もの》をもって控《ひか》えているナ」とおもいながら、ヒョイッと見下《みおろ》す目《め》が、ピタと後《ご》藤《とう》と顔《かお》を合《あ》わした。それと気《き》がついた正則《まさのり》は、正「オウ、そこにいるのは後藤又兵衛《ごとうまたべえ》ではないか」といわれて基次《もとつぐ》も笑顔《えがお》をつくり、又「これは〈〜福島公《ふくしまこう》、何時《いつ》もながら御壮健《ごそうけん》で重畳《ちょうじょう》でございます」正「又兵衛《またべえ》うけたまわれば、其方《そのほう》は黒田家《くろだけ》を浪人《ろうにん》いたした由《よし》であるが、どうじゃ後藤《ごとう》、一緒《しょ》に城内《じょうない》へまいらぬか」又「いかにも承知《しょうち》いたしました。それではさっそく御供《おとも》をいたしましょう」とこれから後藤《ごとう》は同道《どうどう》をいたしまして広島城内《ひろしまじょうない》へやってきた。正則公《まさのりこう》はひさ〲でございますからそう〱に酒宴《さかもり》の用意《ようい》を申《もう》しつけ、まずここで後藤又兵衛《ごとうまたべえ》と福島公《ふくしまこう》との酒宴《さかもり》がはじまったが、なか〱浪人《ろうにん》をいたしても流石《さすが》は後藤又兵衛《ごとうまたべえ》、追従軽薄《ついしょうけいはく》などということは決《けっ》してない。正則公《まさのりこう》もしきりに四方山《よもやま》の話《はな》しをいたしながら心中《しんちゅう》にかんがえられた。正「彼《か》の諺《ことわざ》に、虎《とら》も用《もち》いざるときは犬《いぬ》に劣《おと》るとやら。いま浪人《ろうにん》をいたした後藤又兵衛《ごとうまたべえ》、ことに永《なが》らくの太平無事《たいへいぶじ》でさぞ勇気《ゆうき》が挫《くじ》けているであろう、一つ試《ため》してやろう」という思召《おぼしめ》し。正「アヽどうも又兵衛《またべえ》、戦場生残《せんじょういきのこ》りのこの正則《まさのり》も、年《とし》を取《と》ってはどうも叶《かな》わぬ。かく此頃《このごろ》のように寒《さむ》さが厳《きび》しいと大層頭《たいそうあたま》が冷《ひ》える、許《ゆる》せよ」と御言葉《おことば》がかかって、正「コリャ誰《た》ぞある。予《よ》が頭巾《ずきん》をもて」ハッと答《こた》えて近習《きんじゅう》は、さっそく御《お》頭巾《ずきん》をそれへもちだしてきた。正則公《まさのりこう》はやがてその頭巾《ずきん》を御被《おかむ》りになる。後藤又兵衛《ごとうまたべえ》は心中《しんちゅう》に、又「どうも失敬《しつれい》な奴《やつ》だ、客《きゃく》の前《まえ》で冠《かむ》り物《もの》をするとは実《じつ》に怪《け》しからん。おれも一番冠《ばんかむ》ってやろう」と思《おも》ったから、又「いかにも福島公其許《ふくしまこうそのもと》の仰《おお》せのとおり、われとて矢張《やは》り寒《さむ》い時分《じぶん》には人並《ひとな》みに寒《さむ》うござるて、御免《ごめん》くだされ」と懐中《ふところ》からとりだしたのは、誠《まこと》に古《ふる》い汚《よご》れ垢着《あかつ》いた綿帽子《わたぼうし》、それを頭《あたま》にキリ〳〵ッと巻《ま》き附《つ》けた。どうも呆《あき》れたのは正則公《まさのりこう》だ。正「オヤッ此奴《こい》つなか〳〵遠慮《えんりょ》のない奴《や》つである」と思《おも》われたが、正「今日《きょう》は次《つ》ぎへ下《さが》るにはおよばぬ。ここで食事《しょくじ》をいたするが宜敷《よろし》かろう」と仰《おお》せられて膳部《ぜんぶ》をそれへ下《くだ》されたが、膳部《ぜんぶ》は二つ同《おな》じようすでもかねて秘《ひそ》かに近習《きんじゅう》の者《もの》へいいつけて置《お》かれたものとみえて、後藤又兵衛《ごとうまたべえ》の膳部《ぜんぶ》には箸《はし》がついてない。スルと正則《まさのり》は箸《はし》を取《と》りあげて、正「サア又《また》兵衛《べえ》、遠慮《えんりょ》をするナ。予《よ》と同《おな》じく食事《しょくじ》をするがよい」と態《わざ》と美味《うま》そうに喰《た》べはじめて、又《また》兵衛《べえ》がどうするだろうとジッと見《み》てお在《い》でになる。後藤又兵衛《ごとうまたべえ》は、又「ハッ、あり難《がた》くいただきます」とヒョイと膳《ぜん》の上《うえ》をみると箸《はし》がついてございません。こころの中《うち》に基次《もとつぐ》は、又「ハヽア箸《はし》を呉《く》れというかと思《おも》っているだろうが、決《けっ》してそんなことはいわんぞ」と心《こころ》のうちに打《う》ち笑《わら》いながら、やがて膳《ぜん》の縁《ふち》に手《て》をかけて、ヤッと声《こえ》をかけると等《ひと》しく横手《よこて》の縁《えん》を一と処《ところ》むしり取《と》ってしまい、小刀《しょうとう》の小柄《こづか》をぬき取《と》ってそれを二つに割《わ》り、漸《よう》やくそれで箸《はし》をこしらえ、平気《へいき》な顔《かお》で喰《た》べはじめたが、金《きん》の高蒔絵《たかまきえ》のお膳《ぜん》もこうしては薩張《さっぱ》り無茶《むちゃ》苦茶《くちゃ》です。福島《ふくしま》もどうも驚《おど》ろいてしまった。正「ウム流石《さすが》は後藤又兵衛《ごとうまたべえ》である。なか〳〵

浪人《ろうにん》をしても彼奴《あいつ》の勇気《ゆうき》は劣《おと》ろえていない」と思召《おぼしめ》し、やがて食事《しょくじ》をしまうと其夜《そのよ》は立派《りっぱ》な居間《いま》に寝所《しんじょ》をたまわり、又兵衛《またべえ》を寝《やす》ませたが、正則公《まさのりこう》は寝所《しんじょ》にあって、正「何《なん》とかして彼《か》れを召《め》し抱《かか》えたいものである。しかし食禄《しょくろく》で後《あと》へ引《ひ》いては相成《あいな》らぬ。彼《あ》れが黒田《くろだ》にありしときは、三万《まん》五千石《ごく》を取《と》っていたもの、しかしいま予《よ》の家来《けらい》に万石以上《まんごくいじょう》の家来《けらい》はありといえども、三万《まん》五千石《ごく》の大禄《たいろく》を遣《つか》わしたものはまだ一人《ひとり》もない。どうしたものであろう」と暫時《ざんじ》かんがえられた後《のち》、夜中《やちゅう》ながら桂市兵衛《かつらいちべえ》、あるいは蟹江才蔵《かにえさいぞう》、大橋茂右衛門《おおはしもえもん》、其他《そのた》尾崎吉村《おざきよしむら》などという福島家《ふくしまけ》一流《りゅう》の老臣《ろうしん》をお手許《てもと》に呼《よ》びよせられ、正「今日急《きょうきゅう》に其方《そのほう》どもに相談《そうだん》というは余《よ》の儀《ぎ》ではない。彼《か》の後藤又兵衛《ごとうまたべえ》を予《よ》が召《め》しかかえたいと思《おも》うが彼《か》れを抱《かか》えるについては必《かな》らず前奉公先《ぜんぽうこうさき》黒田家《くろだけ》のとおり、三万《まん》五千石《ごく》より以下《いか》ではウンと承知《しょうち》をいたすまい。しかし其方等《そのほうら》は永年《ながねん》予《よ》の手許《てもと》にあって、これ迄《まで》おの〳〵それ相当《そうとう》の勲功《くんこう》あるもの。されどもまだ三万石《まんごく》という食禄《しょくろく》はいずれにも遣《つか》わしておらぬ。しかるに新参《しんざん》の後藤《ごとう》に三万《まん》五千石《ごく》という大禄《たいろく》をつかわしては、其方《そのほう》どもに対《たい》し済《す》まぬところえるが、このまま後藤《ごとう》を手放《てばな》してしまうは、まことに残念《ざんねん》、如何《いかが》いたしたものであろう」と御相談《ごそうだん》にあいなった。スルと老臣《ろうしん》のめん〳〵は、○「ハッ恐《おそ》れながら申《もう》しあげます。われ〳〵共《ども》は御主君《ごしゅくん》の御器量《ごきりょう》をしたい、永年御奉公《ながねんごほうこう》をつかまつり居《お》りまするが、なか〱後藤先生《ごとうせんせい》には到底《とうてい》およびません。屹度《きっと》三万《まん》五千石《ごく》の価打《ねうち》のあるべき人《ひと》、決《けっ》してわれ〱共《ども》より故障《こしょう》は申《もう》しませぬゆえ、御召抱《おめしかか》えあって然《しか》るべう存《ぞん》じたてまつります」正「ウム、しからば其方《そのほう》どもは決《けっ》して故障《こしょう》はもうさぬナ」皆「ハッ、必《かな》らず私《わたくし》どもは何事《なにごと》も申《もう》しあげません」

◎大津《おおつ》に於《おい》て兄弟奇遇《きょうだいきぐう》

そこで正則公《まさのりこう》は大《おお》きに御喜《およろ》こびと相成《あいな》り、さっそくその翌日《よくじつ》後藤又兵衛《ごとうまたべえ》を手許《てもと》にまねかれ、正「アヽいかに又兵衛《またべえ》、予《よ》は其方《そのほう》を懇望《こんもう》であるが、なんと此地《このち》に足《あし》をとめ、此国《このくに》の政治《せいじ》を預《あず》かってはくれまいか。此儀承知《このぎしょうち》をいたしてくれなば黒田家《くろだけ》の通《とお》り三万《まん》五千石《ごく》を遣《つか》わすが如何《いかが》である」又「まことに以《も》って思召《おぼしめ》しはあり難《がと》うございますが、拙者黒田家《せっしゃくろだけ》を退去《たいきょ》のみぎり、主人長政《しゅじんながまさ》と口論《こうろん》のうえ五十二万石《まんごく》が一粒《つぶ》欠《か》けても奉公《ほうこう》はせぬと申《もう》しました。よって先日豊前小倉《せんじつぶぜんこくら》において細川家《ほそかわけ》にも其次第《そのしだい》をもうし、御断《おこと》わりをいたした様《よう》の訳合《わけあ》い。何分右様《なにぶんみぎよう》の次第《しだい》でございますから御奉公《ごほうこう》の儀《ぎ》はよろしく御断《おこと》わりを申《もう》しあげます」正「なに五十二万石《まんごく》が欠《か》けては奉公《ほうこう》をせぬ……ウームなるほど、流石《さすが》は後藤《ごとう》だ、よく申《もう》した。しからば五十二万石遣《まんごくつか》わそう」又「これは怪《け》しからぬ、尊公《あなた》はただいま芸備《げいび》二ケ国《こく》の御領主《ごりゅうしゅ》ではいられるが、私《わたし》に五十二万石《まんごく》を下《くだ》しおかれましたら、尊公《あなた》の知行《ちぎょう》は大方《おおかた》なくなりましょう」正「イヤ、なくなっても介意《かま》わぬ。貴様《きさま》の知行《ちぎょう》のうちからおれを居候《いそろ》として養《やし》なっておけ」そんな馬鹿《ばか》なことが出来《でき》るものではない。福島正則公《ふくしままさのりこう》においては、どうも惜《お》しくは思召《おぼしめ》したが、斯様《かよう》な訳《わけ》でついに抱《かか》えると言《い》う訳《わけ》にもあいならず、福島公《ふくしまこう》より数多《あまた》の餞別《べつ》をたまわり、この広島《ひろしま》を出立《しゅったつ》いたし、それより暫《しば》らく後藤《ごとう》は諸国《しょこく》を遍歴《へんれき》いたしていたが、このとき後藤《ごとう》の志《こころざ》しまするところは、大阪城《おおさかじょう》でございます。いずれ関東関西御手切《かんとうかんさいおてぎ》れと相成《あいな》るそのときは、なんでも大阪《おおさか》に入城《にゅうじょう》いたし、ふたたび豊臣《とよとみ》の天下《てんか》を栄《さか》えさせようという後藤《ごとう》の決心《けっしん》、巡《めぐ》りくってついに大阪《おおさか》へ乗込《のりこ》んでまいりましたから、まだ宿《やど》も定《さだ》めない内《うち》に京橋口《きょうばしぐち》のところへ出《で》てまいり、大阪城《おおさかじょう》をつくぐくと眺《なが》めますると太閤殿下御在世中《たいこうでんかございせいちゅう》のときとは事違《ことちが》い、なんとなく城《しろ》の内外物淋《うちそとものさび》しく、大手《おおて》の松《まつ》に巣《す》をいたしている烏《からす》も物《もの》の哀《あわ》れをつげ顔《がお》でございますから、又兵衛《またべえ》は感慨《かんがい》にたえず、そこに佇《たたず》んでボンヤリ眺《なが》めておりまする。このときしも供方《ともがた》を二三十名《めい》したがえ、その身《み》は立派《りっぱ》な駕籠《かご》に打《う》ちのり、いま京橋口《きょうばしぐち》の御門《ごもん》をいで下城《げじょう》をいたされたは、これ別人《べつじん》ならず摂州茨木《せっしゅういばらき》の城主《じょうしゅ》十八万石片桐《まんごくかたぎり》市正且元《いちのかみかつもと》、これは当時大阪《とうじおおさか》の執権職《しっけんしょく》でございます。後藤《ごとう》は途《みち》の片辺《かたえ》に身《み》を寄《よ》せてながめておりまするると、駕籠《かご》のうちよりジッと後藤《ごとう》を見《み》つけたか、駕籠脇《かごわき》の供頭《ともがしら》川尻《かわじり》五兵衛《へえ》というものを秘《ひそ》かにまねき、なにかヒソ〱耳打《みみう》ちをなされて、そのまま駕籠《かご》はズーッと向《む》こうへ行《い》ってしまった。そんなことには気《き》が注《つ》かない、又兵衛基次《またべえもとつぐ》はそのまま槍《やり》を引担《ひっかつ》いでスタ〱二足《あし》三足《あし》行《ゆ》きかけると、後辺《うしろ》の方《かた》より、武「アイヤそれへお出《い》でに相成《あいな》りまするお武《ぶ》家、暫時《しばし》御止《おとど》まりをねがいます」後藤《ごとう》はこの声《こえ》にヒョイッと振《ふ》り返《かえ》ってみると、一人《ひとり》の武《ぶ》士《し》は腰《こし》を屈《かが》めたることにして叮嚀《ていねい》に、武「まことに途上《とじょう》お呼《よ》び止《と》めもうして失礼《しつれい》をいたします。失礼《しつれい》ながら尊公《そんこう》は後藤又兵衛先生《ごとうまたべえせんせい》とお見受《みう》けもうしまするが、私《わたし》ことは片桐且元《かたぎりかつもと》の家来川尻《けらいかわじり》五兵衛《へえ》と申《もう》しまするもの。ただいま主人下城《しゅじんげじょう》の途次尊公《とじそんこう》さまをお見受《みう》けもうし、どうか邸《やしき》へお連《つ》れ申《もう》せといいつけられました。何卒今宵《なにとぞこよい》は備前島《びぜんじま》なる主人邸《しゅじんやしき》へ御越《おこ》しのほどを願《ねが》いあげます」又「なに片桐殿《かたぎりどの》が……ハヽアそれでは拙者《せっしゃ》がお目《め》についたか、イヤこれはどうもまことに恐《おそ》れいる。しからばひさ〲にてお目通《めどお》りをいたそう。何卒御案内《なにとぞごあんない》くだされ」とここにおいて又兵衛《またべえ》は川尻《かわじり》五兵衛《へえ》と同道《どうどう》におよび、さて且元《かつもと》の邸《やしき》へ出掛《でか》けてまいりまするると、麻上下《あさかみしも》の武士《ぶし》二人《ふたり》、玄関迄叮重《げんかんまでていねい》に出迎《でむか》えをいたし、さっそく後藤《ごとう》を一間《ま》へ案内《あんない》して、まず茶《ちゃ》よ菓子《かし》よとさま〴〵の待遇《たいぐう》をいたし、直様食事《すぐさましょくじ》の手《て》あても済《す》ましたるのち、奥《おく》へ通《とお》ってひさ〴〵ながら且元《かつもと》へ面会《めんかい》することに相成《あいな》った。且「なんと後藤氏《ごとううじ》、移《うつ》れば変《かわ》る世《よ》の慣《なら》いとはいいながら、ただいま諸大名《しょだいみょう》のめん〳〵はいずれも関東《かんとう》へ参勤《さんきん》をいたし当大阪城《とうおおさかじょう》はあってなきが如《ごと》し。必《かな》らずこのままにては納《おさ》まり兼《か》ねる、いずれ近々《きんきん》のうち、関東《かんとう》と大阪《おおさか》とはお手切《てぎ》れにあいなるは必定《ひつじょう》、スワ一大事《だいじ》の起《おこ》るそのときは、当大阪《とうおおさか》へ御入城《ごにゅうじょう》をくだしおかれ、其許《そのもと》どのが軍配《ぐんばい》をお取《と》りくだされてお指図《さしず》に預《あず》かるときは、鴻大《こうだい》もなきわれ〳〵の仕合《しあわ》せ。未熟者《みじゅくもの》なれども片桐且元《かたぎりかつもと》、先君豊太閤殿下《せんくんほうたいこうでんか》になり代《かわ》って、おりいって入城《にゅうじょう》の儀《ぎ》を御願《おねが》いもうしたいが如何《いかが》でござろう」又「イヤまことに身不肖《みふしょう》なる拙者《せっしゃ》を左程《さほど》に思《おぼ》し召《め》しくだしおかれまするは、千万辱《ばんかたじ》けのう存《ぞん》じまする。士《し》は己《おの》れを知《し》る者《もの》のために死《し》すとか。いかにも其儀《そのぎ》は確《たし》かに承知《しょうち》つかまつりました。しかしただいまより当大《とうおお》阪《さか》に止《とど》まりおっては、なにかのことに目《め》に立《た》ってよろしくない。一旦当国《たんとうごく》を立《た》ちさりまするとも、いずれことの起《おこ》りしそのときは、たとえ何方《いずかた》に罷《まか》りあろうとも、必《かな》らず当大阪《とうおおさか》へ入城《にゅうじょう》いたして、およばずながら一方《ぼう》は屹度御預《きっとおあず》かり申《もう》すべし」この一言《ごん》に且元《かつもと》は大《おお》いに打《う》ち喜《よろ》こばれ、且「何卒其節《なにとぞそのせつ》はよろしく御願《おねが》いもうす」と固《かた》く約束《やくそく》をいたしたうえ、其《その》夜《よ》は子刻《ここのつ》すぎる頃《ころ》おいまで、充分酒宴《じゅうぶんしゅえん》をもよおし、又兵衛基次《またべえもとつぐ》は翌早天《よくそうてん》に当城下《とうじょうか》を出立《しゅったつ》いたし、これよりは南海道《なんかいどう》を遍歴《へんれき》せんと、紀州和歌山《きしゅうわかやま》の方《ほう》をこころざしてまいりまする内《うち》、泉州堺《せんしゅうさかい》に来《きた》ってここを彼方此方《あなたこなた》と見物《けんぶつ》いたし、今日《きょう》しも和泉《いずみ》の大津宿《おおつしゅく》へ差《さ》し掛《かか》ってまいりますると、一人《ひとり》の百姓体《しょうてい》の男《おとこ》が後《あと》になり先《さき》になり往来《おうらい》をしておりましたが、後藤又《ごとうまた》兵衛《べえ》の衣類《いるい》の紋所《もんどころ》を見《み》てはチョコ〳〵と先《さ》きへ駈《か》けてまいり、しきりに振《ふ》り返《かえ》って穴《あな》の明《あ》く程其顔《ほどそのかお》をながめ、またボツ〳〵歩行《ある》いて後《あと》になったり、なんだか変《へん》な顔付《かおつ》きでキョロ〳〵ながめておりまするから、ヒョイッと気《き》がついた又兵衛《またべえ》は、可怪《おか》しな奴《や》ツがあるものだと思《おも》いながら、ついに堪《たま》りかねて声《こえ》をかけた。又「コレ〳〵百姓《しょう》、俺《お》れが先刻《さっき》からみていると、なんだか貴様《きさま》はおれの姿《すがた》を不思議《ふしぎ》そうに眺《なが》めているが、何故《なぜ》そんなに眺《なが》めているのだ」このとき百姓《しょう》は小腰《こごし》をかがめて、百「ヘエ、エヽまことに失礼《しつれい》なことをうかがいますが、お前《まえ》さんの着《き》ていらっしゃるその衣類《いるい》の紋《もん》は、そりゃア貴公《あなた》の御紋《ごもん》ですか」又「妙《みょう》なことを尋《たず》ねる奴《や》ツだ。いかにもこれはおれの紋《もん》だが、それがどうした」百「イヤ、その紋《もん》は藤《ふじ》の丸《まる》に後《ご》の字《じ》が書《か》いてありますから、万一《もし》やとおもって御尋《おたず》ねをするのですが、お前《まえ》さんは黒田様《くろださま》の浪人《ろうにん》で後藤又兵衛《ごとうまたべえ》さんとは申《もう》しませんか」又「ウーム、ます〱妙《みょう》なことをいう奴《や》ツだ。いかにも此方《このほう》は黒田《くろだ》の浪人《ろうにん》後藤又兵衛《ごとうまたべえ》というものだが、それがどうした」百「サア先刻《さっき》から多分《たぶん》そうだろうと思《おも》っていたのですが、兄貴《あにき》、まことにどうもお懐《なつ》かしゅう存《ぞん》じます」又「なにッ、おれを兄貴《あにき》だ……」百「ヘエ」又「シテ貴様《きさま》はなんだ」百「ハイ、私《わたし》はこの和泉《いずみ》の大津《おおつ》に住居《すまい》をしております漁師《りょうし》の後藤又兵衛《ごとうまたべえ》というものでございます」又「なんだ後藤又兵衛《ごとうまたべえ》だ、変《へん》な名前《なまえ》をつける奴《や》ツだ。シテおれを兄貴《あにき》というのは、そりゃア一体《たい》どういう訳《わけ》だ」漁「ハイ、そりゃアお前《まえ》さんの弟《おとうと》だからお前《まえ》さんを兄貴《あにき》というのです」又「なに弟《おとうと》……馬鹿《ばか》をいえ、おれは其方《そのほう》のような同胞《きょうだい》はもたぬ、馬鹿《ばか》なことを申《もう》すナ」漁「ヘイ、貴郎《あなた》は御存《ごぞん》じはありますまいが、貴郎《あなた》はなんでしょう、素播州《もとばんしゅう》三木《き》の城《しろ》に、別所小《べっしょこ》三郎《ろう》という人《ひと》があって、その殿様《とのさま》の家来《けらい》で家老職《かろうしょく》をつとめた後藤将監興《ごとうしょうげんおき》基《もと》という御方《おかた》はお前《まえ》さんのお父《とう》さんでしょう」又「ウム、いかにもそれはそうだ」漁「ところが私《わたし》もその後藤将監興基《ごとうしょうげんおきもと》という人《ひと》の子《こ》なんです。こういった許《ばか》りジャア判《わか》りますまいが、私《わたし》の阿母《おか》アというのはこの和泉《いずみ》の大津《おおつ》からでたもので、播州《ばんしゅう》三木《き》の城内《じょうない》で腰元奉公《こしもとぼうこう》をいたして居《お》りましたところが、後藤将監《ごとうしょうげん》さまがお手《て》をお付《つ》けなすって、ついに阿母《おふくろ》は妊娠《にんしん》しましたが、そのうちに戦争《いくさ》が起《おこ》って参《まい》るというので、私《わたし》の阿母《はは》は腹《はら》に胤《たね》を宿《やど》しながら、後藤様《ごとうさま》からお手当《てあて》の金《かね》をいただいて、この大津《おおつ》に帰《かえ》ってきたのです。そのうち十月《とつき》をまって産《う》み落《おと》したのが私《わたし》で、ところが私《わたし》の幼少《ようしょう》のころおいに、播州《ばんしゅう》三木《き》は信長公《のぶながこう》のために滅《ほろ》ぼされてしまったが、私《わたし》の阿父《おとう》さんという将監《しょうげん》さまも、城内《じょうない》で腹《はら》を切《き》ったとか討死《うちじに》をしたとかいうことで、その忘《わす》れ片身《がたみ》の一子《し》というのは黒田家《くろだけ》につかえ、後藤又兵衛《ごとうまたべえ》といって天下《てんか》の豪傑《ごうけつ》ということを聞《き》き伝《つた》えておりました。私《わたし》もどうかして一遍《ぺん》お前《まえ》さんに会《あ》ってみたいと思《おも》ってはいたが、何《なに》をいうにも斯様《かよう》な浜辺《はまべ》に成長《おいた》って、ついに漁師《りょうし》と迄《まで》成《な》り下《さが》ってしまい、切《せ》めてゆく〳〵は一度面会《どめんかい》を楽《たの》しみとして、それで後藤又兵衛《ごとうまたべえ》という名前《なまえ》をつけましたので。ところが其節世間《そのせつせけん》の噂《うわ》さに、黒田《くろだ》の豪傑後藤又兵衛《ごうけつごとうまたべえ》という人《ひと》は、主人《しゅじん》と口論《こうろん》の上《うえ》浪人《ろうにん》をしたということを聞《き》いておりますから、かねて私《わたし》はそのことを心《こころ》に念《ねん》じて居《お》りましたところが、いまお前《まえ》さんの姿《すがた》をみると、あまり他《ほか》にない紋所《もんどころ》で、藤《ふじ》の丸《まる》の中《なか》に後藤《ごとう》の後《ご》の字《じ》が書《か》いてありますから、年頃《としごろ》といい紋《もん》といい、万一《もし》やと思《おも》いましたので、それで御尋《たず》ねもうした訳《わけ》です。なんと兄《あに》さん、腹《はら》は違《ちが》えど私《わたし》も後藤《ごとう》の伜《せがれ》です。シテお前《まえ》さんは全体《ぜんたい》どこへいらっしゃいます」はじめて聞《き》いたこの物語《ものがた》りに、基次《もとつぐ》はその奇遇《きぐう》をおどろきながら、又「ウーム、しからば其方《そのほう》はわが弟《おとと》であったか。おれは別《べつ》にどこという当《あ》てもない、浪人《ろうにん》をしてこう烏鷺《うろ》ついておるが、これから紀州《きしゅう》の方《ほう》へブラ〳〵出掛《でか》け様《よう》とおもうのだ」漁「ヘエ、そうでございますか。此先《このさ》きの大津《おおつ》は私《わたし》の住《す》んでおりますところで、マア汚《きた》ない家《いえ》ではございますが、いまは嬶《かか》アと二人《ふたり》差《さ》しむかいで、気楽《きらく》に暮《くら》しております。ジャア兄《あに》さん、私《わたし》のところへ入《い》らっしゃって、当分御逗留《とうぶんごとうりゅう》なすったらどうです」又「ウム、それは大《おお》きに辱《かたじ》けないが、おれを食客《いそろ》においては到底手前《とうていてまえ》の方《ほう》でつづくまいぞ」漁「ヘエ、なぜ続《つづ》きません」又「おれは全体酒《ぜんたいさけ》が非常《ひじょう》に好《す》きでナ。日《ひ》に五升位《しょうぐら》いは飲《の》まぬと身体《からだ》がもてぬという性質《たち》だ」漁「イヤ、よろしゅうございます。私《わたし》も漁師《りょうし》でこそあれ後藤又兵衛《ごとうまたべえ》、屹《きっ》度《と》一日《にち》に五升《しょう》ずつの酒《さけ》を差《さ》しあげましょう。どうかきてお呉《く》んなさい」となか〳〵此奴《こや》ツ負《ま》けぬ気《き》の奴《や》ツで、そのまま基次《もとつぐ》を連《つ》れて自分《じぶん》の家《いえ》へ立帰《たちかえ》ってきた。

◎造酒家平尾家《ぞうしゅかひらおけ》の食客《しょっかく》

漁「嬶《かか》ア今《いま》かえったぞ」と漁師《りょうし》ながらに相当《そうとう》の暮《くら》しとみえて、家《いえ》も左程古《さほどふる》びては居無《いな》いようす。スルと此声聞《このこえき》きつけてきたのは、女房《にょうぼう》とみえて年頃《としごろ》三十七八才《さい》の女《おんな》。女「オウ、又兵衛《またべえ》さんお帰《かえ》りか」漁「ソレ御覧《ごらん》なさい兄貴《あにき》、嘘言《うそ》ジャありますまい。又兵衛《またべえ》というのは私《わたし》の名前《なまえ》です」又「けれどもどうも紛《まぎ》らわしい、なんとか名前《なまえ》を取《と》りかえろ」漁「イヤ、こりゃア決《けっ》して取《と》り換《か》えません……ときに嬶《かか》ア、かねて手前《てまえ》に話《はな》しをした、おれの兄弟《きょうだい》の黒田家《くろだけ》の後藤又兵衛《ごとうまたべえ》さんを連《つ》れてきたんだ。貴様《きさま》ア可訝《おかし》な顔《かお》をするとさっそく叩《たた》きだしてしまうぞッ。今日《きょう》からこの兄貴《あにき》が当分家《とうぶんうち》にいなさるんだから、決《けっ》してゴテ〳〵いうナ。なんぞ肴《さかな》があるなら一寸喰《ちょっとく》うようにしてくれ。そのうちに俺《お》れア酒《さけ》を買《か》ってくるから」とそう〳〵又兵衛《またべえ》は戸外《おもて》へ飛《と》びだしたが、この大津《おおつ》の駅半途《しゅくなかば》に、造酒屋《つくりざかや》をしている平《ひら》尾庄左衛門《おしょうざえもん》というのは、よほどの金満家《きんまんか》で、これへやってきた漁師《りょうし》の又兵衛《またべえ》は、よう〳〵五升《しょう》の酒《さけ》を樽《たる》に詰《つ》めてもらい、これを引提《ひっさ》げてかえってきた。漁「サア兄貴《あにき》、こりゃア今日《きょう》一日分《にちぶん》だ。明日《あす》になったら又買《またか》ってくるから、マア当分《とうぶん》は緩容《ゆっくり》しなさい」と五升《しょう》の酒《さけ》と肴《さかな》を後藤《ごとう》に当《あ》てがったから基次《もとつぐ》もおもしろい気象《きしょう》の奴《や》ツだと思《おも》いながら、其日《そのひ》からここに足《あし》を止《と》めることになったが、例《れい》の気象《きしょう》ですから決《けっ》して遠慮《えんりょ》をいたしません。一日《にち》ガブ〳〵酒《さけ》を飲《の》んで其日《そのひ》はまず一日暮《にちく》らし、さて翌日《よくじつ》になると又宛《またあ》てがってくれた五升《しょう》の酒《さけ》を朝《あさ》から煽《あお》りつけている。漁師《りょうし》の又兵衛《またべえ》は其身《そのみ》は小舟《こぶね》に打《う》ちのり沖《おき》へ漁《りょう》にでる。かくして毎《まい》日《にち》〳〵欠《かか》さず造酒屋《つくりざかや》へ五升《しょう》ずつの酒《さけ》を取《と》りにまいって、物《もの》の十日《とおか》もつづきますると酒屋庄《さかやしょう》左衛門《ざえもん》方《かた》でもどうも不思議《ふしぎ》におもいだした。庄「ノウ番頭《ばんとう》どん、アノ漁師《りょうし》の又兵衛《またべえ》さんはこのせつは毎日《まいにち》那《あ》アやって五升《しょう》ずつ酒《さけ》を買《か》いに来成《きな》さるが、多分向《たぶんむこ》うではなにか煮売屋《にうりや》でもはじめたのか、ただし小売《こうり》でもするようなら其割《そのわ》りで幾分《いくぶん》か価《ね》を引《ひ》いてあげ様《よう》とおもうのだ。明日《あす》でも来《き》なすったら尋《たず》ねてみるがよい」番「ハイ、畏《かし》こまりました。なんだか私《わたし》も妙《みょう》におもっております」とまっているとその翌朝時刻《よくちょうじこく》もたがえず、漁師又兵衛《りょうしまたべえ》は酒樽《さかだる》を提《さ》げてやってきた。漁「ヘエお早《は》ようございます。どうか又《また》ちょっと御面倒《ごめんどう》だが五升《しょう》この樽《たる》へ詰《つ》めておくんなさい」番頭《ばんとう》はきたナと思《おも》いながら、番「オイ〳〵又兵衛《またべえ》さん、今日《きょう》はお前《まえ》に尋《たず》ねたいことがある。というのは外《ほか》ジャアないがお前《まえ》さんはこのせつ酒《さけ》の小売《こうり》でもしなさるのか。但《ただ》しまた煮売屋《にうりや》でもはじめなすったのか。それなら幾分《いくぶん》か卸《おろ》し並《な》みに私《わたし》の方《ほう》でも負《ま》けて進《しん》ぜるが……」漁「オイ〳〵番頭《ばんとう》さん、冗戯《じょうだん》いっチャアいけないよ。いつ俺《お》れの家《いえ》でそんな商売《しょうばい》をはじめた。おりゃ漁師《りょうし》の一方《ぼう》で決《けっ》してそんなことは始《はじ》めアしない」スルと主人《しゅじん》の庄左衛門《しょうざえもん》、庄「アヽコレ〳〵又兵衛《またべえ》さんいま番頭《ばんとう》が尋《たず》ねたのは外《ほか》ジャアないが、お前《まえ》さん此節《このせつ》毎日《まいにち》々々五升《しょう》ずつかかさず買《か》いに来《き》なさるね」漁「ヘエ旦那《だんな》そりゃアまったくです。併《しか》しそんなことを始《はじ》めたのジャアねエんです」庄「ハヽアそれに又《また》なぜ斯《こ》んなにお酒《さけ》が沢山《たくさん》入《い》りますナ」漁「そりゃア此節《このせつ》おれの家《いえ》に居候《いそろ》がきているんだ。その居候《いそろ》が毎日《まいにち》々々五升宛《しょうずつ》飲《の》んでしまうんだ」庄「ヘエーどうも大変《たいへん》な居候《いそろ》ですナ。しかし何人《なんにん》さまで……」漁「そう何人《なんにん》もきて堪《たま》るもんか、たった一人《ひとり》だ」庄「ヘエ一人《にん》……一人《ひとり》でなんですか毎日《まいにち》五升《しょう》ずつも飲《の》むんですか」漁「そうよ」庄「どうも大変《たいへん》な泥酔漢《のんだくれ》もあるものですナ。しかしお前《まえ》さんはそんな居候《いそろ》をおいて立《た》ちゆきますか」漁「立《た》ちゆくも立《た》ちゆかないもあるものか。多年《たねん》にチョビ〳〵貯《たくわ》えておいた金《やつ》がおい〳〵なく成《な》ってしまったが、マア身代《しんだい》のつぶれる迄《まで》飲《の》ましてやろうと思《おも》うんだ」庄「ヘエー、併《しか》しそりゃアどこの人《ひと》です。お前《まえ》さんと御親類《ごしんるい》の方《かた》とでも……」漁「どこの人《ひと》ってそりゃア天下《てんか》の豪傑《ごうけつ》だ。おりゃアこの大津《おおつ》の後藤又兵衛《ごとうまたべえ》、その居候《いそろ》というのはおれの兄貴《あにき》で黒田家《くろだけ》八虎《こ》のうちの随《ずい》一たる豪傑後藤又兵衛《ごうけつごとうまたべえ》という人《ひと》だ」庄「ヘエーッ、ジャアかねてお名前《なまえ》を聞《き》いている後藤《ごとう》さま、その人《ひと》が日《ひ》に五升《しょう》ずつも召《め》し飲《あが》るのですか」漁「そうだ、どうだ豪《えら》かろう驚《おど》ろいたか」庄「驚《おど》ろきましたが、それジャアどうもお前《まえ》さんが堪《たま》りますまいナ」漁「堪《たま》るも堪《たま》ら無《ね》エもあるものか。最初《さいしょ》から家《うち》へきてくれといったときに、俺《お》れはいって居候《いそろ》をしてもよいが、貴様《きさま》の方《ほう》で身上《しんじょう》が堪《たま》らぬといったのを、大丈夫《だいじょうぶ》と受合《うけあ》ってつれてきたのだから、いまさら俺《お》れが可怪《おかし》な顔《かお》も出来《でき》ねエのだ。こうなったらおれと向《むこ》うと心中《しんじゅう》だ」庄「なるほどそう聞《き》いてみりゃア御道理《ごもっとも》です。なんなら私《わたし》の方《ほう》へ御遣《おつか》わしなさい。私《わたし》も無価《ただ》であげという訳《わけ》にはゆきませんが、後藤《ごとう》の先生《せんせい》が家《うち》へきてお飲《あ》がりなさる分《ぶん》にゃア少《すこ》しも厭《いと》いはありません。こうして酒《さけ》は沢山《たくさん》に造《つく》ってありますから、幾何《いくら》なと飲《の》み次第《しだい》で、お進《あ》げもうしましょう」漁「ヘエ、それジャアなんですか、おれの兄貴《あにき》にお前《まえ》さんの家《うち》で飲《の》ましておくんなさるのか。其奴《そい》つアあり難《がた》い。ジャア明日《あす》から連《つ》れてきますから、どうぞ御頼《おたの》みもうします」庄「イヤよろしい」と約束《やくそく》しておりますのを、傍《そば》で聞《き》いていた番頭《ばんとう》はじめ奉公人《ほうこうにん》は大《おお》きに驚《おど》ろいた。皆「旦那《だんな》さまも妙《みょう》なことを御相談《ごそうだん》をなさる。そんな泥酔漢《のんだくれ》を家《うち》に御引取《おひきと》りなすってどうなさいます」庄「マア〳〵愚図《ぐず》々々いうナ、黒田《くろだ》家の後藤又兵衛《ごとうまたべえ》といえば天《あっ》晴《ぱ》れ天下《てんか》の豪傑《ごうけつ》だ。屹度《きっと》なにかの間《ま》にあうから、必《かな》らずきても可怪《おかし》な顔《かお》をするナ」といっている内《うち》に、その翌日《よくじつ》に相成《あいな》りますると、漁師又兵衛《りょうしまたべえ》は後藤又兵衛基次《ごとうまたべえもとつぐ》を連《つ》れてやってきた。主人庄左衛門《しゅじんしょうざえもん》は又兵衛基次《またべえもとつぐ》をさっそく奥《おく》の間《ま》へとおして、庄「どうか先生《せんせい》、酒《さけ》は幾通《いくとお》りもございますから、お口《くち》に逢《あ》いますのを差《さ》しあげます」とかねて申《もう》しつけてあった試《き》き酒《さけ》を持《も》ってきた。又「其奴《そい》つア大《おお》きにあり難《がた》い……ハヽアなるほど、イヤこれが一番《ばん》おれの口《くち》に合《あ》うからこれにしておこう」庄「どうも先生感心《せんせいかんしん》ですナ。これは私《わたし》の家《うち》の別製《べっせい》で、良《よ》い酒《さけ》は矢張《やは》りお口《くち》に合《あ》いますナ。それではこれを差《さ》しあげましょう。マア兎《と》に角緩容《かくゆっく》りお足《あし》を御止《おと》めなすって……」というので、又兵衛基次《またべえもとつぐ》は其日《そのひ》からこの家《や》に足《あし》をとめた。庄《しょう》左衛門《ざえもん》はかねて覚悟《かくご》の上《うえ》ですから充分酒《じゅうぶんさけ》を飲《の》ます、肴《さかな》は又兵衛《またべえ》が沖《おき》で漁《りょう》をしてまいりますると、これを運《はこ》んでくるという。皆《みな》のものは先生《せんせい》々と尊敬《そんけい》をいたしておりましたが、造《つくり》酒屋庄左衛門《ざかやしょうざえもん》の女房《にょうぼう》も、又兵衛基次《またべえもとつぐ》の泥酔漢《のんだくれ》には呆《あき》れてしまった。女「貴郎《あなた》マアあんな酔《よい》倒《だお》れの居候《いそろ》をなんの見込《みこみ》があってお置《お》きなさるのです」庄「マア〳〵八釜敷《やかまし》くいうナ、いまに那《あ》の人《ひと》は名《な》を挙《あ》げる人《ひと》だから、そうなりゃアおれの家《うち》の名《な》もでるのだ」としきりに大《たい》切《せつ》にしております。スルと或日《あるひ》のことでございましたが、この平尾庄左衛門《ひらおしょうざえもん》の家《うち》へ凡《およ》そ十四五名《めい》の武士《ぶし》、いずれも浪人体《ろうにんてい》でございまして、ドヤ〳〵這入《はい》ってくると、甲「オイ番《ばん》頭《とう》、貴様《きさま》の家《うち》の亭主《ていしゅ》にじき〳〵無心《むしん》があるんだ。われ〳〵は当時諸国《とうじしょこく》をめぐる浪人者《ろうにんもの》であるが、いずれ世《よ》へいでたら返《かえ》してやるから、マアそれ迄《まで》のところ千両《りょう》ばかり金《かね》を貸《か》して貰《もら》いたい。当大津《とうおおつ》では貴様《きさま》の家《いえ》が一番金満家《ばんきんまんか》だということを聞《き》いてまいった。併《しか》しそれを不《ふ》服《ふく》ともうす時《とき》は仕方《しかた》がない家内中《かないじゅう》は鏖殺《みなごろ》しだからそうおもえ。はやく亭主《ていしゅ》にこのことを伝《つた》えろッ」と皆刀《みなかたな》の鯉口《こいぐち》を寛《くつ》ろげながら、大変《たいへん》ないきおいで強談《ごうだん》をしかけたから、番頭《ばんとう》は真《まっ》蒼《さお》になって顫《ふる》えあがってしまった。スルと中《なか》にも一人《にん》の武士《ぶし》は、乙「マア貴様《きさま》はそこで緩容《ゆっく》り応対《おうたい》をしろ、おれはまず休息《きゅうそく》の間《ま》に飲《の》みはじめるから」と店先《みせさき》においてある桝《ます》を取《と》って酒樽《さかだる》の口《くち》を開《あ》けては其奴《そい》つに注《つ》いでガブ〱飲《の》む奴《やつ》もあり、また番頭《ばんとう》に手詰《てづめ》の談《だん》判《ばん》をして怒鳴《どな》っている者《もの》もある。そのうちに若《わか》いものは奥《おく》の間《ま》へまいって主人《しゅじん》にこのことを申《もう》しますると、庄左衛門《しょうざえもん》は、庄「それみろ、いつもお前《まえ》は泥酔漢《のんだくれ》〱といっているが、斯《こ》ういうときに後藤《ごとう》の先生《せんせい》が間《ま》に逢《あ》うんだ。先生《せんせい》は今《いま》どうしていらっしゃる」若「へエ、先生《せんせい》はいま奥《おく》の間《ま》で充分酔《じゅうぶんよ》ってお寝《やす》みでございます」庄「ジャア先生《せんせい》に其訳《そのわけ》をいって御願《おねが》いしろ」若「ヘイかしこまりました」と若者《わかもの》はやがて後藤《ごとう》の寝《ね》ている居間《いま》へでてまいり又《また》兵衛《べえ》を揺《ゆ》り起《おこ》して、若「先生《せんせい》々々、一寸《ちょい》とどうかお目覚《めざ》めを願《ねが》います」又「ウーム、ウム今日《きょう》はモウ飲《の》めぬぞ」若「戯談《じょうだん》ジャアございません。飲《の》むことばかりかんがえていらっしゃいますが、御酒《ごしゅ》のことジャアございません。今是《いまこ》れ〱かようで、浪人者《ろうにんもの》が十四五人《にん》押《お》し掛《か》けてきております。それがため主人《しゅじん》も非常《ひじょう》に困《こま》っておりまする様《よう》なことで、貴郎様《あなたさま》におねがいをして見《み》ろというのですよ」又「ハヽアそうか、よし、それジャア其奴等《そいつら》ア一人《ひとり》も逃《の》がさぬように大戸《おおど》を締《し》めて閂《かんぬき》をいれておけ、今《いま》おれがでて応対《おうたい》をしてやるから」とさっそく酔眼《すいがん》クワッと見開《みひら》いた後藤《ごとう》は、別《べつ》に身仕度《みじたく》もなくノソ〱とそのまま店先《みせさき》へでてまいる。若者《わかもの》はまた後藤《ごとう》にいいつけられた儘《まま》、四五人掛《にんがか》りでガラ〱〱ッと大戸《おおど》をピッシャリ締《し》めてしまった。

◎店頭《てんとう》に於《お》て浪士《ろうし》の驚愕《きょうがく》

いましも店先《みせさ》きへでてまいった後藤又兵衛《ごとうまたべえ》は、ギロリ浪人者《ろうにんもの》の頭《あたま》から見《み》おろしながら、そこへ突立《つった》ったまま、又「コリャ〱皆《みな》の奴《や》つ等静《らしず》かにしろッ。いま宜《よ》い心持《こころも》ちに寝《ね》ているのにガヤ〱矢釜敷《やかまし》くいって目《め》が覚《さ》めてしまった、不埒者奴《ふらちものめ》ッ」と怒鳴《どな》りつけた。スルと浪人《ろうにん》の連中《れんじゅう》は、甲「オヤッ貴様《きさま》はなんだ」又「ヤイッ、貴様《きさま》はなんだともうす其方《そのほう》はなんだ。蛆虫《うじむし》の分際《ぶんざい》としてよくもこの大津《おおつ》へ乗込《のりこ》んでまいったナ。さだめて貴様達《きさまた》ちはそんな強談《ごうだん》をして、これまで諸方《しょほう》で金《かね》を奪《うば》っている奴《やつ》に違《ちが》いない。貴様達《きさまたち》の持《も》っておる金《かね》を皆《みな》置《お》いてゆけッ」甲「なんだと……飛《と》んでもないことを吐《ぬか》しアがる。われ〳〵のこの両刀《りょうとう》が目《め》にはいらぬか。無礼《ぶれい》を吐《ぬか》すと命《いのち》がないぞッ」又「黙止《だま》れッ、其方等《そのほうら》は眼《め》があっても節穴《ふしあな》どうよう、おれが判《わか》らぬか。其方《そのほう》も浪人《ろうにん》ならおれも浪人《ろうにん》、おなじ浪人《ろうにん》でも天地《てんち》のちがい、黒田家《くろだけ》八虎《こ》のうちたる浪人《ろうにん》後藤又兵衛基次《ごとうまたべえもとつぐ》をしらぬかッ。なんと心得《こころえ》て左様《さよう》な馬鹿《ばか》なことをもうしている。いよ〳〵其方等《そのほうら》懐中《ふところ》の金子《かね》をおかぬ其時《そのとき》には、一人《にん》として救《たす》ける奴《やつ》ではない、睨《にら》み殺《ころ》してくれるぞッ」とハッタとばかり睨《ね》めつけた。これを聞《き》いたる一同《どう》の浪人《ろうにん》は、ハッと真蒼《まっさお》になって、甲「さては貴郎様《あなたさま》が後藤《ごとう》の大先生《だいせんせい》か、これは〳〵まことにお見《み》それ申《もう》しました。どうか命《いのち》ばかりはお救《たす》けをねがいます」とガタ〳〵顫《ふる》えだしたるを、ジロリながめ又兵衛《またべえ》、又「ウム命《いのち》が助《たす》かりたくば懐中《ふところ》の所持金《しょじきん》をこと〴〵く置《お》いてゆけ」皆「ヨヽ宜敷《よろしゅ》うございます。オイ〳〵皆《みな》のもの、対手《あいて》になるナ。あんな強《つよ》い先生《せんせい》に睨《にら》まれてたまるものか。どうぞお救《たす》けを……」とめい〳〵紙入《かみいれ》から持《も》ち合《あわ》せの金《かね》を取《と》りだし、そこへ寄《よ》せあつめたがよう〳〵三十両《りょう》ばかりしかありません。甲「どうぞ大先生《だいせんせい》、これにてお救《たす》けをねがいます」又「ウム三十両《りょう》か、吝《しみっ》たれた奴等《やつら》だナア。モウ外《ほか》にはないのか」皆「ヘエー、それがモウ皆《み》んな寄《よ》せ集《あつ》めたところで……」又「ウムしからば今日《きょう》の処丈《ところだ》けは許《ゆる》してやるから、また蓄《たま》ったときには持《も》ってこい。しかし貴様等《きさまら》にいっておくぞ。どうせ貴様等《きさまら》のような浪人組《ろうにんぐみ》は、幾何《いくら》もこの外《ほか》に徘徊《はいかい》しているであろう。黒田《くろだ》の浪人《ろうにん》後藤又兵衛《ごとうまたべえ》が、この大津《おおつ》にいるという様《よう》なことは決《けっ》していうナ。造酒屋《つくりざかや》の庄左衛門方《しょうざえもんかた》で強《ごう》談《だん》をしてこいと申《もう》して、おい〳〵浪人者《ろうにんもの》をここへ寄《よ》こせ」皆「ヘエかか畏《かし》こまりましてございます。それでは御免蒙《ごめんこう》むります」と真蒼《まっさお》になって顫《ふる》えあがり、表戸《おもてど》をあけて貰《もら》い皆《みな》ほうぐ〳〵の体《てい》で逃《に》げてしまった。後見送《あとみおく》った又兵衛基次《またべえもとつぐ》、又「アハッハッハッ、番頭《ばんとう》どうだ、反対《あべこべ》に三十両《りょう》置《お》いてゆきアがった。マア此金《これ》は先日《せんじつ》から飲《の》んだ酒代《さかだい》においておく。また浪人《ろうにん》がきたら取《と》ってやるから、すぐおれにしらしてくれ」実《じつ》に店《みせ》のものも呆《あき》れてしまった。皆「ウーム、流石《さすが》は後藤様《ごとうさま》だ。またこの御器量《ごきりょう》をしり居候《いそろ》におきなすった家《うち》の旦那様《だんなさま》も旦那様《だんなさま》だ。後藤様《ごとうさま》をおき申《もう》したので、金《かね》の千両《りょう》も取《と》られるところを取《と》られないであまつさえ斯《こ》うやって三十両《りょう》儲《もう》かりました」庄「それみろ、だからおれは後藤《ごとう》の先生《せんせい》に酒《さけ》を侑《すす》めているのだ。こういうときには屹度《きっと》間《ま》にあうと思《おも》ったからだ。其方達《そちた》ちも決《けっ》して粗末《そまつ》に取《と》り扱《あつ》かうなよ」と庄左衛門《しょうざえもん》一家《か》のものは大喜《おおよろ》こびをいたしている。ところがこの翌朝《よくちょう》未《み》明《めい》にブラリ店先《みせさき》へはいってきたのは漁師《りょうし》の後藤又兵衛《ごとうまたべえ》だ。漁「ヘエ番頭《ばんとう》さんお早《は》よう」番「オヽ又兵衛《またべえ》さんか大層早《たいそうはや》いがどうした」漁「エヽアノ兄貴《あにき》はモウ起《お》きて在《い》られますか」番「ウム、まだ寝《やす》んで在《い》られるがなにか用《よう》か」又「まことに御面倒《ごめんどう》だがちょっと起《おこ》してください、急用《きゅうよう》ができたんだから」番「ウム、そうか、ジャアちょっと待《ま》ってくれ」と番頭《ばんとう》は奥《おく》の間《ま》へはいって行《い》ったが、暫《しば》らくして眠《ね》むそうな顔《かお》をしながら店先《みせさき》へでてきた後藤又兵衛《ごとうまたべえ》、又「オヽ後藤又《ごとうまた》、急用《きゅうよう》というのは全体何《ぜんたいな》んだ。大抵《たいてい》なことなら昼頃《ひるごろ》にしろ、眠《ね》むくてたまらん」漁「兄《あに》さん、朝《あさ》でなくチャアチト具合《ぐあい》がわるいことなんで……」又「ホヽウ、そうか、マアなんだかしらんが、いってみろ」漁「外《ほか》ジャアないんです、兄《あに》さん。私《わたし》は御存《ごぞん》じの通《とお》り、こう毎日漁《まいにちりょう》をしてその漁《と》れた魚《うお》は大抵毎日大阪《たいていまいにちおおさか》へ持《も》っていって売《う》ることになっているんです。ところが先日《せんじつ》からこの浜《はま》の漁師《りょうし》の八造《ぞう》という奴《やつ》が病気《びょうき》で、私《わたし》を呼《よ》びにきたから行《い》ってみますと、まことに気《き》の毒《どく》だがこんな病気《びょうき》で商売《しょうばい》にも行《ゆ》くことができない。ついては外《ほか》のところならそのままに捨《す》てておいてもよいんだが、大阪《おおさか》の城内《じょうない》丈《だ》けはおれが行《ゆ》くのをまって、魚《うお》を沢山買《たくさんか》い入《い》れてくださる、こればかりは一日《にち》おれがゆかないと、他《ほか》の人《ひと》を遣《や》るという訳《わけ》にもならんので、どうかお前《まえ》が代《かわ》って魚《うお》を納《おさ》めてくれという談《はな》しなんです。そこで私《わたし》はこの二三日前《にちまえ》から毎日沢山《まいにちたくさん》の魚《さかな》を買《か》いあつめて、大阪《おおさか》の御《ご》城内《じょうない》へ納《おさ》めておりました。ところが毎日《まいにち》〳〵持《も》ってゆく魚《うお》と、下《さ》げてくれる金子《きんす》との勘定《かんじょう》が合《あ》わない。というのは外《ほか》ジャアないので、まず門鑑《もんかん》を持《も》って中《なか》へはいって行《ゆ》くと、右手《みぎて》に大《おお》きな御台所《おだいどころ》があって、そこからマア鱸《すずき》を三十尾《びき》とか、比良目《ひらめ》を五十枚《まい》とかおさめて、今度《こんど》はその書附《かきつ》けをもって御勘定方《ごかんじょうがた》の方《ほう》へ廻《まわ》り、そこで金《かね》を受取《うけと》って帰《かえ》るのです。ところが其勘定方《そのかんじょうがた》の方《ほう》へゆくときには、まさか魚籠《かご》も担《かつ》いでゆけませんから、そのお台所《だいどころ》の門前《もんぜん》へ籠《かご》をおいて、そのまま勘定方《かんじょうがた》の方《ほう》へいって、帰《かえ》って調《しら》べてみると屹度《きっと》其残《そののこ》っている魚《うお》が五尾足《ひきた》りなくなっているのです。始《はじ》めの間《あいだ》は気《き》が注《つ》かなかったが、丁度昨日《ちょうどきのう》の朝例《あされい》のとおり台所《だいどころ》へ魚《うお》をおさめて勘定方《かんじょうがた》の方《ほう》へ行《ゆ》こうとしてヒョイッと後辺《うしろ》を振《ふ》りむくと、二三人《にん》の武士《さむらい》が其籠《そのかご》の蓋《ふた》をあけて、其中《そのなか》の魚《うお》を四五尾《ひき》だして行《い》ったのを確《たし》かに見止《みと》めたから、走《はし》りもどってそれを台所《だいどころ》の方《ほう》へいうと、決《けっ》してそんなことはない、それはなにか間違《まちが》いであろう、ぐず〳〵いえば其儘《そのまま》にはすておかん抔《など》という脅《おど》し文句《もんく》で、遂頭泣《とうとうな》き寝入《ねい》りになってしまった。ところが今朝《けさ》もまた魚《うお》をもってゆくと、例《れい》のとおり目《め》の下《した》一尺《しゃく》五寸《すん》もあろうというたいを五六尾《ぴき》、確《たし》かに盗《ぬす》んだのを見《み》つけたけれども、いったところで到底駄目《とうていだめ》だと思《おも》ったから、そのままかえってきたのですが、どうか其《そ》んなことを仕無《しな》いように出来《でき》ないものか、それなら商売《しょうばい》にゆかない方《ほう》がよいとは言《い》うものの、折角《せっかく》八造《ぞう》に頼《たの》まれたのですから、ぐずぐずいえば八造《ぞう》の方《ほう》へ迷惑《めいわく》がかかりますので、ゆかねばならず行《ゆ》けば損《そん》をするし、まことに閉口《へいこう》しております。よい智恵《ちえ》があれば貸《か》して貰《もら》いたいものだと思《おも》ってまいったのです。なにかよい工風《くふう》はありませんか」この言葉《ことば》をジッと聞《き》いておりました後藤又兵衛基《ごとうまたべえもと》次《つぐ》は、又「ウーム、そうか、イヤよいよい、おれがよいことを考《かんが》えてやる」漁「ヘエ、なにか宜《よ》い工風《くふう》がございますか」又「ウム明日《あす》の朝《あさ》はおれが貴様《きさま》のかわりに大阪城内《おおさかじょうない》へいって遣《や》ろう」漁「エヽ、アノ貴所《あなた》が御城内《ごじょうない》へ……其奴《そいつ》アいけません、ただ空手《てぶら》でいったって到底御門《とうていごもん》を通行《つうこう》するという訳《わけ》にはいけないので、必《かな》らず魚屋《さかなや》なら魚籠《さかなかご》、乾物屋《かんぶつや》ならそれぞれの物《もの》を担《かつ》いでゆかねばならんので……」又「そりゃア判《わか》っている。明日《あす》は一つ俺《おれ》がお前《まえ》の代理《だいり》に魚屋《さかなや》になって、大阪城内《おおさかじょうない》へ乗込《のりこ》んでまいり、これから後決《のちけっ》して左様《さよう》な不都合《ふつごう》のない様《よう》にいたしてやる、かならず心配《しんぱい》するナ。ことに俺《お》れはすこしかんがえが有《あ》るんだから、是非《ぜひ》おれに任《まか》せい」漁「ヘエそれジャアどうか一つ御頼《おたの》みもうします」又「ウム、明朝《みょうちょう》はやく手前《てまえ》の家《うち》へゆくから、肴《さかな》を買《か》いあつめて置《お》いてくれ」と其日《そのひ》は漁師《りょうし》の又兵衛《またべえ》を返《かえ》したその翌朝《よくちょう》、なんと思《おも》ったか後藤又兵衛《ごとうまたべえ》は、暗《くら》いうちから起《お》きて出《で》てきたのは漁師《りょうし》又兵衛《またべえ》の宅《たく》だ。又「オイ又兵衛《またべえ》いるか」漁「ヤアこりゃア兄《あに》さん、お早《はや》うございます」又「ウム、シテ魚《うお》はモウ買《か》い集《あつ》めてあるか」漁「ハイ、今日《きょう》は小《こ》たいが三十尾《びき》と、鯵《あじ》が五十本《ぼん》、鯔《ぼら》が二十本《ぼん》、其他大《そのたおお》きなたいが十尾《びき》とマア其他《そのた》はいろ〳〵な小肴《こざかな》丈《だ》けです」又「ウムよし〳〵、ジャア手前《てまえ》が着《き》ているその着物《きもの》をかせ、それから門鑑《もんかん》と手鍵《てかぎ》、兎《と》に角《かく》お前《まえ》が持《も》ってゆく道具《どうぐ》を皆《み》んな貸《か》してくれッ」漁「ハイ、よろしゅうございます。これが門鑑《もんかん》でこれが帳面《ちょうめん》、其他向《そのたむこ》うへいったら斯様《かよう》〳〵、しか〴〵、どうかよろしく御願《おねが》いもうします」又「よし、ジャア行《い》ってくるぞ」と後藤又兵衛《ごとうまたべえ》は、漁師又兵衛《りょうしまたべえ》の着物《きもの》を着《き》こみ、鱗《うろこ》だらけになった細《ほそ》い帯《おび》を〆《し》め、生臭《なまぐさ》い門鑑《もんかん》、手鍵《てかぎ》、其他帳面《そのたちょうめん》などを携《たず》さえ、城内《じょうない》の模様《もよう》をよく〳〵聞《き》き糺《ただ》したうえ、魚籠《さかなかご》を担《かつ》いでドン〳〵ドン〳〵大阪城内《おおさかじょうない》さして乗《の》りこんできた。かねて聞《き》いていたとおりに門番《もんばん》のものに門鑑《もんかん》を示《しめ》してズーッと中《なか》へはいってまいり、教《おし》えられた通《とお》り台所口《だいどころぐち》へいった、又兵衛基次《またべえもとつぐ》、又「エ、今日《こんにち》は、例日《いつも》の魚屋《さかなや》でございます。今日《きょう》は鯵《あじ》を三十、小鯛《こだい》を二十、鯔《ぼら》を二十本《ぼん》だけお納《おさ》めいたします。どうか書附《かきつけ》を御下《おさ》げわたしを願《ねが》います」スルと台所口《だいどころぐち》の障子《しょうじ》をあけて出《で》てきた役人二人《やくにんふたり》、役「オウ魚屋《さかなや》か、なんだ魚《さかな》は……ウム鯵《あじ》が三十に小鯛《こだい》が二十、鯔《ぼら》が二十ぽんそれで代価《だいか》は幾何《いくら》だ。オヤ貴様《きさま》はいつもくる魚屋《さかなや》とは違《ちが》うようだナ」又「ヘエ、今日《きょう》はあの後藤又《ごとうまた》は病気《びょうき》で、その代《かわ》りに私《わたし》がきたのです。エヽ代価《だいか》は二両《りょう》二歩《ぶ》にあいなります」役「ウム二両《りょう》二歩《ぶ》、大層今日《たいそうきょう》は高価《たか》いナ」又「ヘエモウ昨晩《さくばん》からすこし沖《おき》が荒《あ》れたものですから、常《つね》よりは少々《しょうしょう》お高《た》こうございますが、しかし代物《しろもの》がちがいます。皆《み》んな此《こ》の様《よう》に跳《は》ねだしそうですよ」役「ウムそうか、イヤよい〱サア書附《かきつけ》だ。これを持《も》って御勘定方《ごかんじょうがた》でお金《かね》をもらってゆけ」又「ヘエあり難《がと》うぞんじます。ここに魚《さかな》をいれた籠《かご》をおきますから、少《すこ》しのあいだお邪魔《じゃま》でもこのままにお置《お》きをねがいます」役「アヽよい〱、決《けっ》して邪魔《じゃま》にはあいならんぞ」又「邪魔《じゃま》になるからって、中《なか》の魚《さかな》を取《と》っチャア不可《いけ》……イヤどうぞ御願《おねが》いもうします」とジロリ二人《ふたり》の顔《かお》をながめて又兵衛基次《またべえもとつぐ》はそのまま勘定方《かんじょうがた》の方《ほう》へ行《い》ってしまった。

◎大阪城内台所方《おおさかじょうないだいどころがた》の宿弊《しゅくへい》

スルとこのとき跡見送《あとみおく》った此方武士二人《こなたぶしふたり》、甲「オイ〱田村《たむら》、今日《きょう》は大分立派《だいぶんりっぱ》なたいが残《のこっ》ているぞ」乙「ウムなか〳〵大《おお》きいナ、これジャアまた一杯《ぱい》飲《の》めるぞ」甲「早《はや》くしろ〳〵、一昨日《おとつい》のように不間《ぶま》を遣《や》っチャア不味《まず》いから、今日《きょう》は拙者《せっしゃ》が一つ両手《りょうて》に一尾宛《びきずつ》さげて、例《れい》の井戸端《いどばた》へ持《も》ってゆくから、お手前《てまえ》はその鯔《ぼら》の残《のこ》りと、その章魚《たこ》の大《おお》きい奴《や》つを四五匹《ひき》持《も》って来《き》たまえ」乙「ウム、こころえた。サアこれがたいだ、イヨー大層大《たいそうおお》きな章魚《たこ》だナ。イヤなか〳〵美味《うま》そうだ、酢章魚《すだこ》にしてキューッと一杯引掛《ぱいひっか》けたら、咽喉《のど》の支《つか》えが下《さが》るだろう」甲「オッとよし、これがマアわれ〳〵の役得《やくとく》というものだ。アヽ田村《たむら》、そこに黒《くろ》たいが一尾《び》あるジャアないか、それも持《も》って来給《きたま》え。どうせ銭《ぜに》は払《はら》わないんだから、なるべく沢山《たくさん》に持《も》っていって、外《ほか》のものも喜《よろ》こばしてやろうジャアないか」と役人二人《やくにんふたり》はいましも又兵衛《またべえ》が置《お》いていった籠《かご》のうちより、目《め》の下《した》一尺《しゃく》七八寸《すん》もあろうという奴《やつ》を二尾《び》、其他章魚《そのたたこ》五六匹《ぴき》、黒《くろ》たいを持《も》てるだけウンと持《も》って、そのまま御台所《おだいどころ》の向《む》う、井戸端《いどばた》の方《ほう》へはこび出《だ》そうとするこのときしも、いままで御勘定方《ごかんじょうがた》の方《ほう》へいったと思《おも》った後藤又《ごとうまた》兵衛基次《べえもとつぐ》、此方門前《こなたもんぜん》の板戸《いたど》の影《かげ》よりバラ〳〵ッと躍《おど》り出《だ》したかとおもう一刹那《せつな》、彼《か》の二人《ふたり》の武士《ぶし》の後辺《うしろ》より栄螺《さざえ》のごとき拳骨《げんこつ》をかため、突然《いきな》りポカ〳〵ッと打《ぶ》んなぐった。大力無《だいりきむ》双《そう》の又兵衛基次《またべえもとつぐ》に力任《ちからまか》せに殴《なぐ》られて何堪《なにたま》りましょう、二人「ワッ」と一声《こえ》そこへ横《よこ》ッ倒《たお》しに打《ぶ》ったおれた。又「ヤイコリャ盗人武士《ぬすびとさむらい》、何《なに》をしやアがるんだッ、この盗人奴《ぬすびとめ》ッ」と大《だい》音声《おんじょう》に怒鳴《どな》りつけた。このとき彼《か》の二人《ふたり》の武士《ぶし》はたいや章魚《たこ》を此辺《このへん》に投《な》げだしたまま、しばらく身動《みうご》きも能《よ》うせなかったが、なんしろ対手《あいて》が魚屋《さかなや》だとおもうから、弱身《よわみ》をみせては一大事《だいじ》と、甲「オヤッ、此奴《こい》ツ不埒至極《ふらちしごく》のことをいたす。武士《ぶじ》を捕《とら》えて盗人《ぬすびと》とは聞《き》き捨《す》てならぬ無礼《ぶれい》の一言《ごん》。ことに腕力《わんりょく》を揮《ふる》うとは場所柄《ばしょがら》を構《かま》わぬ白痴者奴《たわけものめ》ッ、無礼《ぶれい》を致《いた》すとそのままには捨《す》ておかんぞ。アッ痛《いた》ッ……御同役《ごどうやく》、実《じつ》に不届《ふとどき》な奴《や》つではござらんか」又「なにをぐず〳〵吐《ぬか》しやアがるんだ。なに武士《ぶし》だッ、へゝン武士《ぶし》は武士《ぶし》でも鰹武士《かつおぶし》だろう。コリャ盗人《ぬすびと》といったがドヾどうした、おれがここへ置《お》いた籠《かご》の蓋《ふた》を明《あ》けて、ヤレ今日《きょう》はこれで一杯《ばい》飲《の》めるだとか、ヤレ酢章魚《すだこ》がどうしただとか、井戸端《いどばた》へ持《も》っていって皆《みな》のものを喜《よろ》こばして遣《や》ろうなどと、不埒至極《ふらちしごく》のその一言《ごん》、無礼咎《ぶれいとが》めは此方《こっち》からいたすことだ。他人《たにん》のものを黙止《だま》って盗《ぬす》んでおきながら、盗人《ぬすびと》といわれて腹《はら》が立《た》つか、貴様《きさま》のような奴《や》つはまことに禄盗人《ろくぬすびと》だ。武士《ぶし》の風上《かざかみ》にもおけない位《くら》いのことジャアない。町人《ちょうにん》の風下《かざしも》にも置《お》けない大《おお》白痴者《たわけめ》ッ」武甲「ヤア此奴《こい》つが〳〵、いわしておけばます〳〵不埒《ふらち》なその一言《ごん》、サア御同《ごどう》役《やく》斬《き》ってお仕舞《しま》いなされッ」乙「ウム、こころえたり」と両人《りょうにん》の武士《ぶし》は、痛《いた》む腰骨《こし》を摩《さす》りながらよう〱の事《こと》にそこへ起《お》きあがり、いましもギラリ一刀《とう》を引抜《ひきぬ》かんとする。隙《すか》さず躍《おど》りこんだ又兵衛基次《またべえもとつぐ》、右手《みぎて》に立《た》ったる一人《にん》の利腕《ききうで》グイッと引摑《ひっつか》むやいなや、又「エイッ」と一声《せい》二三間彼方《げんあなた》の方《ほう》へ投《な》げだし、パッと身《み》を翻《ひる》がえしたかと思《おも》うと、はやいま一人《ひとり》の咽喉首《のどくび》グワッと引摑《ひっつか》み、ズル〱ッと引摺《ひきず》って倒《たお》れた武士《ぶし》の上《うえ》にドンと積《つ》みかさね、二人《ふたり》一緒《しょ》に両足《りょうあし》に挟《はさ》んでグイ〱締《し》め付《つ》けながら、又「サアどうだ、此間《このあいだ》からきていた魚屋《さかなや》の、魚《うお》を盗《ぬす》んでは貴様等《きさまら》が酒《さけ》の肴《さかな》にしているということを聞《き》いて、今日《きょう》はおれが其詮《そのせん》議《ぎ》のために乗《の》りこんで来《き》たのだ。サア以来《いらい》こんなことをいたさねば許《ゆる》して遣《や》ろうが、相変《あいかわ》らず悪《わる》いことをするようであれば、汝等《うぬら》の素首《そっくび》はここにおいて引抜《ひきぬ》くがどうだッ」と両足《りょうあし》をもってグイ〱胴締《どうじ》めを掛《か》けますると、下《した》なる二人《ふたり》の武士《ぶし》は、いまにも命《いのち》が切《き》れるかとおもうばかりの苦《くる》しさ、武「ドヾ、何《ど》うぞ、イヽ命《いのち》ばかりはオヽお救《たす》けく、ください……ケ、決《けっ》して此後《このゝち》はかようなことはいたしません」又「ウム、それでは屹度《きっと》このちは改心《かいしん》をするか」武「ハ、ハイ、ケッ〱決《けっ》してけっしてこんな悪《わる》いことはいたしません。ドヾどうぞ御内済《ごないさい》に命許《いのちばか》りはお救《たす》けをねがいます」又「ウム、それでは救《たす》けて遣《つか》わす。此《この》後魚屋《のちさかなや》が出入《でい》りをいたしても、決《けっ》して斯様《かよう》なことをいたしてはあいならんぞ」二人「へイ」又「しかし其方《そのほう》どもは上《かみ》より何程頂戴《なにほどちょうだい》いたしているのだ」二人「ハイ、私共《わたしども》は年《ねん》に五両《りょう》二人《にん》扶持《ぶち》をいただいて居《お》ります」又「ウムなるほど五両《りょう》二人《にん》扶持《ぶち》、ウーム、それではすきな酒《さけ》や肴《さかな》も沢山《たくさん》に買《か》うことができまいから、斯様《かよう》な物《もの》をみれば欲《ほ》しいと思《おも》うのは道理《どうり》であるが、しかし魚屋《さかなや》の方《ほう》になって考《かんが》えてみろ。朝《あした》に星《ほし》をいただいて家《いえ》をいで、夕《ゆうべ》に月《つき》を踏《ふ》んで帰《かえ》っても、わずか一日《にち》に三朱《しゅ》か其処《そこら》等の利益《りえき》しきゃアないのだ。それを其方等《そのほうら》に一尾《ぴき》一朱《しゅ》という斯《こ》んな鯛《たい》の四五尾《ひき》も盗《ぬす》んで、其上《そのうえ》くずくいえば、イヤ手討《てうち》にするだとか、あるいは勝手《かって》に出入《でいり》を差《さ》し止《と》めるとかいって脅《おど》かされては、まことに堪《たま》るものではないぞ。お前共《まえども》が此魚《このさかな》をみてアヽ喰《た》べたいと思《おも》うのは、決《けっ》して無理《むり》とはおもわん。けれども魚屋《さかなや》の身《み》になって考《かんが》えてみろ、これで家内《かない》一同《どう》が其日《そのひ》の露命《ろめい》を繋《つな》いでいるのではないか。ことにまた其方《そのほう》どもの仕業《しわざ》が上役人《うわやくにん》に万《まん》一知《し》れたそのときには、武士《ぶし》にあるまじきいたし方《かた》などとあって、軽《かる》くて追放重《ついほうおも》くて切腹《せっぷく》は決《けっ》して免《の》がれまい。もしそう相成《あいな》ったあかつきには、其方《そのほう》の家族《かぞく》一同《どう》、また親類《しんるい》一統《とう》の嘆《なげ》きは如何《いか》ばかり。おれも当大阪《とうおおさか》にはいささか縁故《えんこ》をもっている者故《ものゆえ》、決《けっ》して他人事《ひとごと》とはおもわぬ。必《かな》らずこののち斯様《かよう》なことは思《おも》い止《と》まってくれよ」と真実込《しんじつこ》めたる後藤《ごとう》のこの一言《ごん》に、流石《さすが》の二人《ふたり》も良心《りょうしん》に責《せ》められて、地面《じべた》にピタリ坐《すわ》ったそのまま、ジッと差《さ》し俯向《うつむ》いて頭《かしら》を垂《た》れている。このとき後藤《ごとう》はふたたび言葉《ことば》をつぎ、又「コリャ二人《ふたり》とも尚好《なおよ》くきけよ。其方等《そのほうら》も知《し》るとおり、当時天下《とうじてんか》の形勢《けいせい》は、江《え》戸《ど》に徳川家康《とくがわいえやす》あってほとんど天下《てんか》の政権《せいけん》をにぎり、当大阪城《とうおおさかじょう》は豊太閤殿下《ほうたいこうでんか》薨去《こうきょ》ののち、上《うえ》様《さま》有《あ》りといえども有名無実《ゆうめいむじつ》にして、諸国《しょこく》の大小名《だいしょうみょう》は江戸《えど》徳川《とくがわ》の鼻息《はないき》をうかがい、当所《とうしょ》にはこと〴〵く知《し》らざる振《ふ》りをなし、旭日昇天《きょくじつしょうてん》を徳川《とくがわ》に仮令《たと》うれば、大阪《おおさか》は孤城落日《こじょうらくじつ》、いまにも灯火《ともしび》のまさに滅《めっ》せんとするのありさま。しかるに城内《じょうない》にあってその家臣《かしん》のものが斯様《かよう》なことを致《いた》せしこと、世上《せじょう》一般《ぱん》に流布《るふ》せしそのときは、アレみよ大阪城内《おおさかじょうない》の武士《ぶし》は、賤《いや》しきものの魚《うお》を盗《ぬす》んで口腹《こうふく》の慾《よく》をみたし、そのうえ尚飽《なおあ》きたらず暴言《ぼうげん》を吐《は》いて賤《いや》しきものを脅《おびや》かしつけた、大阪《おおさか》の滅《ほろ》ぶるはまことに無理《むり》からぬことである抔《など》と天下《てんか》の人《ひと》の物笑《ものわら》いとあいなるに相違《そうい》なし。何卒《なにとぞ》この理由《わけ》をおもうて向後決《こうごけっ》して斯様《かよう》なことをなさざる様《よう》、おれが此《こ》のところにおいて其方《そのほう》どもに頼《たの》みおく。しかし今《いま》にもことあらば、江戸《えど》の古狸《ふるだぬき》を退治《たいじ》して、其方《そのほう》どもにも決《けっ》していまの不自由《ふじゆう》はさせておかぬ。それを楽《たの》しみに何卒《なにとぞ》お上《かみ》へ忠義《ちゅうぎ》をつくしてくれよ」と流石豪傑《さすがごうけつ》の後藤又兵衛基次《ごとうまたべえもとつぐ》も、那《あ》れをおもい是《こ》れをおもい、感《かん》に迫《せま》って思《おも》わずホロリと一滴《しずく》、思《おも》うに血《ち》の涙《なみだ》とはまことに是《こ》れでございましょうか。聞《き》いていた二人《ふたり》の武士《ぶし》も、この情《なさ》けある一言《ごん》に宛然《さなが》ら身《み》を切《き》らるるごとき思《おも》いをなし、暗涙《あんるい》に暮《く》れたことにございます。しばらくあって涙《なみだ》を払《はら》った基次《もとつぐ》は、又「サア御武士方《おぶけがた》、そうしていては人目《ひとめ》につく。どうか向《む》うへいって下《くだ》さるよう、私《わたし》はお金《かね》をいただいて立帰《たちかえ》ります。どうか明日《あす》もよろしく御願《おねが》いもうします」と籠《かご》を担《かつ》いで御勘定方《ごかんじょうがた》のところへ出《で》てまいり、今日《きょう》の魚代《さかなだい》を受取《うけと》って、そのまま城内《じょうない》を下《さが》ってゆく。二人《ふたり》の武士《ぶし》は面目《めんぼく》なげにコソ〳〵とお台所《だいどころ》の方《ほう》へ行《い》ってしまう。然《しか》るにこのときお台所《だいどころ》の板戸《いたど》の影《かげ》に身《み》をかくし、ジッとこの又《また》兵衛《べえ》の言葉《ことば》をきいて、おなじく熱《あつ》き涙《なみだ》を袖《そで》に絞《しぼ》っていたる一人《にん》の武士《ぶし》、これぞ大阪方《おおさかがた》に然《さ》る者《もの》ありと聞《きこ》えたる木村重成《きむらしげなり》でございます。真逆《まさ》かこの魚屋《さかなや》が後藤又兵衛基次《ごとうまたべえもとつぐ》であろうとは、まだ面会《めんかい》したことがないから顔《かお》もしらず、いましも城内《じょうない》を下《さが》ってゆく後藤《ごとう》の後辺姿《うしろすがた》を見送《みおく》ってのち、急《いそ》ぎ自分《じぶん》の部屋《へや》へ帰《かえ》ってまいり一人《にん》の武士《ぶし》に旨《むね》をふくめて又兵衛《またべえ》の跡《あと》を尾《つ》けさした。此方基次《こなたもとつぐ》はそんなこととは露知《つゆし》らず、ドン〳〵ドン〳〵途《みち》を急《いそ》いで大津《おおつ》の駅《しゅく》へ立帰《たちかえ》ってまいり、漁師又兵衛《りょうしまたべえ》にこのことを告《つ》げてよろこばし、自分《じぶん》はまたもや平尾庄左衛《ひらおしょうざえ》門《もん》の邸《やしき》に立《たち》かえり例《れい》のごとくここの厄介《やっかい》になっていたが、彼《か》の木村重成《きむらしげなり》より尾《つ》けさせてきた武士《ぶし》は庄左衛門《しょうざえもん》の宅《たく》に這入《はい》ったのを見届《みとど》けてその近所《きんじょ》のものより那《あ》れが黒田家《くろだけ》の後藤又《ごとうまた》兵衛《べえ》だという事《こと》をうけたまわって大《おお》いにおどろき、さっそく城内《じょうない》に立《たち》かえって主人重成《しゅじんしげなり》にこのことを告《つ》げた。これが後《のち》に大阪陣《おおさかじん》がいよ〳〵という際《さい》、大《おお》いに便宜《たより》となったので、また後藤《ごとう》が入城《にゅうじょう》ののちに、木村重成《きむらしげなり》より此話《このはな》しをなし、両人手《りょうにんて》を取《と》って往事《おうじ》を談《だん》じたそうでございますが、これ抔《など》は後藤又兵衛《ごとうまたべえ》の赤心《せきしん》を現《あら》わしたる一美譚《びだん》として、ながく大阪城内《おおさかじょうない》の話題《わだい》に残《のこ》ったことでございます。

◎秀頼公《ひでよりこう》より七十万石《まんごく》を賜《たま》う

ところで後藤又兵衛《ごとうまたべえ》がこの庄左衛門《しょうざえもん》の家《いえ》で数多《あまた》の浪人《ろうにん》を追《お》い帰《かえ》らせたのが、だん〳〵と評判高《ひょうばんたか》くなって、ついに在下《ざいした》の若者《わかもの》は大勢《おおぜい》あつまってまいり、甲「エ、どうか後藤《ごとう》の先《せん》生私《せいわたし》どもは百姓《しょう》やあるいは漁師《りょうし》の身分《みぶん》でいながら、こんなことを願《ねが》っチャアすみませんが、乱世《らんせ》のおりからでございますから、どうか一つマア剣術《けんじゅつ》を教《おし》えていただきとうございますが如何《いかが》で」又「なるほど、イヤモウ頼《たの》むとあれば少《すこ》しくらいは教《おし》えてやるから、どこか稽古場《けいこば》を拵《こし》らえるがよい」というので、先《ま》ず酒屋《さかや》のことであるから、奥《おく》には広《ひろ》い納屋《なや》がある、それを当分稽古場《とうぶんけいこば》として教《おし》えてやることになる。スルと五人《にん》、八人《にん》、十人《にん》、二十人《にん》とおい〱に弟子《でし》が殖《ふ》えてまいり、盛《さか》んに稽古《けいこ》をしているのが世間《せけん》にパッと評判高《ひょうばんたか》くあいなり、そのころ岸和田五万石小出大和守《きしわだまんごくこいでやまとのかみ》、泉州泊太金森出雲守《せんしゅうはかたかなもりいずものかみ》、この両家《りょうけ》の家中《かちゅう》の若武士《わかざむらい》は、おい〱剣術《けんじゅつ》の稽古《けいこ》に出《で》てまいりますから、後藤《ごとう》はこれも承知《しょうち》をいたして、教《おし》えてやることに相成《あいな》ったが、サアそうなると日《ひ》にまし稽古場《けいこば》は繁昌《はんじょう》いたしまする。そこで門人《もんじん》の輩《ともがら》はようやく一軒《けん》の家《いえ》を借《か》りうけ、広々《ひろびろ》たる道場《どうじょう》を普請《ふしん》におよんで、又兵衛基次《またべえもとつぐ》をこのところに引《ひ》き移《うつ》らせます〱盛《さか》んに稽古《けいこ》をいたしている。しかるにこの当時大阪表《とうじおおさかおもて》においては、どうやら関東方《かんとうがた》と手切《てぎ》れにあいなって、ちか〲に必《かな》らず戦争《せんそう》がはじまるという噂《うわさ》が高《たか》くなって来《き》た。このときかねて又兵衛基次《またべえもとつぐ》の住所《じゅうしょ》をしっている木村重成《きむらしげなり》より、そのことを申《もう》してまいったによって、後藤《ごとう》はまえ〱から大阪入城《おおさかにゅうじょう》の決心《けっしん》をいたしていたので、さっそく秘《ひそ》かに大阪《おおさか》へ出掛《でか》けてきた。そこでまず木村重成《きむらしげなり》の屋敷《やしき》にきたって面会《めんかい》をいたしましたが、はや片桐且元《かたぎりかつもと》は大阪《おおさか》を退身《たいしん》して、高野山《こうやさん》へ引籠《ひきこも》ってしまった。けれどもかねて片《かた》桐殿《ぎりどの》と御約束《おやくそく》のとおり秀頼公《ひでよりこう》にお味方《みかた》をいたし、ちか〲スワヤという際《さい》にはかならず入城《にゅうじょう》をつかまつろうという次第《しだい》をもうしいれた。これを聞《き》いて長門守重成《ながとのかみしげなり》は大《おお》いに打《う》ちよろこび、秘《ひそ》かにこのことを主君《しゅくん》にもうしあげた。そこで秀頼公《ひでよりこう》も大《おお》いにお喜《よろ》こびあそばし、ただちに七十万石《まんごく》という御墨附《おすみつ》きをくだしおかれたから、長門守重成《ながとのかみしげなり》はこれを後藤《ごとう》にわたす。基次《もとつぐ》はこのお墨附《すみつ》きをもってふたたび大津《おおつ》の駅《しゅく》へ立帰《たちかえ》る途中《とちゅう》、かねて泉州《せんしゅう》の堺《さかい》宿院《しゅくいん》は山田久庵《やまだきゅうあん》という名《な》で当時医者《とうじいしゃ》をしておりますのは、後藤《ごとう》の家臣山田幸右衛門《かしんやまだこうえもん》でございます。これにきたってひそかに相談《そうだん》をいたし、いつか大阪《おおさか》へ入城《にゅうじょう》と相成《あいな》れば相当《そうとう》の身装《みな》りをいたしたい、浪人姿《ろうにんすがた》にてはあまり面白《おもしろ》くない、他人《ひと》もおのずから侮《あな》どる道理《どうり》ゆえ、それについて武具甲冑《ぶぐかっちゅう》を調《とと》のえねばあいならぬ。よって斯様《かよう》〱の計略《けいりゃく》を施《ほど》こしてやろうとなにか二人《ふたり》は諜《しめ》し合《あわ》したうえ、河内国高井田《かわちのくにたかいだ》の百姓《しょう》太郎助《たろすけ》という者《もの》のもとへ手紙《てがみ》をやって、多《おお》くの家臣《かしん》を集《あつ》めるということに相成《あいな》った。そこで後藤《ごとう》は四五日《にち》振《ぶ》りでブラリと道場《どうじょう》へ立帰《たちかえ》ってきたが、さて乱世《らんせ》のときとて小出《こいで》、金森両家《かなもりりょうけ》の家臣《かしん》、日々《ひび》挙《こぞ》ってきておりまするが、どうしたことか後藤《ごとう》はすきな酒《さけ》も余《あま》り飲《の》みません。ところが或日《あるひ》のこと又《また》兵衛《べえ》は門人《もんじん》に打《う》ちむかい、又「なんと皆《みな》の方々《かたがた》、拙者《せっしゃ》は先日《せんじつ》から堺《さかい》であそんでおりましたが、どうも堺《さかい》の乳守《ちもり》というところは、なか〱どうも結構《けっこう》なところですナ。ア丶どうもよい女《おんな》のあるところで、乳守《ちもり》の女《おんな》は皆親切《みなしんせつ》で、そのうえ縹緻《きりょう》も飛《と》び抜《ぬ》けて宜敷《よろし》いなア」

甲「ハヽヽヽヽ、後藤先生《ごとうせんせい》、どうも貴所《あなた》にもお似合《にあ》いなさらぬ、妙《みょう》なことを仰《おお》せられますナ。そんな事《こと》はどうでも宜敷《よろし》いから、何卒《なにとぞ》お稽古《けいこ》をお願《ねが》いもうします」又「イヤ稽古《けいこ》はいたしまするが今日《きょう》は少々風邪《しょうしょうかぜ》の気味《きみ》で、アヽなんとなく身体《からだ》の具合《ぐあい》が悪《わる》くてたまりません。どうかすまぬけれども、今日《きょう》は稽古《けいこ》を休《やす》むことにいたしましょう」と一間《ひとま》にはいり頭《あたま》からスッポリ蒲団《ふとん》を冠《かむ》って寝込《ねこ》んでしまった。門人《もんじん》の輩《ともがら》はみな道場《どうじょう》に集《あつ》まってまいり、甲「なんと御《ご》一同《どう》」皆「ウムなんだ」甲「どうも可怪《おか》しな塩梅《あんばい》だ。なんだか頻《しき》りに先生《せんせい》は考《かんが》えごとをしていらっしゃるが、マア明日《あす》ははやくから来《き》てあらためて稽古《けいこ》をねがいましょう」と其日《そのひ》はみな〳〵引取《ひきと》ってゆく。さて翌日《よくじつ》になってまたドヤ〳〵出掛《でか》けてくると矢張《やは》り又兵衛《またべえ》は頭《あたま》から蒲団《ふとん》を冠《かむ》って寝込《ねこ》んでおりますから、甲「先生《せんせい》……先生《せんせい》、猪子将監《いのこしょうげん》でございます」乙「拙者《せっしゃ》は笹島主税《ささじまちから》……」丙「小出内匠《こいでたくみ》でございますがどうか、お稽古《けいこ》をねがいます」両眼《りょうがん》を閉《と》じてかんがえいたる後藤又兵衛《ごとうまたべえ》は、又「イヤおの〳〵方《がた》、今日《きょう》は昨日《きのう》が休《やす》みであったから、それでお早《はや》早《ば》やとお出《い》でになったのでしょうが、どうもなんですナ剣術《けんじゅつ》も宜敷《よろし》いが、しかし堺《さかい》の乳守《ちもり》の女《おんな》には、アヽよい女《おんな》がありますナ。どうか今日《きょう》は稽古《けいこ》を休《やす》んでいただきたい」皆「ヘエ……先生《せんせい》、貴郎《あなた》は全体《ぜんたい》何《ど》うなされたので……」又「イヤモウどうの、こうのと申《もう》して、なんだか身体《からだ》が不快《ふかい》で仕方《しかた》がありません」甲「ヘエ、それでは一つ医者《いしゃ》にお掛《かか》りなすったらどうです」又「そうですナ、この病気《びょうき》ばかりは医者《いしゃ》に掛《かか》ったところで本服《ほんぷく》しそうにもない様《よう》におもいます。しかしそれ程御親切《ほどごしんせつ》にいってくださるなら、ちかごろ堺《さかい》の宿院《しゅくいん》に山田《やまだ》という医者《いしゃ》がありますそうで、其人《そのひと》は大変上手《たいへんじょうず》だという噂《うわ》さですから、どうぞマアそれなとお頼《たの》み下《くだ》さるよう」甲「ア丶そうでございますか、それではさっそく呼《よ》び寄《よ》せましょう」とすぐに村《むら》のものに呼《よ》びにやりますると、やがて山田《やまだ》久庵《きゅうあん》という医者《いしゃ》がやってきた。さっそく仔細《しさい》らしく診察《しんさつ》をいたしましたが、よう〳〵此方《こちら》へ引下《ひきさが》ってきた山田久庵《やまだきゅうあん》、久「さて御門人《ごもんじん》、どうも後藤様《ごとうさま》は妙《みょう》な御病気《ごびょうき》を御患《おわず》らいなすったのです」門「ハ丶ア、どういう御病気《ごびょうき》です」久「あれはなんか御自身《ごじしん》が物《もの》を苦《く》にしていらっしゃるので、そのことの思考《おもわく》を達《たっ》してお進《あ》げもうさぬと万《まん》一この病気《びょうき》がつのっては、なか〳〵幾何《いくら》お薬《くすり》をさし進《あ》げたところで無駄《むだ》でございます。マア俗《ぞく》にいう恋病《こいやまい》という質《たち》ですナ」甲「ヘエー妙《みょう》なことがあるものだ。そそそんな馬鹿《ばか》なことがあるものか、黒田《くろだ》家の豪傑《ごうけつ》後藤又兵衛基次《ごとうまたべえもとつぐ》といわれる人《ひと》が、恋病《こいやまい》という様《よう》なそんな……」乙「イヤ〳〵そう一概《がい》にはいえぬ。色《いろ》は思案《しあん》の外《ほか》といって往昔《むかし》から英雄豪傑《えいゆうごうけつ》にも往々《まま》女《おんな》の色香《いろか》に迷《まよ》うたことのある例《なら》い、一つわれ〳〵から先生《せんせい》の枕許《まくらもと》にいって、篤《とく》と其訳《そのわけ》を尋《たず》ねて見《み》様《よう》ジャアないか」皆「ウムそりゃアよかろう、そうすれば事情《じじょう》が判《わか》ることだ」とそこで頭《おも》立《だ》ったものが十名《めい》ばかり揃《そろ》って後藤《ごとう》の枕許《まくらもと》にでてきた。甲「アヽときに先生《せんせい》マア兎《と》に角《かく》一度《ど》お目覚《めざ》めをねがいます」又「ワヽアー苦《くる》しい〳〵、ウーム〳〵ッ」甲「先生《せんせい》、貴郎《あなた》の御病根《ごびょうこん》は薩張《さっぱ》りわれ〳〵には相判《あいわか》りません。それゆえ一同《どう》は大《おお》いに心配《しんぱい》をしております。貴郎《あなた》はどういう所思《おもわく》を立《た》てていらっしゃいますか。医者《いしゃ》の診断《しんだん》ではなにか貴郎《あなた》の心《こころ》におもい込《こ》んだことがあって、それが病気《びょうき》の原因《げんいん》だといっておりますが、そんなことがあるのなら、どうか御遠慮《ごえんりょ》なく被仰《おっしゃ》ってくださいまし。かく師弟《してい》とあいなりまするのも深《ふか》い因縁《いんねん》で、およばずながらなんとか又《また》取《と》るべき手段《しゅだん》もございましょうから」又「まことにおの〳〵方《がた》の御親切《ごしんせつ》、アヽそれは千万《ばん》忝《かたじ》けない。それでは一つ今度《こんど》の私《わたし》の病気《びょうき》をば一通《とお》りお話《はな》しをつかまつりましょう」と基次《もとつぐ》は蒲団《ふとん》の上《うえ》に居直《いなお》って門弟《もんてい》の顔《かお》をながめておりましたが、又「アヽ吾《わ》れながら何故《なぜ》かく迷《まよ》ったのであろう、実《じつ》におの〳〵方《がた》に対《たい》しても御恥《おはず》かしき次第《しだい》……」といい掛《か》けてふたたび其処《そこ》へコロリ横《よこ》になり、蒲団《ふとん》でクルリ顔《かお》を隠《かく》してしまった。門人《もんじん》はたがいに顔《かお》を見合《みあわ》してクッ〳〵笑《わら》いながら、甲「先生《せんせい》、なにも恥《はず》かしいということはございません。

昔《むか》しから天晴《あっぱ》れなる名僧智識《めいそうちしき》でも、女《おんな》に迷《まよ》うた例《ため》しは間々《まま》あるならい、先生《せんせい》、強《あなが》ちそれが恥《はず》かしという訳《わけ》でもございません。われ〳〵は必《かな》らず貴郎《あなた》のおのぞみを御叶《おかな》え申《もう》そうという心底《しんてい》でございますから、それも他人《ひと》の妻《つま》ならばあるいは出来《でき》ないかもしれませんが、対手《あいて》なき女《おんな》なればどの様《よう》なことでもいたします。どうか一つ是非打《ぜひう》ち明《あ》けて御話《おはな》しくださる様御願《ようおねが》い申《もう》します」

◎入城《にゅうじょう》の準備金《じゅんびきん》三千両《りょう》

このとき後藤《ごとう》は面目《めんぼく》なさそうな体裁《ていさい》でようやく顔《かお》をあげたが、又「まことにおの〳〵方《がた》の御親切辱《ごしんせつかたじ》けなく存《ぞん》じます。思《おも》い内《うち》にあれば色外《いろそこ》に現《あら》わるるというならい、まことにお恥《はず》かしいことではありますが、御親切《ごしんせつ》に覊《ほだ》されそれでは仔細《しさい》を御話《おはな》しもうそう。実《じつ》は先達《せんだっ》て泉州堺《せんしゅうさかい》において門人《もんじん》どもに勧《すす》められて乳守《ちもり》へ参《まい》りしところ、はからず浩然《こうぜん》の気《き》を養《やしな》わんと、其夜《そのよ》一夜《や》の愉快《ゆかい》を極《きわ》めましたところが其時《そのとき》にでた敵娼《あいかた》の女《おんな》は、日本屋《にほんや》のおらんと申《もう》しまするもので、行《ゆ》く末《すえ》は夫婦《ふうふ》になろうと深《ふか》くいい交《かわ》しにおよんだので。ところが其女《そのおんな》には此節他《このせつほか》に客《きゃく》が出来《でき》て、其《その》おらんという女《おんな》が落籍《みうけ》されるについて、私《わたし》もどうか其女《そのおんな》を他《た》へ遣《や》りたくない、わが手許《てもと》に是《こ》れを落籍《みうけ》いたしたいとおもいますので。これが以前《いぜん》の身元《みもと》なれば何時《なんどき》でもおもいは叶《かな》いますが、なにをいうにも当時《とうじ》は浪人《ろうにん》それゆえ金子《きんす》の調達方《ちょうたつかた》にははなはだ困《こま》り、それが心配《しんぱい》になって病気《びょうき》の種《たね》。どうか御推察《ごすいさつ》くだしおかれたい」門人《もんじん》はたがいに顔《かお》を見合《みあわ》せて呆《あき》れかえったが、甲「さてはわれ〳〵が推量《すいりょう》の通《とお》りであったか……イヤ先生《せんせい》、それなれば御心配《ごしんぱい》は御無用《ごむよう》、屹度《きっと》われ〳〵からその落籍《みうけ》の金《かね》は調達《ちょうたつ》して御覧《ごらん》にいれますゆえ……シテなにほど全体御入用《ぜんたいごにゅうよう》でございます」後藤《ごとう》はこれを聞《き》いて大《おお》いによろこび、又「各々方《おのおのがた》に斯様《かよう》な心配《しんぱい》をねがいますのは、まことにお恥《はず》かしきことながら、なにをいうにも拙者《せっしゃ》は以前黒田《いぜんくろだ》の臣下後藤又兵衛《しんかごとうまたべえ》、その又兵衛《またべえ》が落籍《みうけ》するに見苦《みぐる》しい事《こと》もできません。よってまず乳守《ちもり》において振舞酒《ふるまいざけ》、一同《どう》の関係者《かんけいしゃ》に祝儀《しゅうぎ》もやり、かた〴〵いたして女《おんな》をつれ帰《かえ》って夫婦《ふうふ》になろうというには、三千両《りょう》という金子《かね》が入用《にゅうよう》で……」門「エヽーッ、三千両《りょう》……」門弟一同《もんていどう》もこれには胆《きも》をつぶした。たがいにしばらく顔《かお》を見合《みあわ》せておりましたが、大変《たいへん》に金《かね》のいるものだとおもいながら、さりとて一旦自分《たんじぶん》どもからいい出《だ》したことでございますから、門「イヤよろしゅうございます。ジャア一同《どう》のものと尚篤《なおとく》と相談《そうだん》のうえお話《はな》しを定《き》め、なんとかよい都合《つごう》にいたしますからどうか御心配《ごしんぱい》あそばされぬよう」と門弟《もんてい》は次《つ》ぎへ下《さが》ってまいり、そこで後藤方《ごとうかた》へ通《かよ》うておりまする小出《こいで》の家臣《かしん》が三百五六十人《にん》、また金森家《かなもりけ》の臣下《しんか》が四百人近《にんちか》くも剣道《けんどう》を習《なら》いにくるその連中《れんじゅう》で、一同《どう》相談《そうだん》のうえ、一人前金子《にんまえきんす》百両《りょう》ずつあつめた。かくして到頭《とうとう》三千両《りょう》という金子《きんす》ができますると、さてこれを後藤《ごとう》にわたして一時《じ》もはやく落籍《らくせき》をなさるようと申《もう》しいれた。後藤又兵衛《ごとうまたべえ》はこの金子《きんす》を受《う》け取《と》って大《おお》いによろこび、すぐにその金子《きんす》をもって泉州堺《せんしゅうさかい》の宿院《しゅくいん》、山田久庵《やまだきゅうあん》の許《もと》へやってきた。そのうち百姓《しょう》太郎助《たろすけ》のもとへも書面《しょめん》をつかわしまして諸方《しょほう》に分《わか》れている家来《けらい》を残《のこ》らずここへ呼《よ》びよせることになった。まず三千両《りょう》の金子《きんす》で鎧《よろい》、兜《かぶと》、槍《やり》、薙刀《なぎなた》あるいは旗馬印《はたうまじるし》または後藤《ごとう》の乗《の》りまする乗馬等《のりうまなど》、それ相当《そうとう》なものをことごとく手当《てあ》てをいたし、かの山田幸《やまだこう》右衛門《えもん》、弟幸助《おとどこうすけ》、山田外記《やまだげき》、山田隼人《やまだはやと》、山田舎人《やまだとねり》、片山勘兵衛《かたやまかんべえ》、石川采女《いしかわうねめ》、津田勘《つだかん》十郎《ろう》、織越頼母其他臣下《おりこしたのもそのたしんか》のめい〱あつまったる者《もの》五十六名《めい》いずれも一騎当千《きとうせん》の武夫《つわもの》ばかり、いずれも夜中《よなか》ひそかに後藤《ごとう》の道場《どうじょう》へあつまってきた。かくしてその翌日小出《よくじつこいで》、金森《かなもり》の藩中門《はんちゅうもん》人方《じんがた》へ回章《かいしょう》をまわし、どうか御《ご》一同《どう》のかた〲道場門前《どうじょうもんぜん》よりすこし西手《にして》にあたる広場《ひろば》へ御《お》集《あつ》まりをねがいたい、何分《なにぶん》七八百人《にん》のかた〲が一時《じ》に道場《どうじょう》へはいる訳《わけ》にもなりませんから、それにお待《ま》ち合《あわ》せを願《ねが》うとして、そうすれば拙者今般落籍《せっしゃこんばんらくせき》をいたせしおらんを連《つ》れて門前《もんぜん》をいで、彼《か》のところにおいておの〳〵に紹介《しょうかい》をいたしまするとのこと。スルと両家《りょうけ》の家臣《かしん》は、甲「なんと御同役《ごどうやく》、馬鹿《ばか》〳〵しいではないか。おれ等《ら》が金《かね》をだして先生《せんせい》に気《き》に適《い》った女《おんな》を当《あ》てがって、それを拝《おが》まして貰《もら》うのに途中《とちゅう》でもって拝《おが》むのだというのだ」乙「マア〳〵なんでもよい、先生《せんせい》のなさる通《とお》りに捨《す》てておけ」と翌日《よくじつ》は門人《もんじん》の輩《はい》刻限《こくげん》たがえず、皆《みな》ゾロ〳〵ゾロ〳〵大津《おおつ》の宿《しゅく》へ乗《の》りこんでくる。そこで小出《こいで》、金森《かなもり》の人数《にんず》は往来《おうらい》の左右《さゆう》にわかれ、いまにも後藤《ごとう》が道場《どうじょう》から女《おんな》を連《つ》れて出《で》るであろうとみな〳〵相待《あいま》っている。そのうちに彼《か》れこれ巳刻時分《よつじぶん》になりますると道場前《どうじょうまえ》の門《もん》がギーッと左右《さゆう》にひらく、これを合図《あいず》にたちまち聞《きこ》ゆるプー〳〵ッドヾヾドーン、カンー〳〵ッ〳〵という貝鉦太鼓《かいがねたいこ》の音《おと》、ハッと驚《おど》ろいたる大勢《おおぜい》の輩《てあい》は、皆「ウーム、流石《さすが》は後藤先生《ごとうせんせい》は軍人《ぐんじん》だ女房《にょうぼう》の披露《ひろう》に貝鉦太鼓《かいがねたいこ》とは大変《たいへん》ないきおいだ」とみて居《い》るそのうちに、門内《もんない》からでてきたのは雑兵体《ぞうひょうてい》の者陣太鼓《ものじんだいこ》を打《う》ちたたき、あるいは法螺《ほら》の貝《かい》を吹《ふ》きたてて、鉦《かね》を鳴《な》らして甲冑厳《かっちゅういか》めしく身《み》にまとい、二様《よう》にならんで、皆「エイ〳〵〳〵ッ」とかけ声諸共《ごえもろとも》に列《なら》んででてきた。皆「オイ〳〵大変《たいへん》な先供《さきども》だナ」とみな〳〵不思議《ふしぎ》そうにみておりまするとそのうちに藤《ふじ》の丸《まる》に後《ご》の字《じ》を現《あら》わしたる旗《はた》の手《て》をひるがえし、其他勇士《そのほかゆうし》のめん〳〵手槍《てやり》をたずさえ、徒士武者《かちむしゃ》二行《ぎょう》に打《う》ちならんで鉄砲《てっぽう》十挺《ちょう》、其他弓組《そのたゆみぐみ》、槍組《やりぐみ》おの〳〵二三十人《にん》、馬上《ばじょう》の大将《たいしょう》は萌黄縅《もえぎおどし》の大鎧《おおよろい》、おなじ糸《いと》の五枚錣《まいしころ》の兜《かぶと》を猪首《いくび》に着《き》なし、藤《ふじ》の丸《まる》に後《ご》の字《じ》を染《そ》めぬいたる幟巾《しはん》、立派《りっぱ》やかなる陣《じん》刀《とう》を帯《たい》し、飽《あ》くまで逞《たく》ましき駒《こま》には銀鞍《ぎんくら》おいてユラリガッキと打跨《うちまた》がり、例《れい》の日本号《にほんごう》の槍《やり》を小脇《こわき》に掻《か》いこみ、采配《さいはい》は乳房《ちぶさ》の管《かん》におさめ、一と際目立《きわめだ》って勇《いさ》ましき後藤又兵衛基次《ごとうまたべえもとつぐ》の打装《いでたち》をながめ、いずれものめい〳〵はハッと許《ばか》りにおどろいた。このとき後藤《ごとう》は左右《さゆう》小《こ》出《いで》、金森《かなもり》の家臣《かしん》の列《れつ》を打《う》ちながめて、又「アヽおの〳〵方《がた》、今日《きょう》吾《わ》が出立《しゅったつ》を祝《しゅく》さんがためこれまで御出張《おでば》りくだされたというは千万辱《ばんかたじ》けない。すでに戦場《せんじょう》の戦《たた》かいも大合戦《だいかっせん》に小合戦《しょうかっせん》と、しゅ〴〵に区別《くべつ》をいたしたものである。しかし今度《こんど》は大合戦《だいかっせん》の内《うち》でもことの外《ほか》の大乱《だいらん》でござる。かかる時《とき》のきたらぬでは拙者《せっしゃ》などは間《ま》に合《あ》いません。およそ英雄豪傑《えいゆうごうけつ》は太平《たいへい》の世《よ》にはなんの役《やく》にも立《た》たぬもの、乱世《らんせ》でなければ用《もち》いところに困《こま》るものでござる。槍《やり》一本《ぽん》に十万石《まんごく》、また百万石《まんごく》と立身登庸《りっしんとうよう》をなすも乱世《らんせい》にあり、治世《じせい》のおりからは老中《ろうじゅう》などを勤《つと》めておれば、随分役徳《ずいぶんやくとく》もおおく、其身栄華《そのみえいが》の春《はる》をみむも、後藤《ごとう》などはそういうときには、なんにも相成《あいな》りません。よって拙者《せっしゃ》は多年《たねん》のあいだ此乱世《このらんせ》を相待《あいま》ちいたるところ、今《こん》般関東関西《ばんかんとうかんさい》のお手《て》切《ぎ》れとあいなり、これで天下分目《てんかわけめ》の実《じつ》は日本屋《にほんや》のお乱《らん》である。われこのお乱《らん》に出逢《であ》わんものと、永年《ながねん》のあいだ今日《きょう》あるを待《ま》ち構《かま》えたことでござる。しかるにこのたび大阪城内《おおさかじょうない》より七十万石《まんごく》という大禄《たいろく》をもって秀頼公《ひでよりこう》より吾《わ》れを抱《かか》え給《たま》うこととなり入城《にゅうじょう》をいたさんと心得《こころえ》たるおりしも、何分多年浪人《なにぶんたねんろうにん》をいたし、その手当《てあ》てとてもござらぬによって、おの〳〵方《がた》に御願《おねが》いもうし、この日本屋《にほんや》のお乱《らん》のために借用《しゃくよう》いたしたることである。お高庇《かげ》をもって鎧兜其他《よろいかぶとそのた》の武具《ぶぐ》を充分《じゅうぶん》に買《か》いととのえました。しかしかならず後年《こうねん》この御礼《おれい》として各々方《おのおのがた》は関東方《かんとうがた》、われは大阪方《おおさかがた》と別《わか》るることとなれば、戦場《せんじょう》において再度《さいど》の見《けん》参《ざん》をいたさん。そのときは屹度一度《きっとひとた》びは各々方《おのおのがた》の危《あや》うきところをお救《たす》けもうしあげる、左《さ》様思召《ようおぼしめ》しくだされ。ヤア〳〵者共《ものども》、大阪城《おおさかじょう》へすすめッ」と下知《げち》をする其声《そのこえ》につれて、プー〳〵ドン〳〵カン〳〵、貝鉦太鼓《かいがねたいこ》の音《おと》とともに、エイ〳〵〳〵ッいずれも威儀堂々《いぎどうどう》として乗《の》りだした。まことにどうも小出《こいで》と金森《かなもり》の家臣《かしん》は宛然《さなが》ら泥《どろ》に酔《よ》える鮒《ふな》のごとく、ただ口許《くちばか》りアングリひらいて呆《あき》れ返《かえ》ったというが、まことにさも有《あ》るべきことで、いまの今迄女《いままでおんな》のために出《だ》したとおもった金《かね》が豈計《あにはか》らんやかえって敵方《てきがた》に糧《かて》を与《あた》えたるごとく、ことに日本《にほん》屋《や》のおらん抔《など》とにわかに等《ひと》しき言葉《ことば》を残《のこ》したまま、大阪城《おおさかじょう》をさして乗《の》りだしたのですから、呆《あき》れ返《かえ》ったのも又無理《またむり》はない。英雄人《えいゆうひと》を詐《あざ》むくというのは、ここ等《ら》のことでございましょうか。それはさておき此方後藤又兵衛基次《こなたごとうまたべえもとつぐ》は、かく勇《いさ》ましき扮装《いでたち》にてどう〳〵と大阪《おおさか》へ入城《にゅうじょう》におよびまするとさっそく秀頼公《ひでよりこう》、淀君《よどぎみ》、其他勇士《そのたゆうし》のめん〳〵にもお目通《めどお》りをいたし、秀頼公《ひでよりこう》よりしたしくお盃《さかずき》をたまわった。かくしていよ〳〵持場《もちば》も定《さだ》まりここに陣所《じんしょ》をかまえて、関東勢《かんとうぜい》のおし寄《よ》せくるをいまや遅《おそ》しと相待《あいま》っている。

◎城内《じょうない》千畳敷《じょうじき》の大評定《おおひょうじょう》

そのうちにもおい〳〵と大阪城内《おおさかじょうない》へさして入城《にゅうじょう》におよぶ勇士豪傑《ゆうしごうけつ》は雲《くも》のごとく、この後《ご》藤又兵衛基次《とうまたべえもとつぐ》とともに天下《てんか》三浪士《ろうし》と呼《よ》ばれたる真田左衛門尉海野幸村《さなださえもんのじょううんのゆきむら》、およびそれにつき従《したが》う穴山小助《あなやまこすけ》、海野《うんの》三左衛門《ざえもん》、深谷青海入道《ふかやせいかいにゅうどう》、真田《さなだ》の一子同姓大助幸昌《しどうせいだいすけゆきまさ》、海野将監《うんのしょうげん》、根津《ねづ》甚《じん》八、望月主水《もちづきもんど》、望月右衛門《もちづきうえもん》、穴山小左衛門《あなやまこざえもん》、別府若狭《べっぷわかさ》、三好伊《よしい》三入道《にゅうどう》などといういずれも当時《とうじ》ならびなき大将分《たいしょうぶん》、つづいて天下《てんか》の三浪士《ろうし》のこれも一人《にん》たる長曾我部宮内少輔《ちょうそかべくないしょうゆう》盛親入道父子《もりちかにゅうどうふし》、および其家臣《そのかしん》として有井四郎左衛門《ありいろうざえもん》、秦式部《はたしきぶ》、桑名弥次兵衛《くわなやじべえ》、久竹内蔵之《ひさたけくらの》助《すけ》、中田源左衛門《なかたげんざえもん》、鶴見孫右衛門《つるみまごえもん》などという豪傑《ごうけつ》あいついで入城《にゅうじょう》におよぶ。されば大阪《おおさか》城内《じょうない》においては三浪士《ろうし》のかく入城《にゅうじょう》とあいなったから、秀頼公《ひでよりこう》をはじめ諸勇士《しょゆうし》の連中《れんじゅう》、充分《じゅうぶん》にいきおいを増《ま》してまいり、このうえからはさっそく軍議評定《ぐんぎひょうじょう》におよばんといよ〳〵大阪《おおさか》城内千畳敷《じょうないせんじょうじき》の大評定《だいひょうじょう》。ときは慶長《けいちょう》十九年閏《ねんうるう》十月《がつ》十五日《にち》いよ〳〵今日《きょう》こそは城内《じょうない》の大評定《だいひょうじょう》ということになると、まず上段《じょうだん》二重台《じゅうだい》の上《うえ》には正《しょう》二位内大臣秀頼公着座《いないだいじんひでよりこうちゃくざ》をいたされ、其傍《そのそば》には御母堂淀君御控《ごぼどうよどぎみおひか》えとなる。一段下《だんさが》った上席《じょうせき》としては大野道犬斎《おおのどうけんさい》、また右手《みぎて》の上席《じょうせき》には織《お》田右楽斎《だうらくさい》、少《すこ》しはなれて執権大野修理亮治長《しっけんおおのしゅりのすけはるなが》、つづいて老臣渡辺内蔵之助《ろうしんわたなべくらのすけ》、浅井周防守《あさいすおうのかみ》、大野主馬正《おおのしゅめのしょう》、このひと〴〵が着座《ちゃくざ》をいたし、それよりこのたび新《あら》たに入城《にゅうじょう》の真田左衛門《さなださえもん》尉海野幸村《のじょううんのゆきむら》、後藤又兵衛基次《ごとうまたべえもとつぐ》、長曾我部盛親入道《ちょうそかべもりちかにゅうどう》、この三名《めい》が老臣《ろうしん》につづいてひかえ、これより両側《りょうがわ》に居流《いなが》れたるひと〴〵は、まず戦場《せんじょう》にて一方《ぼう》の大将分《たいしょうぶん》たる郡主馬之助《こおりしゅめのすけ》、真野《まの》豊後守《ぶんごのかみ》、堀田図書助《ほったずしょのすけ》、伊東丹後守《いとうたんごのかみ》、野々村伊予守《ののむらいよのかみ》、中島式部少輔《なかじましきぶしょうゆう》、青木民部少輔《あおきみんぶしょうゆう》、若手《わかて》のめん〳〵にてはまず上席《じょうせき》に木村長門守《きむらながとのかみ》、薄田隼人正《すすきだはやとのしょう》、明石掃部之助《あかしかもんのすけ》、真田大助《さなだだいすけ》、荒川熊蔵《あらかわくまぞう》、羽柴河内守《はしばかわちのかみ》、今木平左衛門《いまきへいざえもん》、其他《そのた》いずれも一騎当千《きとうせん》の豪傑《ごうけつ》二百余名《よめい》、綺羅星《きらほし》のごとくズラリと居列《いなら》びましたが、しかるにこのとき内大臣秀頼公《ないだいじんひでよりこう》は、諸将《しょしょう》のめん〳〵に打《う》ちむかい、秀「ときに皆《みな》のもの、今日《きょう》の出仕《しゅっし》いずれも満足《まんぞく》におもうぞよ。しかるに予《かね》て知《し》るとおり、そも応仁文明《おうにんぶんめい》のころおいより天下《てんか》は麻《あさ》のごとく乱《みだ》れ、群雄《ぐんゆう》四方《ほう》に割拠《かっきょ》して戦《たた》かい止《や》むときなく、春花秋月《しゅんかしゅうげつ》みな憂《うれ》いを添《そ》ゆるの種《たね》となり、四民其堵《みんそのと》に安《やす》んぜざるのありさまなりしを、わが父太閤《ちちたいこう》の御武徳《ごぶとく》によって四海《かい》を統《とう》一し天下安穏《てんかあんおん》の基《もと》いをひらき、四民泰平《みんたいへい》を寿《こと》ぶくことにあいなりしが、慶長《けいちょう》三年父上御他界《ねんちちうえごたかい》のみぎり、予《よ》が幼少《ようしょう》の故《ゆえ》をもってしばらく徳川家其他《とくがわけそのた》のものに政治《せいじ》を任《まか》せたまい、予《よ》が十五歳《さい》にあいなるを待《ま》って政権《せいけん》をふたたび当《とう》豊臣《とよとみ》に戻《もど》すべき約束《やくそく》なりしも、五奉行《ぶぎょう》たる前田《まえだ》、加藤《かとう》のめい〳〵相《あい》つづいて此世《このよ》をさり、そのうえ慶長《けいちょう》五年関《ねんせき》ケ原《はら》の一戦《せん》をいい立《た》てにして其罪《そのつみ》を当大阪《とうおおさか》にきせ、約《やく》を変《へん》じ将軍《しょうぐん》の職《しょく》をみずから秀忠《ひでただ》にゆずり、われを家来同様《けらいどうよう》にいたさん考《かんが》えを抱《いだ》き、このたびの釣鐘《つりがね》の銘文《めいぶん》を調伏《ちょうふく》の文《ぶん》なりなどと難題《なんだい》をいいかけ、予《よ》に当城《とうじょう》を立退《たちの》けとか、あるいは母君《ははぎみ》を関東方《かんとうがた》へ人質《ひとじち》に送《おく》れよなどと、かさね〴〵の無礼《ぶれい》のことを申《もう》しこしたり。これによって是非《ぜひ》なくこのたび運《うん》を天《てん》にまかせ其方《そのほう》どもを力《ちから》に関東方《かんとうがた》に対《たい》し戦《たたか》いをひらかんと存《ぞん》ずるのである。このうえは皆《みな》のものの誠忠《せいちゅう》によって、ふたたび豊臣《とよとみ》の天下《てんか》にせんことを頼《たの》みいる」と厳然《げんぜん》として熱涙《ねつるい》とともに仰《おお》せられる。鬼《おに》をもひしぐ猛将勇士《もうしょうゆうし》もこの御叮嚀《ごていねい》なる御《ご》一言《ごん》にはハッとばかりに頭《かしら》をさげ、暫時《しばし》座中《ざちゅう》は水《みず》を打《う》ったるごとく、シーンと静《しず》まりかえって、たれ一人《ひとり》発言《はつごん》いたすものもない。しかるにこのとき大野修理亮《おおのしゅりのすけ》ズイッと座《ざ》をすすめて、ズラリ座中《ざちゅう》を見廻《みまわ》しながら、修「なんとおの〳〵、ただいま吾《わ》が君《きみ》の仰《おお》せをお聞《き》きであったか。すでに関東《かんとう》とお手切《てぎ》れに相成《あいな》るうえは、すみやかに籠城《ろうじょう》の御用意《ごようい》あってしかるべし。第《だい》一当城《とうじょう》は日本無双《にほんむそう》の要害《ようがい》、たとえ百万騎《まんき》にて攻《せ》めくるとも容易《ようい》に落城《らくじょう》すべきものにあらず。兵粮《ひょうろう》、弾丸《だんがん》、弾薬等《だんやくとう》も沢山《たくさん》にして、ことに金銀《きんぎん》なども数多《あまた》あれば、関東勢《かんとうぜい》が日本国中《にほんこくじゅう》の軍《ぐう》勢《ぜい》を語《かた》らい、一時《じ》に当城《とうじょう》へ攻《せ》め掛《か》けきたるとも、さらに気遣《きづか》いあるべからず。なお又敵《またてき》の軍勢《ぐんぜい》を当城《とうじょう》に近寄《ちかよ》せぬよう、西《にし》は穢多《えた》ケ崎《さき》、伯楽《ばくろう》が淵等《ふちとう》に堡砦《とりで》をきずき、また東《ひがし》の方《ほう》には鴫野《しぎの》、今福堤《いまふくどて》の近傍《きんぼう》に堡砦《とりで》をかまえ、北《きた》は中之島《なかのしま》に兵《へい》をかまえ、兎角敵勢《とかくてきぜい》の城《しろ》に寄《よ》せつけざる様防戦《ようぼうせん》をなし、みつ〳〵加藤左馬之助《かとうさまのすけ》、蜂須賀《はちすか》、浅野《あさの》、黒田《くろだ》、福島《ふくしま》、脇阪《わきさか》等の諸侯《しょこう》をまねきなば、彼等《かれら》は故太閤殿下《こたいこうでんか》の恩《おん》を忘《わす》れず、来《きた》らざることはヨモあるまい。よってこのうえからは城外《じょうがい》に堡砦《とりで》を築《きず》くこと目下《もっか》第《だい》一の急務《きゅうむ》とこころえます」このとき弟主馬正《おとどしゅめのしょう》、おなじく席《せき》をすすみいでて、主「如何様兄上《いかさまあにうえ》のもうさるるところ至極道理《しごくどうり》なり。もはや冬《ふゆ》の期《き》にいたれば関東勢野陣《かんとうぜいのじん》をはり、寒気凌《かんきしの》ぎがたし、また味方《みかた》は金城《きんじょう》の内《うち》にあって居《い》ながら防《ふせ》ぐことなれば寒気《かんき》の憂《うれ》いはすこしもなく、酒食《しゅしょく》に身《み》を暖《あた》ため働《はた》らくならば勇気《ゆうき》は敵《てき》に百倍勝《ばいまさ》り候《そろ》。また関東《かんとう》は大軍《たいぐん》ゆえ兵粮《ひょうろう》は長《なが》くつづきますまい。其城《そのしろ》をうかがい合戦《かっせん》なさば、味方《みかた》の勝利《しょうり》うたがいなしと相心得《あいこころえ》ます」とまだ言葉《ことば》の終《お》らぬそのうちに大野道犬斎《おおのどうけんさい》、道「イヤ、何様《なにさま》勇《いさ》ましき兄弟《きょうだい》のその言葉《ことば》、天晴《あっぱ》れ感心《かんしん》いたした」親子《おやこ》三人《にん》して口出《くちだ》しをはじめた。なにしろ大野道犬斎《おおのどうけんさい》という奴《やつ》は根《ね》が訳《わけ》のわからぬ奴《やつ》だから始末《しまつ》にいけない。こういう奴等《やつら》が大阪城内《おおさかじょうない》にあったから、ついには内《うち》から滅《ほろ》ぶる様《よう》なことになったので、大阪《おおさか》がむなしく落城《らくじょう》したというも、一つは人心《じんしん》の離反《りはん》したるが原因《げんいん》らしく思《おも》われます。このとき諸勇士《しょゆうし》のめん〳〵は苦《にが》い顔《かお》を見合《みあわ》せ、ただ呆《あき》れ返《かえ》って発言《はつげん》するものもなく、取分《とりわ》け木村《きむら》長門守《ながとのかみ》さまは馬鹿《ばか》な評定《ひょうじょう》をするものだとグイッと三人《にん》を睨《ね》め付《つ》けながら、それでも其身《そのみ》が若年《じゃくねん》だと思《おも》うから何事《なにごと》もいわず、ただ差《さ》し控《ひか》えておりますると、堪《たま》りかねて進《すす》みいでたる後藤又兵衛基次《ごとうまたべえもとつぐ》、威儀《いぎ》をただして、又「アイヤ大野御兄弟《おおのごきょうだい》の申《もう》さるるところ、一応御道理《おうごもっとも》のようなれどおよそ戦《たたか》いの道《みち》は戦場《せんじょう》の数《かず》をおおく踏《ふ》み、ついに地《ち》の理《り》と天《てん》の時《とき》とを、よく〳〵かんがえて、その大将《たいしょう》の巧者不巧者《こうしゃふこうしゃ》、諸軍《しょぐん》の得長《とくちょう》と短所《たんしょ》、和《わ》と不和《ふわ》とをよく照《てら》し合《あ》わしたるうえ、合戦《かっせん》の利《り》を論《ろん》ずべきものでござる。しかるに戦場《せんじょう》の場数《ばかず》をふまず、ただ兵書《へいしょ》ばかりみて居《い》ながら計略《けいりゃく》を論《ろん》ずるはこれを所謂畑水練《いわゆるはたけすいれん》ともうし、机《つくえ》のうえの議論《ぎろん》はなんの役《やく》にも立《た》たぬとこころえます」と断然《だんぜん》としていい放《はな》つ。このとき木村長門守《きむらながとのかみ》はじめ七手衆《てしゅう》のひと〴〵も、皆「ウムいかにも後藤氏《ごとううじ》のおおせ御道理《ごもっとも》、われ〳〵とても左様《さよう》にぞんずる」と後藤《ごとう》に賛成《さんせい》を表《あら》わした。すると大野修理亮《おおのしゅりのすけ》はおおいに怒《いか》り、修「ヤア聞《き》きずて難《がた》きその一言《ごん》、畑水練《はたけすいれん》とはいかなる事《こと》であるか」と怒鳴《どな》りつけたが、このとき後藤《ごとう》は落着《おちつ》きはらって大野《おおの》にむかい、又「さればなり、いま御辺《ごへん》のもうさるるには、当大阪城《とうおおさかじょう》は日本無双《にほんむそう》の要害《ようがい》にして、金銀兵粮弾丸硝薬《きんぎんひょうろうだんがんしょうやく》が沢山《たくさん》にあるゆえ、それをもって籠城《ろうじょう》せんこと是《こ》れすなわち畑水練《はたけすいれん》なり。小勢《しょうぜい》にて打《う》って出《い》ずること叶《かな》わざるときは要害《ようがい》の城《しろ》に立《た》てこもり、またこの城《しろ》を何時迄《いつまで》堪《た》うれば何処《いずこ》より後詰《ごづ》めありとか申《もう》すようのことなら、至極道理《しごくどうり》のことなれども、頼《たの》みなくでは石《いし》を畳《たた》んで塀《へい》となし、鉄《くろがね》をつんで門《もん》となし、大盤石《だいばんじゃく》に築《つ》きあげたる要《よう》害無双《がいむそう》の城《しろ》に籠《こも》るといえども、わずか百分《ぶん》一の小勢《こぜい》をもって日本国中《にほんこくじゅう》の軍勢《ぐんぜい》をひきうけ、何条勝利《なんじょうしょうり》をうる所以《いわれ》あらんや。また主馬正殿《しゅめのしょうどの》のもうさるるには敵《てき》は野陣《のじん》を張《は》り、寒気《かんき》の憂《うれ》いあり、それに引換《ひきか》え味方《みかた》は金城《きんじょう》の内《うち》にあって居《い》ながら防《ふせ》げば寒気《かんき》のうれいなしとか、これ又大《またおお》いなる心得《こころえ》ちがいなり」こういわれては主馬正《しゅめのしょう》も黙止《だま》っている訳《わけ》にはゆかない。主

「开《そ》はなにゆえである」又「さればである。およそ吾《わ》が日本《にほん》の地《ち》の理《り》をよく考《かんが》えてみられよ。江戸《えど》は日本《にほん》の東北《とうほく》の地《ち》にあたり、東国北国《とうごくほくこく》の寒気《かんき》は他国《たこく》にもましてはげしく、ことに雪《ゆき》の多《おお》きところである。よって関東勢《かんとうぜい》はつねに身体《しんたい》に馴《な》れたることなれば、さらに寒気《かんき》は厭《いと》いもうさぬ。其国《そのくに》のものが軍《ぐん》をなしてこの摂津国《せっつのくに》のごとき暖国《だんこく》にきたりなば、手足浮々《てあしうきうき》といたして働《はた》らきはまことに自由自在《じゆうじざい》である。なおまた当城《とうじょう》の狭間《はざま》をみれば、西北《さいほく》に山《やま》を受《う》けたれば、冬《ふゆ》の寒風《かんぷう》たる西北《せいほく》の風《かぜ》をふせぎ、ことに敵《てき》より撃《う》ちだす鉄砲《てっぽう》はすこしながら追風《おって》を受《う》けて自然《しぜん》と其命中《そのあたり》はげしく、しかるに味方城中《みかたじょうちゅう》より撃《う》ちだす鉄砲《てっぽう》は向《むか》う風《かぜ》にして、弾薬目《だんやくめ》に入《い》って敵《てき》を見定《みさだ》むることあたわず、すなわちこれによって天《てん》の時《とき》を論《ろん》ずれば味方《みかた》こと〴〵く利《り》なし。また主馬正殿《しゅめのしょうどの》の申《もう》さるるには敵方《てきがた》は大軍《たいぐん》ゆえ兵粮《ひょうろう》がつづかぬ抔《など》とは大《おお》いなるこころえちがいにして、運輸《うんゆ》の途《みち》を絶《た》たれたる味方《みかた》はかえって兵粮《ひょうろう》に尽《つ》くることある。そのゆえは日本国中《にほんこくじゅう》の軍勢《ぐんぜい》をしたがえたる関東方《かんとうがた》、摂《せっ》、河《か》、泉《せん》三ケ国《こく》に陣取《じんど》り、東国《とうごく》、北国《ほくこく》、九州《きゅうしゅう》より粮食《りょうしょく》を取《と》りよせるは自由自在《じゆうじざい》、関東《かんとう》より一度下知《どげち》をなすときは誰《た》れか将軍《しょうぐん》の命《めい》にそむかんや。まった味方《みかた》はいま城中《じょうちゅう》に兵粮山《ひょうろうやま》のごとくに貯《たく》わえありともうさるるが、全体《ぜんたい》どの位《くらい》いあると思《おぼ》しめすか」ハッと驚《おど》ろいて親子《おやこ》のものは、この返答《へんとう》へ行《ゆ》き詰《つま》った。

◎後藤《ごとう》、大野親子《おおのおやこ》の激論《げきろん》

しばらく考《かんが》えていたる大野主馬正《おおのしゅめのしょう》は、返答《へんとう》をしないのも片腹痛《かたはらいた》いとおもったか、主「されればでござる、数多《あまた》の蔵《くら》に一杯詰《ばいつま》ってあります」随分苦《ずいぶんくる》しい返答《へんとう》だ。又「アハッハッハッ、それは三歳《さい》の小児《しょうに》のもうする言葉《ことば》、その一杯詰《ばいつま》ったる米《こめ》は全体何程《ぜんたいなにほど》あるとおぼしめす」主「されば……、貴殿《きでん》はなにほど有《あ》ると思《おぼ》しめす」又「アハッハッハッ、さては其許《そのもと》には御存《ごぞん》じないとみえまするナ。まず拙者《せっしゃ》がおよそ見積《みつ》りしところにては、いま城内《じょうない》には百万石《まんごく》という米《こめ》が貯《たく》わえてあるが、しかしただいま城内《じょうない》の人数《にんずう》は四十万近《まんちか》くもこれあらん。そのうちに女子供《おんなこども》を除《のぞ》いておよそ戦《たたか》いの役《やく》に当《あた》るものは二十三万人《まんにん》と見《み》こみます。其《その》者等《ものら》が一日《にち》七合《ごう》ずつと当《あ》てて御覧《ごらん》なさい。一ケ月《げつ》に十万余石《まんよこく》、さすれば一ケ年《ねん》に百余万石《よまんごく》の米《こめ》はかならず入用《にゅうよう》でござる。かく見積《みつも》るときは只《ただ》一ケ年《ねん》の兵粮《ひょうろう》もござらぬぞ。又其《またそ》ればかりにて他《た》よりはただの一粒《りゅう》も取《と》り入《い》れることはできません。また味方《みかた》の内《うち》にいかなる野《や》心《しん》の者有《ものあ》って、貯《たく》わえたる兵粮《ひょうろう》に火《ひ》を放《はな》ち焼《や》かんとする曲者《くせもの》のあるまじきものにもあらず。さすれば主馬正殿《しゅめのしょうどの》、能《よ》くかんがえて見《み》られよ、一つとしてわが大阪《おおさか》に利《り》のあるところは無《な》いではござらぬか。また敵《てき》は大軍《たいぐん》ゆえ軍中《ぐんちゅう》に変《へん》を生《しょう》ぜんと思《おも》わるるかしらぬが、これとても心得《こころえ》ちがいならん。大御所家康《おおごしょいえやす》、新将軍秀忠《しんしょうぐんひでただ》ともに天晴《あっぱ》れの良将《りょうしょう》にして、御家臣《ごかしん》のひと〲には酒井《さかい》、榊原《さかきばら》、井伊《いい》、本多《ほんだ》、内藤《ないとう》、奥平《おくだいら》、小笠原《おがさわら》其他《そのた》十八松平《まつだいら》のかた〲みな関東譜代《かんとうふだい》の良臣《りょうしん》なり。ことに外様大名《とざまだいみょう》もちかごろは大方徳川《おおかたとくがわ》の恩《おん》をこうむり、両将軍《りょうしょうぐん》にしたがうは風《かぜ》に草木《くさき》の靡《なび》くがごとく、いずれも心《こころ》一致《ち》せり。それに引掛《ひきか》え味方《みかた》は烏合勢《あつまりぜい》のことゆえ、素破敗軍《すわはいぐん》と相見《あいみ》えしそのときは、塀《へい》を越《こ》し狭間《はざま》をくぐり、あるいは裏切《うらぎ》りの儀《ぎ》をもうし送《おく》りて城中《じょうちゅう》に敵《てき》を引入《ひきい》れまたは内通《ないつう》をして城中《じょうちゅう》に火《ひ》を放《はな》ちなどいたす時《とき》には、城外《じょうがい》に堡砦《とりで》をきずき人数《にんず》をくばって城《しろ》に立《た》て籠《こも》るとも、備《そな》え疎《まば》らにあいなって遂《つい》に防戦《ぼうせん》かなわず、よって昔《むか》しより籠城《ろうじょう》の方《かた》は持場《もちば》をすくなくして下知《げち》よく行《ゆ》きとどく様《よう》いたすのは籠城《ろうじょう》の法《ほう》でござる」と流石《さすが》は和漢《わかん》に名《な》をえたる後藤基次《ごとうもとつぐ》のことでございますから、弁舌《べんぜつ》さながら立板《たていた》に水《みず》を流《なが》すがごとく、とう〱として述《の》べ立《た》てた。これをきいて心有《こころあ》る諸勇士《しょゆうし》のめん〱は、実《じつ》に後藤《ごとう》の理義《りぎ》ある論《ろん》に感心《かんしん》せぬものはない。しかるにこのとき軍師《ぐんし》たる真田《さなだ》幸村《ゆきむら》は、軍扇《ぐんせん》を膝《ひざ》に突《つ》き立《た》てたまま、ジッと評議《ひょうぎ》のようすを聞《き》いておりまするが、ただ一言《ごん》の口出《くちだ》しもいたしませんから、木村長門守《きむらながとのかみ》はすすみ出《い》で、重「いかにお軍師真田幸村《ぐんしさなだゆきむら》殿《どの》、ただいま大野氏《おおのうじ》なり後藤氏《ごとううじ》の仰《おお》せらるるところ、御貴殿《ごきでん》はいずれを道理《どうり》に思《おぼ》しめさるるや」このとき幸村《ゆきむら》はジロ〱四辺《あたり》に目《め》を配《くば》っておりましたが、幸「さればでござる、後《ご》藤氏《とううじ》の仰《おお》せも一理《り》あり、また大野御兄弟《おおのごきょうだい》の仰《おお》せも一理《り》あり」変《へん》な答《こた》えで、まずこれで二理《り》あるような勘定《かんじょう》だ。こう言《い》ったままで幸村《ゆきむら》はまた黙止《だま》り込《こ》んでしまった。ところがこのとき大野道犬斎《おおのどうけんさい》は坊主頭《ぼうずあたま》を振《ふ》りたて、後藤《ごとう》の前《まえ》にズイッと膝《ひざ》をすすませ、道「いかに後《ご》藤氏《とううじ》、ただいま伜《せがれ》どもの申《もう》せしところを、取《と》るにたらぬと仰《おお》せられたが、しからば貴殿《きでん》は如何《いかが》して関東《かんとう》の大軍《たいぐん》をやぶろうと思《おぼ》しめすか」又「ウム、そうお尋《たず》ねなれば拙者《せっしゃ》のかんがえを腹蔵《ふくぞう》なくもうしあげます。まず拙者《せっしゃ》が所存《しょぞん》では関東《かんとう》の大軍《たいぐん》まだ集《あつ》まらざる其前《そのまえ》に、秀頼公《ひでよりこう》に御出馬《ごしゅつば》をねがい、不意《ふい》に京都《きょうと》に斬《き》っていで、一挙《きょ》井伊《いい》、藤堂《とうどう》の軍勢《ぐんぜい》をおいちらし、所司代板倉《しょしだいいたくら》を討《う》ちとり、禁裏仙洞《きんりせんどう》を守護《しゅご》いたし、これを大阪《おおさか》へ移《うつ》したてまつり、そのうえにて宇治《うじ》、瀬田《せた》の両橋《りょうはし》を切《き》りおとし、西国《さいこく》の通路《つうろ》をふせぎ西《にし》は明石《あかし》の瀬戸《せと》を押《おさ》えとして戦《たた》かいをひらかば、一天《てん》の御帝《みかど》に弓引《ゆみひ》く恐《おそ》れありともうし、そののち勅命《ちょくめい》をもって太《たい》閤殿下《こうでんか》恩顧《おんこ》の大名《だいみょう》を語《かた》らいなば、味方《みかた》に走《は》せあつまる者《もの》おおからん。そのとき機《おり》に臨《のぞ》み変《へん》に応《おう》じ、謀計《ぼうけい》をめぐらしなば、一戦勝利《せんしょうり》うたがいなし」とこの勇《いさ》ましき一言《ごん》に、片辺聞《かたえぎき》に聞《き》いていたる長曾我部盛親《ちょうそかべもりちか》は莞爾《にっこ》と打《う》ちわらい、盛「なにさま後藤氏《ごとううじ》の御一言《ごん》御道理《ごもっとも》なり。往昔《むかし》より戦争《せんそう》の模様《もよう》をきくに、最初《さいしょ》より籠城《ろうじょう》をなすときは危《あや》うくなき様相《ようあい》見《み》えても、ついに落城《らくじょう》は免《まぬ》がれぬもの。すでに播州《ばんしゅう》三木《き》の籠城《ろうじょう》、因州鳥取《いんしゅうとっとり》の籠城等《ろうじょうとう》、皆初《みなはじ》めはいきおい強大《きょうだい》なりしといえども、後《のち》ついに落城《らくじょう》におよびしなり」といい掛《か》けると大野道犬斎《おおのどうけんさい》、大「しからばお尋《たず》ねもうす後藤氏《ごとううじ》、関東勢《かんとうぜい》を打《う》ちやぶる計略《けいりゃく》はいかがなさる思召《おぼしめ》しか」又「さればでござる、その計略《けいりゃく》はまず秀頼公《ひでよりこう》みずから御出馬《ごしゅつば》あらせられ、御旗本《おんはたもと》のめい〳〵に守護《しゅご》いたして大野氏《おおのうじ》、渡辺氏《わたなべうじ》三万《まん》の兵《へい》をしたがえ、山崎《やまざき》まで御出馬《ごしゅつば》あって宝寺《たからでら》を本陣《ほんじん》としたまうべし。これゆえ太閤殿下《たいこうでんか》まだ羽柴筑前守《はしばちくぜんのかみ》にて在《おわ》せしみぎり、この宝寺《たからでら》より人数《にんずう》をくりだし賤《しず》ケ嶽《だけ》にて合戦勝利《かっせんしょうり》を得給《えたま》いたる吉例《きつれい》の場所《ばしょ》でござる。さてまた真田氏《さなだうじ》と拙者《せっしゃ》とは二万《まん》の兵《へい》をしたがえ、淀《よど》より道《みち》をかえて伏見城《ふしみじょう》へ取《と》りつめ、短兵急《たんぺいきゅう》に攻《せ》めたてて彼《か》の城《しろ》を乗取《のっと》り、城代松平隠岐守《じょうだいまつだいらおきのかみ》をほろぼすなり。そのときは主君《しゅくん》は伏見《ふしみ》の城《しろ》に入《い》らせられてしかるべし。かくして禁廷《きんてい》を守護《しゅご》したてまつり給《たま》え。また木村殿《きむらどの》は二万《まん》の軍勢《ぐんぜい》をしたがえ、二条《じょう》の城《しろ》を攻《せ》め立《た》てて井伊《いい》、藤堂《とうどう》を討《う》ちとるべし、薄田氏《すすきだうじ》は、五千人《にん》をしたがえ、一天《てん》の御帝《みかど》または仙洞御所《せんどうごしょ》を守護《しゅご》なし、大阪《おおさか》へ移《うつ》したてまつり、この御本丸《ごほんまる》を仮《か》りの宮殿《きゅうでん》となし、そのうえ諸国《しょこく》の大小名《だいしょうみょう》に綸旨《りんし》を申《もう》しくだし、味方《みかた》に招《まね》くことこれ第《だい》一の謀計《ぼうけい》なり。さてそれより秀頼公《ひでよりこう》には江州大津《ごうしゅうおおつ》へ帰《かえ》らせたまい、三井寺《いでら》に本陣《ほんじん》をすえられ、幸村殿《ゆきむらどの》は一万《まん》余人《よにん》をもって宇治《うじ》をかため敵《てき》を待《ま》ち、なおまたこの後藤《ごとう》は瀬田《せた》をかため候《そろ》うべし。しからば関東勢《かんとうぜい》いたずらに攻《せ》めかかるまじ。そのとき関東《かんとう》の大軍《たいぐん》をやぶるには計略《けいりゃく》あり。まず木《き》村《むら》、薄田《すすきだ》、大谷《おおたに》、山口《やまぐち》等のひと〴〵は堅田《かただ》に陣取《じんど》り吾等《われら》が合図《あいず》の狼烟《のろし》を揚《あ》げなば、これを時機《おり》として東《ひがし》にわたり、ところ〴〵に放火《ほうか》して敵《てき》にうたがいを起《おこ》させ、其退《そのの》き口《ぐち》をまって撃取《うちと》るべし。これ進退《しんたい》を迷《まよ》わせる謀計《ぼうけい》にしてかくのごとく致《いた》し戦《たたか》いなば味方勝利《みかたしょうり》を得《え》たるうえに、太閤恩顧《たいこうおんこ》の大名《だいみょう》は招《まね》かずとも自然《おのず》と集《あつ》まるべし」と言葉《ことば》もよどまずいいだした。是《こ》れを聞《き》いたる長曾我部《ちょうそかべ》、真田《さなだ》、薄田《すすきだ》のめい〳〵、皆「まことに後藤氏《ごとうじ》の御軍略《ごぐんりゃく》、目《め》覚《ざま》しく至極《しごく》よろしき計略《けいりゃく》なり。われ〳〵はその下知《げち》にしたがい屹度勇戦《きっとゆうせん》いたすべし」といっているにただ一人《ひとり》、大野道犬斎《おおのどうけんさい》は例《れい》の坊主頭《ぼうずあたま》を振《ふ》り立《た》てて、道「アイヤおの〳〵方《がた》そう口《くち》でいうごとく巧《うま》くいくものではござらぬ。足下《そっか》のいわれる様《よう》にいたすならば、当城内《とうじょうない》無勢《ぶせい》にして其機《そのおり》をうかがい、片桐奴《かたぎりめ》が茨木《いばらき》より打《う》っていで、当城《とうじょう》を攻《せ》めたてしそのときには、果《はた》して何《なに》をもって防《ふ》せがるるや」又「アハッハッハッ、そのときこそ足下《あなた》の次男《じなん》主馬正殿《しゅめのしょうどの》をば大将《たいしょう》として防《ふせ》ぎなば、片桐《かたぎり》とてもよも恐《おそ》るるにたらざるなり」道「イヤ後藤《ごとう》氏《うじ》の仰《おお》せなれども敵《てき》はなにしろ大軍《たいぐん》のことゆえ、かならず一方《ぽう》よりあつまる間敷《まじく》、万《まん》一伊《い》賀地《がじ》より大和路《やまとじ》にまわりなば如何《いかが》しめさる」又「其儀《そのぎ》は長曾我部殿《ちょうそかべどの》を大将《たいしょう》として七手衆《てしゅう》のめん〳〵、洞《ほら》ケ嶽《だけ》より生駒《いこま》あるいは龍田《たつた》、志賀《しが》、金剛山《こんごうざん》のあいだに柵《さく》をすえ、大砲小砲《おおづつこづつ》をもって押《おさ》えなば、関東方《かんとうがた》一人《にん》としてすすむ事《こと》あたわず。其暇《そのひま》に宇治《うじ》、瀬田《せた》の合戦勝利《かっせんしょうり》とならば、大和路《やまとじ》にむかえたる軍勢《ぐんぜい》こと〴〵く退《しり》ぞくべし」道「アイヤ万《まん》一関東軍《かんとうぐん》にして宇《う》治《じ》、瀬田《せた》にきたらず、のこらず大和路《やまとじ》に迫《せま》るときには、なんとしめさる」又「それこそ味《み》方《かた》のさいわいなり。真田殿《さなだどの》と拙者《せっしゃ》は宇治《うじ》より長池《ながいけ》におしだし、敵《てき》の横《よこ》を討《う》って戦《たた》かいにおよびまた七手衆《てしゅう》は十三曲峠《まがりとうげ》より打《う》って下《くだ》らば充分《じゅうぶん》の勝利《しょうり》とあいなるは言《ごん》を待《ま》たざるところなり」これをきいて木村重成《きむらしげなり》、重「なるほど、拙者《せっしゃ》はいまだ戦場《せんじょう》の数《かず》を踏《ふ》まずといえども、ただいま後藤氏《ごとううじ》のもうさるるところ御道理《ごもっとも》とぞんずる。かならず左様《さよう》御取計《おとりはか》らいあらば勝算《しょうさん》うたがいなからん。しかし合戦《かっせん》の勝敗《しょうはい》は大将《たいしょう》の智謀《ちぼう》にあり、ただいまの合戦物語《かっせんものがた》りについて拙者若年《せっしゃじゃくねん》なれども愚案《ぐあん》をめぐらすに、当城《とうじょう》は日本無双《にほんむそう》の要害《ようがい》なれども人数《にんずう》の割《わり》に兵粮《ひょうろう》の貯《たく》わえすくなし。いよ〳〵籠城《ろうじょう》とさだめるとすれば、この二十余万《よまん》の軍勢《ぐんぜい》が毎日《まいにち》兵粮《ひょうろう》を消費《しょうひ》したるときには一年《ねん》の貯《たく》わえつづかず、しかるに後詰《ごづめ》の大名《だいみょう》もなくして籠城《ろうじょう》とは石《いし》を抱《いだ》いて淵《ふち》に臨《のぞ》むがごとく、危険至極《きけんしごく》、ゆえに後藤氏《ごとうじ》の仰《おお》せのとおり、城外《じょうがい》にいでて御戦《おたたか》いあらせらるる方然《ほうしか》るべくぞんじます」といいだすと、諸将《しょしょう》のめい〳〵も、甲「なるほどこれは道理《もっとも》吾《わ》れ等《ら》も其方大賛成《そのほうだいさんせい》でござる」皆「イヤ拙者《せっしゃ》も同意《どうい》つかまつる」皆「拙者《せっしゃ》も其儀同意《そのぎどうい》で……」私《わたし》も拙者《せっしゃ》も、僕《ぼく》も吾輩《わがはい》も賛成《さんせい》、ヒヤ〳〵、まさかそんなことは申《もう》しませんが、兎《と》に角《かく》一同《どう》はこの評議《ひょうぎ》に一決《けつ》なさんとする此《この》おりから、勘「イヤ、おの〳〵方《がた》にいささか申《もう》しあげたき一議《ぎ》あり、しばらくお耳《みみ》を拝借《はいしゃく》ねがいあげます」とおもいがけなく末席《まっせき》より進《すす》みいでたる一人《にん》あり。一同《どう》のひと〳〵は何者《なにもの》ならんとヒョイッと後辺《うしろ》を振《ふ》りかえったが、これぞ小幡勘兵衛《おばたかんべえ》といえる武士《ぶし》にして、大阪城獅子心中《おおさかじょうしししんちゅう》の虫《むし》で関東方《かんとうがた》よりの間《かん》者《じゃ》として実《じつ》は入《い》り込《こ》んでいる者《もの》だ。

◎攻勢《こうせい》を取《と》るか籠城《ろうじょう》か

さてこの小幡勘兵衛《おばたかんべえ》というのは何者《なにもの》であるかというと、このものは元甲州武田家《もとこうしゅうたけだけ》の浪人《ろうにん》で、天正十年《てんしょうねん》三月武田伊那四郎勝頼《がつたけだいなしろうかつより》が天目山《てんもくざん》にて討死《うちじに》をとげ、まったく滅《ほろ》びたるときに甲州浪人《こうしゅうろうにん》四百五十有余名《ゆうよめい》というものを何《いず》れも徳川家康《とくがわいえやす》、織田信長《おだのぶなが》の両将《りょうしょう》が、いずれもその家臣《かしん》に引込《ひっこ》んでしまった。小幡《おばた》もこのうちの一人《にん》で、当時武田流《とうじたけだりゅう》の軍学《ぐんがく》が流行《りゅうこう》していたのも、もとはこの小幡《おばた》からいでた流名《りゅうめい》でございます。もっともこの武田家《たけだけ》二十四家《け》の伝《でん》を会《え》得《とく》して、北条氏矩《ほうじょううじのり》にこれを伝《つた》えた、そののち氏矩《うじのり》がのちに山鹿甚五左衛門《やまがじんざえもん》にこれを伝《つた》えたので、この軍学《ぐんがく》はまず小幡流《おばたりゅう》よりいでて武田流《たけだりゅう》にわたり、それより北条流《ほうじょうりゅう》、山鹿流《やまがりゅう》と自然《しぜん》につたわった。このような具合《ぐあい》で小幡勘兵衛《おばたかんべえ》も軍学者《ぐんがくしゃ》として徳川家《とくがわけ》に仕《つか》えていたが、あるとき武田流《たけだりゅう》の軍配《ぐんばい》のことについて家康《いえやす》と口論《こうろん》をいたし、京都《きょうと》にきたって、いささかな浪宅《ろうたく》をかまえ、迂路付《うろつ》いているうちに図《はか》らず大阪城内大野親子《おおさかじょうないおおのおやこ》へしられて、大阪《おおさか》へ入城《にゅうじょう》におよんだのですが、この徳川家康公《とくがわいえやすこう》と口論《こうろん》のうえ浪人《ろうにん》したというのは一つの計略《けいりゃく》で、表面的《おもてむき》こいう風《ふう》にいい立《た》てて、ひそかに大阪《おおさか》へ入城《にゅうじょう》せんとしたので、その身入城《みにゅうじょう》のみぎりにも所《しょ》司代板倉《しだいいたくら》と密談《みつだん》をいたし、入城《にゅうじょう》ののちも、おり〳〵密書《みっしょ》の取《と》りやりをしている。しかるにこのたび城内《じょうない》の大評定《だいひょうじょう》、如何《いかが》なり行《ゆ》くやらんとこころえて居《お》りましたるところ、すでにいま後藤《ごとう》の軍配《ぐんばい》として鋭《する》どき議論《ぎろん》を発《はっ》し、城中《じょうちゅう》の勇士《ゆうし》をはげまし城《しろ》を出《い》でて戦《たた》かわんという評定《ひょうじょう》が一決《けつ》におよばんと致《いた》しておる。かような評定《ひょうじょう》が決定《けってい》いたしまするときは、関東方《かんとうがた》が充分《じゅうぶん》の不利益《ふりえき》とこころえたる勘兵衛《かんべえ》は心中大《しんちゅうおお》いにおどろき、いましも後藤《ごとう》のこの論《ろん》に諸勇《しょゆう》士同意《しどうい》を表《ひょう》せんとするの砌《みぎ》りでございますから、小幡勘兵衛《おばたかんべえ》は席《せき》をすすみいでて、勘「アイヤおの〳〵方《がた》しょう〳〵お控《ひか》えをねがいます。拙者末座《せっしゃまつざ》の身《み》をもって後藤氏《ごとううじ》の軍配《ぐんばい》に非《ひ》を打《う》ちまするははなはだ失礼《しつれい》に似《に》たりといえども、存《ぞん》ずる旨《むね》をもうし上《あ》げざるはかえって不忠《ふちゅう》、それゆえ些《いささ》かもうし上《あ》げたく相《あい》こころえます」このとき大野道犬斎《おおのどうけんさい》、其身親子《そのみおやこ》のいうことは一《ひと》つも立《た》ちませんから大《おお》きに口惜《くちお》しくこころえて居《お》りました、ところへ小幡勘兵衛《おばたかんべえ》が進《すす》みいで、何《なに》かいいだしたから、大《おお》いに喜《よろ》こんだることにいたして、道「アイヤ苦《くる》しゅうない小幡氏《おばたうじ》、最《も》うすこし此方《こちら》へ御進《おすす》みあれ、其許《そのもと》は元来武田家《がんらいたけだけ》の謀主《ぼうしゅ》にして戦場《せんじょう》になれ、軍学《ぐんがく》にはなか〳〵巧者《こうしゃ》とうけたまわる。決《けっ》して遠慮《えんりょ》におよばぬ、思《おも》う旨《むね》をもうし上《あ》げてよろしかろう」勘「ハヽッ拙者《せっしゃ》いささか存《ぞん》ずる旨《むね》これあるによって、まず申《もう》しあげますのは余《よ》の儀《ぎ》でなく、ただいま後藤氏《ごとううじ》の軍配《ぐんばい》は、一々理《り》のある様聞《ようきこ》えますするといえども、私《わたし》はこれかえって敗軍《はいぐん》のもといならんと相心得《あいこころえ》ます」後藤《ごとう》はこれをきいて大《おお》いにいかり、又「なんといわるる小幡氏《おばたうじ》、拙者《せっしゃ》の計略《けいりゃく》が敗軍《はいぐん》の基《もと》いとは……」勘「さればいま御貴殿《ごきでん》の申《もう》されまするには、籠城《ろうじょう》の方法《ほうほう》というは小勢《しょうぜい》にて打《う》っていずることの成《な》らぬときか、あるいは後詰《ごづめ》の頼《たの》みありという時《とき》でなくば、なすべきものに非《あら》ずとのお言葉《ことば》、これ一向《こう》武道不巧《ぶどうふこう》者《しゃ》の申《もう》すことでござる。それゆえ如何《いかん》となればいま関東《かんとう》の大軍《たいぐん》を引受《ひきう》け、日本《にほん》一の要害《ようがい》の城《しろ》をいでて戦《たた》かわん事《こと》はなはだ危《あや》うし。ことに徳川殿《とくがわどの》は七十有余歳《ゆうよさい》の老功《ろうこう》の大将《たいしょう》なり。その軍配《ぐんばい》の鋭《する》どきこと実《じつ》におそるべき次第《しだい》。別《べっ》して大御所殿《おおごしょどの》は平場《へいじょう》の合戦《かっせん》、又川《またかわ》を中《なか》に隔《へだ》ての合戦《かっせん》は得手物《えてもの》にして、そのうえ敵方《てきがた》の隠謀《いんぼう》を察《さっ》し、虚実《きょじつ》をさぐり敵《てき》をやぶること神変《しんぺん》不思議《ふしぎ》の良将《りょうしょう》なり。さればこそ前年姉川《ぜんねんあねがわ》の一戦《せん》にわずか五千の小勢《しょうぜい》をもって浅倉《あさくら》が三万有《まんゆう》余《よ》の大軍《たいぐん》を打《う》ちやぶり勝利《しょうり》を得《え》られたるはなか〱凡人《ぼんじん》の及《およ》ぶところにあらず。その外《ほか》小《こ》牧《まき》、長久手《ながくて》の合戦《かっせん》にも、日本無双《にほんむそう》の太閤殿下《たいこうでんか》すら持《も》て余《あま》したまい、ついに和睦《わぼく》をいたされたり。なおまた武田信玄公《たけだしんげんこう》も徳川殿《とくがわどの》は海道《かいどう》一の名将《めいしょう》なりといわれたる、この指揮《さしず》を受《う》くる関東《かんとう》の大軍《たいぐん》にむかい、わずかの小勢《しょうぜい》をもって当城《とうじょう》をはなれ戦《たた》かわんとは、まことに蟷螂《とうろう》の斧《おの》にして宇治《うじ》、瀬田《せた》の橋《はし》を切《き》りおとすはこれ又大《またおお》いなる不吉《ふきつ》でござる」後藤《ごとう》はこれを聞《き》きとがめて、又「なんといわれる、宇治《うじ》、瀬田《せた》の橋《はし》を切《き》っておとすが何故《なぜ》不吉《ふきつ》である」勘「さればにて候《そろ》、往昔永暦元年《むかしえいれきがんねん》五月《がつ》の合戦《かっせん》に、高倉《たかくら》の宮平家《みやへいけ》を滅《ほろ》ぼさんとせられしみぎり、源三位頼政御味方《げんみよりまさおみかた》に属《ぞく》し、三井寺《いでら》の法師《ほうし》と一手《て》となり宇治川《うじがわ》を前《まえ》にして陣《じん》を取《と》りし其際《そのさい》、寄《よ》せ手《て》は平家《へいけ》の若大将新中納言知盛《わかだいしょうしんちゅうなごんとももり》、およそ二万《まん》の大軍《たいぐん》を率《ひき》い攻《せ》めかかりしに、頼政親子《よりまさおやこ》敗軍《はいぐん》になって宮《みや》も流《なが》れ矢《や》に当《あた》りたまい、御最期《ごさいご》いたされたる場所《ばしょ》である。しからばこのところは不吉《ふきつ》でござろう」又「ウム、しからば源三位頼政《げんみよりまさ》を貴殿《きでん》は手本《てほん》といたさるるか」勘「イヤ〳〵それのみではござらぬ。そののち木曾義仲《きそよしなか》、宇治《うじ》、瀬田《せた》の要害《ようがい》を固《かた》めたりといえども、義経公《よしつねこう》の手《て》より佐々木《ささき》、梶原《かじわら》の両人宇治川《りょうにんうじがわ》を乗切《のりき》り、ついに瀬田《せた》の手破《てやぶ》れ木曾義仲《きそよしなか》は粟津《あわづ》ケ原《はら》にて討死《うちじに》をとげたり。これ等《ら》のことがござる故《ゆえ》……」又「アハヽヽヽ、そういうことを貴殿《きでん》は手本《てほん》といたさるるか」勘「イヤ〳〵、まだ〳〵ござる、彼《か》の建武《けんむ》のころおいにも、新田義貞《にったよしさだ》、楠正成《くすのきまさしげ》の両将《りょうしょう》、宇治《うじ》、瀬田《せた》あるいは淀《よど》の手《て》を固《かた》めたりといえども、足利尊氏《あしかがたかうじ》の大軍《たいぐん》は河内《かわち》へまわり、山崎《やまざき》の手破《てやぶ》れて賊軍都《ぞくぐんみやこ》へ乱入《らんにゅう》いたしたり。これによって流石《さすが》の楠《くすのき》、新田《にった》の名将《めいしょう》も敵《かな》わずして比叡山《ひえいざん》に逃《に》げのぼりしにあらずや。しかれば往昔《むかし》より宇治《うじ》、瀬田《せた》を前《まえ》に当《あ》てて戦《たた》かいたるもの一人《にん》といたして勝利《しょうり》をえたる例《ため》しを聞《き》かずまことに此《こ》の度《たび》の対手《あいて》は古今《ここん》無双《むそう》の徳川氏《とくがわうじ》、往昔《むかし》の足利氏《あしかがうじ》のごとき大将《たいしょう》の比《ひ》にあらず、また味方《みかた》にも失礼《しつれい》ながら楠《くすのき》、新田程《にったほど》の名将《めいしょう》はヨモあるまい。斯様《かよう》なことを考《かんが》うるときには、城《しろ》をいでて戦《たたか》いをひらくなどとは大《おお》いに敗走《はいそう》のもといと考《かんが》える」後藤《ごとう》はこれを聞《き》くやいなや大口開《おおぐちひら》いて、カラカラ〱ッと打《う》ち笑《わら》った。斯様《かよう》なときには日本《にほん》の笑《わら》いではこたえぬとみえて、唐《から》の笑《わら》い方《かた》をしたものであろう。又「コハ小幡勘兵衛殿《おばたかんべえどの》には甲州流《こうしゅうりゅう》の軍学《ぐんがく》また武田《たけだ》流《りゅう》の軍学《ぐんがく》に堪能《たんのう》なる由《よし》うけたまわったが、聞《き》くとみると天地《てんち》の相違《そうい》。このたびの味方《みかた》は小勢《しょうぜい》といえども、十三万《まん》にあまる軍勢《ぐんぜい》、しからば余人《よじん》はしらずこの後藤《ごとう》が幸村殿《ゆきむらどの》とともに出陣《しゅつじん》いたしなば、関東《かんとう》の大軍《たいぐん》は微塵《みじん》となさんは目《ま》のあたり、足下《そっか》は古人《こじん》を手本《てほん》にいたさるるは一応《おう》御道理《ごもっとも》のようなれど、こは一を知《し》って其《その》二をしらざる言葉《ことば》。小幡氏《おばたうじ》にもお似合《にあ》いなさらぬことでござる」これをきいて小幡勘兵衛《おばたかんべえ》はカッと逆上《せきあ》げ、勘「しからば其許《そのもと》は源《げん》三位《み》頼政《よりまさ》等《ら》を愚将《ぐしょう》ともうさるるか」又「アイヤ、決《けっ》して愚将《ぐしょう》とはもうさぬ。なれども其当《そのとう》時《じ》は軍学《ぐんがく》にいたって疎《うと》く、合戦《かっせん》の模様《もよう》もはなはだ手鈍《てぬる》く、木曾義仲《きそよしなか》のごとき天晴《あっぱ》れ豪勇《ごうゆう》の人《ひと》といえども、従《した》がうものは根井《ねい》の大弥太《おおやた》、あるいは勇婦巴《ゆうふともえ》などを頼《たの》みといたして戦《たたか》うとも、人数《にんず》はわずか一千にすぎざる小勢《しょうぜい》であった。しからばこれ等《ら》は取《と》るにたらず、また楠《くすのき》正成《まさしげ》は無双《むそう》の名将《めいしょう》といえども、御帝楠《みかどくすのき》の言《げん》を用《もち》いたまわずして、ついに敗軍《はいぐん》となる。身《み》不肖《ふしょう》なれどもこの後藤又兵衛《ごとうまたべえ》、宇治《うじ》、瀬田《せた》を取《と》りきり、関東《かんとう》の大軍《たいぐん》を破《やぶ》るにはそれ〲充分《じゅうぶん》なる謀計《ぼうけい》あり、なんぞ故人《こじん》の敗軍《はいぐん》を手本《てほん》にせんや。笑《わら》うにたえたる貴殿《きでん》の一言《ごん》」勘「ウム、しからば宇治《うじ》、瀬田《せた》を取《と》りきり、大軍《たいぐん》を一戦《せん》の許《もと》に打《う》ち破《やぶ》らんというその計略《けいりゃく》をうけたまわらん」又「アハヽヽハッ、それは今此《いまこ》のところにおいて語《かた》る場合《ばあい》にあらず。勝利《しょうり》ののちに相判《あいわか》る次第《しだい》でござる」勘「アイヤ其儀《そのぎ》まことに心許《こころもと》なし。なぜといえば斯《か》る大軍《たいぐん》にむかい戦《たた》かいをいたさんというものが、勝利《しょうり》ののちに判《わか》るなどとは、はなはだもって覚束《おぼつか》なき次第《しだい》」又「ナニ、覚束《おぼつか》ないとは何《なん》のこと、しからば貴殿《きでん》はこの後藤《ごとう》の申《もう》することをこと〲く覚束《おぼつか》ないと仰《おお》せらるるか。無礼《ぶれい》の一言《ごん》そのままには捨《す》てておかんぞッ」とすでに一刀《とう》の柄《つか》に手《て》をかけんとするのいきおい。このとき大野修理亮《おおのしゅりのすけ》は双方《そうほう》の中《なか》に分《わ》っていり、修「まず〱後藤氏《ごとううじ》、小幡氏御控《おばたうじおひか》えあれ、拙者《せっしゃ》つら〱うけたまわるに、ただいま小《お》幡氏《ばたうじ》の仰《おお》せのとおり、他《ほか》の議論《ぎろん》に否《ひ》を打《う》ちながら、其身《そのみ》は戦《たた》かってのちに判《わか》るなどとは実《じつ》に覚束《おぼつか》なき議論《ぎろん》。ことに君子《くんし》は危《あや》うきに近寄《ちかよ》らずということあり、吾《わ》が君《きみ》は重《おも》き御身分《ごみぶん》にわたらせられる、そを省《かえり》みずして御出馬《ごしゅつば》なさるとは、はなはだ危《あや》うしく〳〵。これは始《はじ》めのごとく籠城《ろうじょう》こそしかるべく存《ぞん》ずる」又「ヤアまたしても不用《いら》ざるその一言《ごん》、なんぞ其許《そのもと》ごときの知《し》るところならんや」とすでに激論《げきろん》の末腕力《すえわんりょく》沙汰《ざた》にも訴《うった》えんとする。このとき上段《じょうだん》の横《よこ》にジッと聞《き》いてておいであそばしたる御母堂淀君《ごぼどうよどぎみ》、おもわず此中《このなか》へ容喙《ようかい》をした。実《じつ》に女《おんな》のさし出口《でぐち》というのは余《あま》りよくないもので、女賢《おんなさか》しゅうして牛《うし》売《う》り損《そこ》なうとか。このときに淀君《よどぎみ》がここで口《くち》を出《いだ》されたる許《ばっ》かりに、惜《お》しむべし大阪方《おおさかがた》がうちから滅《ほろ》びることができたので、豊臣家《とよとみけ》に取《と》っては実《じつ》に千載《ざい》の遺憾《いかん》といわねばあいならぬ。いましも双方激論《そうほうげきろん》にも相成《あいな》らんとするこのとき、淀「ヤア〳〵双方控《そうほうひか》えよッ」と外《ほか》ならぬ御母堂《ごぼどう》の一言《ごん》でございますから、小幡《おばた》、後藤《ごとう》は恐《おそ》れいってハッと頭《かしら》をさげた。

◎千載《ざい》の遺憾淀君《いかんよどぎみ》の容喙《ようかい》

このとき淀君《よどぎみ》は言葉《ことば》静《しず》かに、淀「ただいま後藤《ごとう》が申《もう》せしところは実《じつ》に道理《どうり》なれど秀頼公《ひでよりこう》は幼少《ようしょう》のときよりまだ一度《ひとたび》も戦場《せんじょう》に臨《のぞ》みたまわず。御出馬《ごしゅつば》の儀《ぎ》は余《あま》りすすまれざる様子《ようす》ゆえ、先刻《せんこく》より小幡《おばた》、大野《おおの》の申《もう》せしところ至極《しごく》よろしかろうと思《おも》う。たとえ武勇《ぶゆう》のひと〲が守護《しゅご》なすとも、流《なが》れ矢《や》の憂《うれ》いあって万《まん》一秀頼公《ひでよりこう》の御身《おみ》の上《うえ》に凶事《きょうじ》あらば、妾《わたし》をはじめ一家《か》のものの歎《なげ》きは如何《いか》ばかり。勝負《しょうぶ》は天運《てんうん》によるものなり、万《まん》一運《うん》つきて死《し》する様《よう》のことあらば、太閤殿下《たいこうでんか》のお譲《ゆず》りありし此城《このしろ》にて親子枕《おやこまくら》をならべて相果《あいは》てるこそ本望《ほんもう》なり。アヽ大野親子《おおのおやこ》のものは流石《さすが》は故参《こさん》の人程《ひとほど》あって、主君《しゅくん》を危地《きち》にすすめず、新参《しんざん》のひと〲は勝負《しょうぶ》ばかりに心逸急《こころはや》り、主君《しゅくん》の命《めい》を天《てん》にまかせて戦《たた》かわんとは何事《なにごと》である。このうえ妾《わた》しを城内《じょうない》に残《のこ》しおき、主君《しゅくん》をすすめて出馬《しゅつば》いたさば、妾《わた》しは勝負《しょうぶ》を聞《き》かざるうち、自害《じがい》をいたして相果《あいは》てん」と女《おんな》とはいえ、あまり無法極《むほうきわ》まる一言《ごん》。この言葉《ことば》をきいたる後藤又兵衛《ごとうまたべえ》は、みる〱うちにサッと顔色《がんしょく》をかえ、前額《ひたい》に汗《あせ》をながして思《おも》わずしらず、淀君《よどぎみ》の方《ほう》へジリヽ席《せき》をすすめ、血走《ちばし》る両眼《りょうがん》に涙《なみだ》を浮《うか》めながら、実《じつ》におそろしき顔色《がんしょく》にて恨《うら》めしげに睨《ね》め付《つ》けながら、又「こは御母堂様《ごぼどうさま》の仰《おお》せとも覚《おぼ》えず、故参《こさん》のひと〲は主君《しゅくん》の御命《おいのち》を大切《たいせつ》といたし、新参《しんざん》のものは主君《しゅくん》の御命《おいのち》を介意《かまわ》ずとの御仰《おんおお》せは、われ〱をして針《はり》の莚《むしろ》に座《ざ》せしめるのお言葉《ことば》。この後藤又兵衛《ごとうまたべえ》をはじめ長曾我部《ちょうそかべ》、真田《さなだ》其他《そのた》のひと〲に至《いた》るまで新《あら》たに御奉公《ごほうこう》をいたすといえど、主君《しゅくん》の御命《おいのち》の危《あや》うきを顧《かえり》みず、なぜ不忠《ふちゅう》のことを御勧《おすす》めもうさんや。ただ拙者《せっしゃ》が申《もう》すことはこれ皆主君《みなしゅくん》のお為《た》めをおもい、天下《てんか》の大事《だいじ》を重《おも》んずるがゆえにて候《そろ》。殊《こと》にこのたびの合戦《かっせん》は天下分目《てんかわけめ》の大切《たいせつ》の戦争《いくさ》にして、故太閤《こたいこう》の開《ひら》きたまいし御治《ごじ》世《せい》を空《むな》しくいたすまじくというの思召《おぼしめ》しによって、危《あや》うきを介意《かまわ》ず合戦《かっせん》におよばせ給《たま》うに候《そうら》わずや。しからば勝負《しょうぶ》を第《だい》一に決《けっ》せずして何《なん》ぞ天下《てんか》をにぎり給《たま》うことの出来得《できえ》ましょうや。又手《またて》を懐中《ふところ》にして天下《てんか》を得《え》たる人《ひと》あるを聞《き》かず。すでに故太閤殿下《こたいこうでんか》ですら戦場《せんじょう》において身《み》を粉《こ》に砕《くだ》き給《たま》えばこそ、ついに天下《てんか》を握《にぎ》りたまう。しからば吾君御出馬《わがきみごしゅつば》を厭《いと》いたまうとも、御母堂《ごぼどう》より御勧《おすす》め遊《あそ》ばすが今日《こんにち》の道《みち》かとこころえます。然《さ》はなくしてかえって御《ご》出馬《しゅつば》を御止《おとど》めあそばすとは、御深意《ごしんい》の程《ほど》をはかりかね、又《また》われ〳〵を不忠《ふちゅう》とのお言葉《ことば》には、はなはだ以《も》って迷惑《めいわく》つかまつる。イザこのうえからは早々御出馬《そうそうごしゅつば》あってしかる可《べ》く存《ぞん》じたてまつる」と思《おも》いこんだる意気込《いきご》みに、秀頼公《ひでよりこう》も淀君《よどぎみ》も大《おお》いにお驚《おど》ろきにあいなり、ただ何事《なにごと》も御発言《ごはつごん》なく、暫時黙止《ざんじだま》っていられる。このとき木村長門守《きむらながとのかみ》はズイッと席《せき》を進《すす》みいで、真田幸村《さなだゆきむら》に打《う》ちむかい、重「いかに御軍師《ごぐんし》、ただいま後藤氏《ごとううじ》、小幡氏《おばたうじ》の議論《ぎろん》は、いずれを是《ぜ》としいずれを非《ひ》とせらるるや、何卒尊公《なにとぞそんこう》の御思召《おぼしめ》しのほどを伺《うかが》いたし」スルとこれよりさき真田幸村《さなだゆきむら》は、一言《ごん》の口出《くちだ》しもせずジッと座中《ざちゅう》の諸将《しょしょう》に眼《め》を配《くば》っておりましたが、幸「ウーム、さては小幡勘兵衛《おばたかんべえ》といえる奴《や》つ、かならず関東《かんとう》の間者《かんじゃ》に相違《そうい》なし」とはやくも目《め》をつけたが左様《さよう》な気《き》は曖気《おくび》にもださず、いま長門守《ながとのかみ》の言葉《ことば》にようやく口《くち》をひらき、幸「さればでござる、後藤氏《ごとううじ》のいわれるところも一理《り》あり、また小幡氏《おばたうじ》のいわれるところも一理《り》あり」と又此処《またここ》で二理合《りあわ》して四理《り》もある勘定《かんじょう》だ。薩張《さっぱ》り訳《わけ》がわかりませんが、しかし幸村《ゆきむら》は何思《なにおも》ったか諸将《しょしょう》のめん〳〵に打《う》ち向《むか》い、幸「アヽおの〳〵方《がた》、まだ〳〵議論《ぎろん》を致《いた》されるところもござろうが、今日《きょう》はもはや刻限《こくげん》もおそく、ことには吾君御疲《わがきみおつか》れもあらんかと心得《こころえ》ます。よって今日《きょう》の評定《ひょうじょう》は一先《ま》ずこれ迄《まで》といたし、いずれ吾君《わがきみ》の御決心《ごけっしん》をお願《ねが》い申《もう》した上《うえ》のことにいたさん」とさて評定《ひょうじょう》はこれですんだ。そこで真田《さなだ》をはじめ長曾我部《ちょうそかべ》に至《いた》るまでみな〳〵退出《たいしゅつ》におよんだから、後藤《ごとう》も詮方《せんかた》なく、恨《うら》みを飲《の》んで下《さが》ってゆく。ところが其跡《そのあと》において木村長門守《きむらながとのかみ》、あるいは薄田隼人《すすきだはやと》、明石掃部之助《あかしかもんのすけ》等の人々《ひとびと》より、しきりに秀頼公《ひでよりこう》へ御出馬《ごしゅつば》の儀《ぎ》をすすめ奉《たてま》つるといえども、どうしても御承知《ごしょうち》なく、ついに籠城《ろうじょう》ということに決定《けってい》してしまった。これによってさっそく其夜《そのよ》のうちに木村長門守《きむらながとのかみ》、後藤《ごとう》、長曾我部《ちょうそかべ》、あるいは城内《じょうない》の勇士《ゆうし》薄田隼人《すすきだはやと》、塙団右衛門《ばんだんえもん》、荒川熊蔵《あらかわくまぞう》等《ら》などが、ひそかに幸村《ゆきむら》の出丸《でまる》に訪《おとず》れた。皆「さて御軍師《ごぐんし》、頼《たの》みといたするは御貴殿《ごきでん》なり。何故今日大切《なぜこんにちたいせつ》なる評定《ひょうじょう》に御発言《ごはつごん》くださらぬことでござったか」と詰《つ》めかけると、幸村《ゆきむら》は、幸「さればでござる、ただいま城中《じょうちゅう》には敵《てき》の間者《かんじゃ》あり、よって拙者《せっしゃ》は発言《はつごん》をいたさざりし次第《しだい》でござる」皆「ナ、なんと仰《おお》せられる。敵方《てきがた》の間者《かんじゃ》ありとか。シテ其奴《そい》ツは全体何者《ぜんたいなにもの》でござる」幸「さればである、小幡勘兵衛《おばたかんべえ》、彼奴《きゃ》ツは関東方《かんとうがた》よりの間者《かんじゃ》と拙者《せっしゃ》は推察《すいさつ》いたした」この一言《ごん》をきいて、殊《こと》のほか憤《いき》どおったるは、彼《か》の荒川熊蔵《あらかわくまぞう》、血相変《けっそうか》えてスックと立《た》ち上《あが》り、すでに飛《と》び出《だ》さんといたしますから、幸「アイヤ荒川《あらかわ》、貴殿《きでん》はどこへ行《ゆ》かるるや」熊「されば重々不《じゅうじゅうふ》埒至極《らちしごく》な小幡勘兵衛《おばたかんべえ》、このうえからは拙者《せっしゃ》が摑《つか》み殺《ころ》してくれる」と大変《たいへん》な勢《いき》おいでございますから、幸「イヤ〳〵まず急《いそ》がるることはない。篤《とく》とその証拠《しょうこ》を見届《みとど》くる迄迂闊《までうかつ》に手出《てだ》しもなりかねます。まず何事《なにごと》も万事拙者《ばんじせっしゃ》にお任《ま》かせあれ」とついに其夜《そのよ》は引取《ひきと》ってしまったが、このとき大阪方《おおさかがた》の心有《こころあ》る勇士豪傑《ゆうしごうけつ》の心情《しんじょう》は果《はた》してどうでございましたろうか。淀君《よどぎみ》のごとき大野《おおの》のごときまた小幡《おばた》のごとき者《もの》のために、むなしく徳川家《とくがわけ》に天下《てんか》を渡《わた》すというは、実《じつ》に残念《ざんねん》であったに相違《そうい》ない。さて此方小幡勘兵衛《こなたおばたかんべえ》はまず自分《じぶん》が議論《ぎろん》の妨《さまた》げをいたして、ついに籠城《ろうじょう》と決定《けってい》したのを大《おお》いによろこび、ない〳〵書面《しょめん》をしたためて京都《きょうと》の所司代《しょしだい》板倉方《いたくらかた》へこのことを注進《ちゅうしん》する、よって板倉《いたくら》よりは又《また》この評定《ひょうじょう》の次第《しだい》をすぐさま駿府《すんぷ》へ注進《ちゅうしん》をとげる。さて大阪方《おおさかがた》にてはかくして籠城《ろうじょう》と決定《けってい》したによって、その翌日早朝真田幸村《よくじつそうちょうさなだゆきむら》出仕《しゅっし》をいたし、城内《じょうない》の諸将《しょしょう》をあつめて持場《もちば》〳〵の下知《げち》をする。このとき後藤又兵衛《ごとうまたべえ》、木村《きむら》長門守《ながとのかみ》両人《りょうにん》は、大阪城東方《おおさかじょうとうほう》の守備《しゅび》をすることになり、其他《そのた》の勇士豪傑《ゆうしごうけつ》もみなその持場《もちば》をさだめて、そこを固《かた》めることになった。かくして大阪城《おおさかじょう》は四方《ほう》八方《ぼう》ほとんど抜目《ぬけめ》なく、ヒシ〳〵と取《と》りかこんだので、小幡勘兵衛《おばたかんべえ》はまず吾身《わがみ》の思考《おもわく》どおり参《まい》ったというので大《おお》いによろこび、書面《しょめん》をもってこの次第《しだい》を注進《ちゅうしん》する。しかるに板倉《いたくら》よりは駿府家康公《すんぷいえやすこう》のもとへ櫛《くし》の歯《は》を引《ひ》くがごとき急使《きゅうし》、家康公《いえやすこう》はこのたびの次第《しだい》をうけたまわり、ことの外御喜《ほかおよろ》こびとあいなり大阪籠城《おおさかろうじょう》なすとあらば是《こ》れ天《てん》のあたえなり、大阪《おおさか》はいかに名城《めいじょう》なればとて日本国中《にほんこくじゅう》の軍勢《ぐんぜい》を引受《ひきう》け籠城《ろうじょう》いたさば、いずれ兵粮《ひょうろう》に限《かぎ》りあり、かならず味方《みかた》の勝利《しょうり》うたがい無《な》しとあって、殊《こと》のほか御安心《ごあんしん》のうえ、すぐさま京都《きょうと》へ下知《げち》をつたえられ、まず井伊掃部頭直《いいかもんのかみなお》孝《たか》、藤堂和泉守高虎《とうどういずみのかみたかとら》の両将《りょうしょう》へ早打《はやう》ちをもって、豊臣家大阪籠城《とよとみけおおさかろうじょう》につき、其方《そのほう》ども急《きゅう》に軍勢《ぐんぜい》を繰《く》りだして大阪城《おおさかじょう》を取《と》りまき、南北《なんぼく》の地《ち》を切《き》りとって敵方《てきがた》に手《て》を拡《ひろ》げささざる様厳重《ようげんじゅう》に固《かた》めるべし、そのうち城内《じょうない》より小幡勘兵衛《おばたかんべえ》がかならず内通《ないつう》するであろうとの御下知《ごげち》。これによって井伊《いい》、藤堂《とうどう》の両家《りょうけ》はさっそく御請《おう》けをいたし、井伊家《いいけ》は二万《まん》五千人《にん》、藤堂家《とうどうけ》は二万《まん》八千人《にん》をしたがえて、ドン〳〵ドン〳〵軍勢《ぐんぜい》を繰《く》りだし、井伊《いい》の同勢《どうぜい》は河内《かわち》の守口《もりぐち》にきたって陣屋《じんや》をさだめ、藤堂家《とうどうけ》は宇治《うじ》より奈良《なら》へ乗込《のりこ》み、それより暗《くらが》り峠《とうげ》を越《こ》して亀井村《かめいむら》の近傍《きんぼう》にきたって陣所《じんしょ》をさだめた。ところがこのとき心中《しんちゅう》ニッコリ笑《えみ》を含《ふく》んだのは小幡勘兵衛《おばたかんべえ》で、この戦争《いくさ》にさえ功名《こうみょう》をしておけば、一国《こく》や二国《こく》の領主《りょうしゅ》になるのは何《なん》でもないことだというので、さっそく手段《しゅだん》をさだめて内通《ないつう》におよび、それより二日許《ふつかばか》りたった或夜《あるよ》、井伊《いい》、藤堂勢《とうどうぜい》に夜討《ようち》を掛《か》けさせたが、このとき真田幸村《さなだゆきむら》計略《けいりゃく》をもって一戦《せん》のもとに両軍《りょうぐん》を打《う》ちやぶり、藤堂家《とうどうけ》の勇士《ゆうし》十塚正兵衛《づかしょうべえ》、今村与一《いまむらよ》、細川惣太郎《ほそかわそうたろう》、島田新助《しまだしんすけ》、岩田藤蔵《いわたとうぞう》、川《かわ》田喜《たき》十郎《ろうら》等をはじめとして、およそ二千七八百人《にん》を討取《うちと》り、また井伊家《いいけ》においては一の宮《みや》太郎兵衛《たろうべえ》、広瀬作内《ひろせさくない》、黒田弥兵衛《くろだやへえ》、猪子又右衛門《ししまたえもん》、星野大《ほしのだい》九郎《ろう》、川崎又《かわさきまた》一郎《ろう》をはじめ、およそ三千人《にん》ちかく戦死《せんし》して、両家共命辛《りょうけともいのちか》らぐ〳〵、ほう〴〵の体《てい》で京都《きょうと》へにげ帰《かえ》ってしまった。ところがそれが為《た》めに小幡勘兵衛《おばたかんべえ》の悪計《あっけい》をことぐ〳〵く見破《みやぶ》ったる真田幸村《さなだゆきむら》は、確《たし》かなる証拠物《しょうこぶつ》をおさえて彼《か》の小幡勘兵衛《おばたかんべえ》、其他《そのた》一味《み》のめん〳〵を召《め》しとり、城内《じょうない》の牢《ろう》に繋《つな》いでいたがのち、一旦関東大阪御和睦《たんかんとうおおさかごわぼく》とあいなった際《さい》、小幡《おばた》をはじめ一同《どう》のものは耳《みみ》と鼻《はな》を斬《き》りおとされて、大阪城内《おおさかじょうない》を阿房払《あほうばら》いとあいなった。実《じつ》に勘兵衛《かんべえ》は醜態《ぶざま》な姿《すがた》をいたしてスゴ〲関東《かんとう》へ逃《に》げかえったが、神君家康公《しんくんいえやすこう》は小幡《おばた》が計略《けいりゃく》の手違《てちが》いより、井伊《いい》、藤堂両家《とうどうりょうけ》の、軍勢《ぐんぜい》を数多《あまた》討《う》ち取《と》らせたとあって、おおいに御立腹《ごりっぷく》あらせられたが、しかしこれみな真田《さなだ》幸村《ゆきむら》が計略《けいりゃく》にかかったことですから格別《かくべつ》の御憐愍《ごれんびん》をもって、ようやく浅草御蔵前《あさくさおくらまえ》においてお米番《こめばん》を仰《おお》せつけられ、どうやらこうやら二百石《こく》を頂戴《ちょうだい》して、その家名《かめい》を残《のこ》したというが、実《じつ》に馬鹿《ばか》な目《め》をみたのは此奴《こやつ》で、しかしこれも皆身《みなみ》からでた錆《さび》でどうも仕方《しかた》がありません。

◎関東勢《かんとうぜい》百万大阪《まんおおさか》を囲《かこ》む

扨《さ》てもこのとき京都所司代《きょうとしょしだい》よりは、このたび井伊《いい》、藤堂両軍《とうどうりょうぐん》の敗走《はいそう》いたした赴《おもむ》きを、駿府《すんぷ》へ注進《ちゅうしん》におよびました。これによって関東方《かんとうがた》はいよ〲出陣《しゅつじん》ということに決定《けってい》し、江戸《えど》二代将軍家《だいしょうぐんけ》へも出陣《しゅつじん》の御通知《ごつうち》にあいなり、なお諸国《しょこく》の大小名《だいしょうみょう》へ御下知《ごげち》をつたえ、きたる一月上旬《がつじょうじゅん》までに四国《こく》九州中国筋《しゅうちゅうごくすじ》の大名《だいみょう》は尼《あま》ケ崎《さき》、兵庫《ひょうご》、西《にし》の宮《みや》の近辺《きんぺん》まで出陣《しゅつじん》いたせよとの御沙汰《ごさた》。また東山道《とうさんどう》、東海道筋《とうかいどうすじ》の諸侯《しょこう》は尾張《おわり》、伊勢地迄《いせじまで》すすめよという御下知《ごげち》でございます。かくて家康公《いえやすこう》はその年《とし》十月《がつ》十一日《にち》に駿府《すんぷ》を御出立《ごしゅったつ》、御供《おとも》のめい〲にはまず上杉中納《うえすぎちゅうな》言景勝《ごんかげかつ》、伊達中納言政宗《だてちゅうなごんまさむね》、伊達遠江守秀宗《だてとおとうみのかみひでむね》、前田中納言利常《まえだちゅうなごんとしつね》、尾張宰相義直《おわりさいしょうよしなお》、駿府中将頼《すんぷちゅうじょうより》宣《のぶ》などをはじめとして其他《そのた》徳川家《とくがわけ》の重《おも》なる大名大方《だいみょうおおかた》御供《おとも》に加《くわ》わり、総勢《そうぜい》五十五万《まん》八千七百有余人《ゆうよにん》、行列堂々《ぎょうれつどうどう》として京都《きょうと》へ御到着《ごとうちゃく》になった。二代《だい》将軍秀忠公《しょうぐんひでただこう》もこれまた五十有余万《ゆうよまん》の軍勢《ぐんぜい》をひきいて京都《きょうと》へお乗込《のりこ》みにあいなって、いよ〲大阪方《おおさかがた》を対手《あいて》に戦《たた》かいをひらかんということに相成《あいな》ったについて、徳川方《とくがわがた》よりは西尾隠岐守《にしおおきのかみ》をもって談判《だんぱん》いたさせたが、その談判《だんぱん》もついに空《むな》しく破烈《はれつ》におよんだにより、神君《しんくん》もさて〲ぜひもなき次第《しだい》なりと、ここに至《いた》って慶長《けいちょう》十九年閏《ねんうるう》十月《がつ》三日《か》、京都《きょうと》を御出陣《ごしゅつじん》と相定《あいさだ》まる。すでに御出立《ごしゅったつ》になった、このとき真田幸村《さなだゆきむら》は途《みち》に待《ま》ち受《う》けて大御所公《おおごしょこう》をただ一撃《げき》と計略《けいりゃく》をさだめて、軍勢《ぐんぜい》をだしたが、家康公《いえやすこう》の御運《ごうん》や強《つよ》かったものか、無事《ぶじ》にふたたび京都《きょうと》へお引返《ひきかえ》しにあいなった。なにしろ大御所公《おおごしょこう》も大阪方《おおさかがた》は思《おも》いもよらざる不意《ふい》の戦《たた》かいを仕掛《しか》けるから、到底《とうてい》かかることでは何時《いつ》までも大阪《おおさか》へ乗込《のりこ》むことができない、如何《いかが》いたして大阪方《おおさかがた》へ斬《き》りこまんと、臣下《しんか》をあつめて御評定《ごひょうじょう》にあいなり、このうえからは先《ま》ず諸侯《しょこう》の軍勢《ぐんぜい》を先《さ》きへ御遣《おつか》わしになって、大阪方《おおさかがた》を十重《とえ》二十重《はたえ》に追取《おっと》りまき、そのうえお乗《の》りだしの方然《ほうしか》るべくぞんじますと申《もう》しあげる。これに依《よ》っていずれも大名方《だいみょうがた》は出陣《しゅつじん》をいたすことになって、まず東手《ひがして》は鴫野《しぎの》、今福《いまふく》、玉造口《たまつくりぐち》を前《まえ》にあて、此手《このて》にむかった徳川方《とくがわがた》は本多出雲守忠朝《ほんだいずものかみただとも》総頭《そうがしら》となし、此手《このて》にしたがう大名《だいみょう》は佐竹右京太夫《さたけうきょうだいぶ》、上杉弾正定勝《うえすぎだんじょうさだかつ》、堀尾山城守《ほりおやましろのかみ》、京極若狭守《きょうごくわかさのかみ》、松平丹後守《まつだいらたんごのかみ》、松平越中守《まつだいらえっちゅうのかみ》、松平甲斐守《まつだいらかいのかみ》、菅沼織部正《すがぬまおりべのしょう》等《ら》の十頭《がしら》の大名《だいみょう》、また西手《にして》は田中筑後守《たなかちくごのかみ》、安藤対馬守《あんどうつしまのかみ》、永井信濃守《ながいしなののかみ》、松平勘《まつだいらかん》十郎《ろう》、石川伊豆守《いしかわいずのかみ》等《ら》のめい〳〵、お船手《ふなて》のかた〴〵は向井将監《むかいしょうげん》、千賀《せんが》与《よ》八郎《ろう》、小浜民部《おはまみんぶ》、九鬼長門守《くきながとのかみ》此《この》四手《て》の大将《たいしょう》が勝間《こつま》の入口《いりぐち》に数多軍船《あまたぐんせん》の用意《ようい》をいたして遂《つい》にこれを守《まも》ることにあいなった。北《きた》にむかう大名《だいみょう》は牧野駿河守《まきのするがのかみ》、伊東修理太夫《いとうしゅりだいぶ》、其他《そのた》の諸《しょ》大名《だいみょう》、南手《みなみて》には越前少将忠直《えちぜんしょうしょうただなお》、越後中将忠輝《えちごちゅうじょうただてる》、井伊掃部頭《いいかもんのかみ》等《ら》の大将《たいしょう》として、此手《このて》には東国《とうごく》大名《だいみょう》十頭《かしら》という者《もの》が付《つ》きしたがったが、此《こ》の方面《ほうめん》を真田幸村《さなだゆきむら》と対陣《たいじん》するのですから徳川方《とくがわがた》においても精鋭《せいえい》の軍勢《ぐんぜい》を選抜《せんばつ》したものと相見《あいみ》える。総軍《そういく》さ目付《めつけ》としては酒井左衛門尉《さかいさえもんのじょう》、酒井雅楽頭《さかいうたのかみ》の両人《りょうにん》を仰《おお》せつけられ、かくして関東《かんとう》百有余万《ゆうよまん》の大軍《たいぐん》は、大阪城《おおさかじょう》を稲麻竹葦《とうまちくい》のごとく追《お》っ取《と》りまいたる次第《しだい》でございます。そうしておいて両将軍《りょうしょうぐん》は京都《きょうと》を御出馬《ごしゅつば》、伏見《ふしみ》へお出《で》ましにあいなり、それより宇治《うじ》にまわり宇治《うじ》から奈良《なら》へきたって大和路《やまとじ》をめぐり峠《とうげ》をこして新将軍秀忠公《しんしょうぐんひでただこう》は平野《ひらの》に本陣《ほんじん》を御定《おさだ》めにあいなった。大御所家康公《おおごしょいえやすこう》は摂津《せっつ》の住吉《すみよし》に来《きた》って備《そな》えをお立《た》てあそばしたが、実《じっ》に口《くち》でこそ百三十万《まん》といえど、見渡《みわた》すかぎりの大軍《たいぐん》で、まことに蟻《あり》の匍《は》いいずる隙《すき》もないくらい、峰々《みねみね》は旗差物山颪《はたさしものやまおろ》しに吹《ふ》きなびき麓《ふもと》には大軍兜《たいぐんかぶと》の星《ほし》を輝《かがや》かし、鎧《よろい》の袖《そで》は錦繍《にしき》を敷《し》ける地《ち》のごとく凄《すさ》まじきありさまでございます。そのうちにも関東《かんとう》、大阪方《おおさかがた》にてたび〱の戦《たた》かいをいたしたが、なにしろ此方《こなた》は小勢《しょうぜい》といえど日本無双《にほんむそう》の軍師真田幸村《ぐんしさなだゆきむら》、およびそれに従《した》がう稀代《きだい》の勇士豪傑《ゆうしごうけつ》の働《はた》らきによって、其都度大阪方《そのつどおおさかがた》の大勝利《だいしょうり》とあいなり、流石《さすが》の神君家康公《しんくんいえやすこう》も二度《ど》三度《ど》危地《きち》に陥《おと》しいれられて、わずかに身《み》をもって免《のが》るると言《い》うありさまですから、大阪方《おおさかがた》の軍略《ぐんりゃく》には舌《した》をまいて驚《おどろ》いていられる。しかるにここに大阪方《おおさかがた》にて鴫野《しぎの》の堡砦外固《とりでそとかた》めをいたしておりまするは、矢《や》野和泉守《のいずみのかみ》、また今福《いまふく》の堡砦《とりで》は飯田左馬之助《いいださまのすけ》が預《あず》かっていたが、もっともこの堡砦《とりで》の向《むこ》うに柵《さく》を二重《じゅう》にかまえて人数《にんず》一千人《にん》をもって守《まも》ることに相成《あいな》っておりますがこのせつは寒気《かんき》が次第《しだい》にはげしく、堪《たま》らないような寒《さむ》さですから矢野和泉守《やのいずみのかみ》の手《て》のものは毎朝柵《まいあささく》の外《そと》にでて、ドン〱焚火《たきび》をいたし、これに大勢《おおぜい》のものは暖《あた》たまって居《い》るようす。ところが鴫野口《しぎのぐち》の真正面《ましょうめん》に徳川方《とくがわがた》の陣《じん》をかまえたのが、佐竹右京太夫義宣《さたけうきょうだいふよしのぶ》の軍勢《ぐんぜい》で、今日《きょう》しも佐竹方《さたけがた》の先《せん》陣渋江内膳《じんしぶえないぜん》というものが馬上《ばじょう》ながら陣中《じんちゅう》を見廻《みまわ》っておりますると、城内《じょうない》の奴輩《やつばら》は充分寄手《じゅうぶんよせて》を侮《あな》どって、柵門《さくもん》の外《そと》にでて焚火《たきび》に取暖《あた》り、高声《たかごえ》に談笑《だんしょう》しております。これをながめて渋《しぶ》江内膳《えないぜん》は、大《おお》いによろこび、さっそく秘《ひそ》かに引返《ひきかえ》して主君佐竹右京太夫《しゅくんさたけうきょうだいふ》にこのことを申《もう》しあげ、急《きゅう》に軍備《ぐんび》をととのえてドッとばかりに矢野和泉守《やのいずみのかみ》の同勢《どうぜい》へ攻《せ》めこんだ。此方矢野《こなたやの》の一手《て》においては、不意《ふい》を喰《くら》って何堪《なにたま》りましょう、みる〳〵うちに味方《みかた》の士卒《しそつ》はバッタ〳〵と討死《うちじに》をいたし、矢野和泉守《やのいずみのかみ》は飯田左馬之助《いいださまのすけ》の手助《てだす》けを得《え》てここを先途《せんど》と死《し》に物狂《ものぐる》いに戦《たた》かったが、なにしろ向《む》うは不意《ふい》をねらい又目《まため》にあまる大軍《たいぐん》をもって攻《せ》めたてたのだから、どうして持《も》ち耐《こた》えることができましょう。第一番《だいばん》に矢野和泉守《やのいずみのかみ》は刀折《かたなお》れ矢尽《やつ》きて討死《うちじに》をいたし、つづいて飯田左馬之助《いいださまのすけ》も戦死《せんし》をとげたから大将亡《たいしょうほろ》びて残兵全《ざんぺいまっ》たからずの慣《なら》い、宛然《さなが》ら大波《おおなみ》の打《う》ち寄《よ》するがごとき勢《いき》おいで、ついにこれなる鴫野《しぎの》の堡砦《とりで》は佐竹右京太夫《さたけうきょうだいふ》の軍勢《ぐんぜい》のために乗取《のっと》られてしまった。しかるにこのとき此堡砦《このとりで》の二の押《おさ》えといたして、鴫《しぎ》野《の》、今福《いまふく》は後藤又兵衛《ごとうまたべえ》、木村長門守《きむらながとのかみ》が預《あず》かっている場所《ばしょ》だが、いましも城内《じょうない》にこの注進《ちゅうしん》がまいり、飯田左馬之助《いいださまのすけ》、矢野和泉守《やのいずみのかみ》の両名《りょうめい》が討死《うちじに》という知《し》らせに両人《りょうにん》はこれを聞《き》いて大《おお》いにおどろき、たちまち櫓《やぐら》に登《のぼ》って、小手《こて》を翳《かざ》してみてあれば、鴫野《しぎの》の堡砦《とりで》は既《すで》に佐竹《さたけ》の手《て》に落《お》ちたるものと相見《あいみ》え、数多《あまた》の残兵《ざんぺい》は城内《じょうない》に逃《に》げいらんと周章狼狽《うろたえさわぐ》ありさま。後藤《ごとう》はキッとこれをみて、又「ヤア〱いい甲斐《がい》なき味方《みかた》の者共《ものども》、イデこの基次《もとつぐ》が罷《まか》りこし、かの敵勢《てきぜい》を追《お》いちらし呉《く》れん」とハッタとばかりに睨《にら》めつけた。このとき木村長門守重成《きむらながとのかみしげなり》は、重「いかに後藤先生《ごとうせんせい》、若年《じゃくねん》には候《そうら》えども私《わたし》はいまだ戦場《せんじょう》にいでしことなく言《い》わば今日《きょう》は初《うい》陣《じん》のことにございます。願《ねが》わくばこの佐竹《さたけ》の軍勢《ぐんぜい》を打《う》ちやぶりたく、拙者《せっしゃ》にここは全部《ぜんぶ》御《お》任《ま》かせのほどを願《ねが》いたい」又「道理《もっとも》ではあるが、しかし一応其儀《おうそのぎ》は御軍師《ごぐんし》へ届《とど》けねばあいなるまい」とかく二人《ふたり》が話《はな》しているところへ、今朝《けさ》のほどから鴫野《しぎの》の合戦《かっせん》が始《はじ》まったということを聞《き》いて、軍師真田幸村《ぐんしさなだゆきむら》計《はか》らずこれへきたので、さいわいなりと木村重成《きむらしげなり》よりこのことを願《ねが》いますると、幸村《ゆきむら》は莞爾《にっこ》と打《う》ちえみ、幸「天晴《あっぱ》れなる其御《そのご》一言《ごん》、しからば彼《か》れを打《う》ち破《やぶ》ってみられよ。しかし其控《そのひか》えは後藤氏御勤《ごとううじおつと》めくださるべし」との一言《ごん》。又「ハッいかにも基次其儀承知《もとつぐそのぎしょうち》いたしました」とさっそくその下知《げち》をいたしている内幸村《うちゆきむら》は、幸「いかに木村殿《きむらどの》、足下《そっか》の手勢《てぜい》は一千人《にん》、敵《てき》は目《め》にあまる大軍《たいぐん》のことゆえ、到底《とうてい》そのままにては当《あた》り難《がた》からん。よって他《た》の軍勢《ぐんぜい》を加《くわ》えて御進撃《ごしんげき》あいなるべし」重「ハヽッ、御軍師《ごぐんし》のおおせ御道理《ごもっとも》なれど、大軍《たいぐん》はかえって足手《あしで》まとい、私《わたし》はこれだけの軍勢《ぐんぜい》で沢山《たくさん》でございます」とさっそく櫓《やぐら》を下《くだ》ってまいり、吾手《わがて》のものを集《あつ》めたが其《その》めい〳〵というは先《ま》ず智徳院《ちとくいん》源《げん》十郎《ろう》、牟礼《むれ》孫《まご》兵衛《べえ》、黒木藤左衛門《くろきとうざえもん》、斎藤嘉右衛門《さいとうかえもん》、日下五右衛門《くさかえもん》、高松内匠《たかまつたくみ》、伊東松之助《いとうまつのすけ》、日根野九郎兵衛《ひねのろべえ》、岩松伊之助《いわまついのすけ》をはじめとして一千人《にん》、この同勢《どうぜい》に下知《げち》をつたえ、其身《そのみ》は馬上《ばじょう》に打《う》ちまたがり城門《じょうもん》ちかく、堂々《どうどう》として繰《く》りだしたが、このとき重成《しげなり》は臣下《しんか》のめい〳〵に打《う》ちむかって、重「汝等《なんじら》一同鉄砲《どうてっぽう》を撃《う》ちだしたなれば、たちまち左右《さゆう》にひらいて弾《たま》込《ご》めをいたし、すこしも早《はや》くその用意《ようい》におよぶべし、また槍組《やりぐみ》のものは突《つ》くより叩《たた》きたおすが徳《とく》である。また薙刀《なぎなた》を持《も》つものは人《ひと》を斬《き》らずして馬足《ばそく》を斬《き》り払《はら》うべし。手明《てあ》きのものは落馬《らくば》をいたしたる者《もの》の首《くび》をとり其他《そのた》のものは臨機応変《りんきおうへん》、充分《じゅうぶん》に功名《こうみょう》を現《あら》わせよ」と大《だい》音声《おんじょう》に下知《げち》をいたした。後辺《うしろ》にあって後藤《ごとう》は大《おお》いに感心《かんしん》をいたし、さっそく櫓《やぐら》に登《のぼ》って又《また》見物《けんぶつ》をしている。

◎城東鴫野口木村《じょうとうしぎのぐちきむら》の奮戦《ふんせん》

しかるに木村長門守重成《きむらながとのかみしげなり》は、今日《きょう》こそ目覚《めざま》しく切《き》っていで佐竹《さたけ》の軍勢《ぐんぜい》に目《め》に物見《ものみ》せて、初陣《ういじん》の功名《こうみょう》を現《あら》わさんと、其身真先《そのみまっさ》きに銀《ぎん》の瓢《ひさご》の馬印《うまじるし》を押《お》したてもっとも四ツ目《め》の定紋《じょうもん》ついたる旗《はた》の手《て》を翻《ひる》がえし、同勢《どうぜい》わずか一千人城門《にんじょうもん》サッと押《お》しひらき、いきおい烈《はげ》しく乗《の》りだし、佐竹《さたけ》の同勢《どうぜい》の真中央《まっただなか》へドヽヽドーッと鉄砲《てっぽう》の筒口《つつぐち》そろえて撃《う》ちだした。此方佐竹《こなたさたけ》方《がた》におきましては、さては二番手《ばんて》の者《もの》打《う》っていでたり、それ此奴《こや》ツを討《う》ちとり城内《じょうない》へ乗《の》りこめよと、はげしき下知《げち》をいたしまする其内《そのうち》に、木村方《きむらがた》は鉄砲組《てっぽうぐみ》パッと左右《さゆう》にひらいて早《はや》くも弾《たま》込《ご》めをする其《その》あいだに、ソレ槍組《やりぐみ》ッと下知《げち》を伝《つた》えまするると、勇士《ゆうし》のめい〳〵槍《やり》をもって東西《とうざい》に打《う》ち倒《たお》すという、また薙刀《なぎなた》を持《も》ったる者《もの》はたちまち馬足《ばそく》を斬《き》りたおす、向《むこ》う方《かた》ではそんな無法《むほう》な戦《たた》かいがあるものかと驚《おど》ろいて、たちまちドッと落馬《らくば》におよびまするを用捨《ようしゃ》もなく、手明《てあ》きのものは首《くび》を落《おと》して廻《まわ》るという騒《さわ》ぎでございます。これによって佐竹《さたけ》の同勢《どうぜい》はドッと後辺《うしろ》へ引《ひ》きあげる。このとき木村《きむら》は大音声《だいおんじょう》に、重「スワヤ軍《いく》さは勝利《しょうり》なり、すすめ〳〵ッ」と下知《げち》をつたえたが、このとき彼《か》の智徳院源《ちとくいんげん》十郎《ろう》は一番後陣《ばんこうじん》にあって味方《みかた》の攻《せ》めてゆくときに、槍《やり》の石突《いしづ》きを以《も》ってたちまち大地《だいち》に横《よこ》一文字《もんじ》の筋《すじ》を引《ひ》いてまわる。なにをするのだろうと味方《みかた》の者共《ものども》振《ふ》り返《かえ》ってながめまするると、源「いかに者共《ものども》、ただいま此大地《このだいち》に引《ひ》いたる筋《すじ》より一足《あし》にても後辺《うしろ》へ引《ひ》く奴《や》ツあらば、この源《げん》十郎《ろう》が一々槍玉《やりだま》に揚《あ》げてくれるから左様《さよう》に相心得《あいこころえ》いッ」というのですから、味方《みかた》のめい〳〵も驚《おど》ろいて、甲「飛《と》んでも無《な》いところへ筋《すじ》を引《ひ》かれたぞ、那《あ》の筋《すじ》より後《あと》へ戻《もど》ったらいよ〳〵首《くび》がないとは随分甚《ずいぶんひど》い下知《げち》ではないか」乙「しかし万《まん》一那《あ》の筋《すじ》の上《うえ》に乗《の》ったらどうする」甲「そのときはヤリ直《なお》し〳〵」乙「馬鹿《ばか》をいえッ、条貫《ぶんまわし》ジャあるまいし」とワイ〳〵いいながらも、味《み》方《かた》の同勢《どうぜい》はこれに気《き》をはげまされて後勢《ごぜい》もドン〳〵ドン〳〵先《さ》きへ〳〵と進《すす》んでゆく。又《また》二三間《げん》もすすんで来《く》るとそこへ横《よこ》一文字《もんじ》の筋《すじ》をひき、源「サアここより後《あと》へ下《さが》る奴《や》ツがあればいずれも源《げん》十郎《ろう》が槍玉《やりだま》に揚《あ》げてくれる」皆「オヤ〳〵大変《たいへん》だ、また横《よこ》に筋《すじ》ができたぞ、ワッすすめ〳〵ッ」ドン〳〵進撃《しんげき》する。かくしておい〳〵と横《よこ》一文字《もんじ》の筋《すじ》も進《すす》んでゆくと、軍勢《ぐんぜい》もこれに勇《いさ》み立《た》ってすすむを知《し》って退《しり》ぞくを知《し》らない。これを後《のち》に鴫野《しぎの》に香車《きょうしゃ》槍《やり》のかまえと申《もう》して、木村《きむら》が第《だい》一の功名《こうみょう》はこの智徳院《ちとくいん》がはげしき下知《げち》によったのでございます。此方《こなた》はこれによって僅《わず》か一千人《にん》の小勢《しょうぜい》ながら、目《め》にある佐竹勢《さたけぜい》の大軍《たいぐん》を追《お》いはらったというは、初陣《ういじん》の戦《たたか》いとして木村長門守《きむらながとのかみ》比類《ひるい》なき大功名《だいこうみょう》、此方後藤又兵衛基次《こなたごとうまたべえもとつぐ》は、櫓《やぐら》の上《うえ》にあって今日長門守《きょうながとのかみ》のはたらき、いかなる功名《こうみょう》をいたすであろうと打《う》ちながめて居《お》りますところ、実《げ》にもこの香車槍《きょうしゃやり》の構《かま》えはなか〳〵面白《おもしろ》き計略《けいりゃく》で、流石《さすが》の後藤《ごとう》も大《おお》いに感《かん》心《しん》をいたしたが、不図心付《ふところづ》いたか後藤《ごとう》はそう〳〵本丸《ほんまる》へ駈《か》けつけきたり、秀頼公《ひでよりこう》のお目通《めどお》りへでて、又「おそれながら申《もう》し上《あ》げたてまつります。ただいま木村長門守重成鳴野口《きむらながとのかみしげなりしぎのぐち》より打《う》っていで初陣《ういじん》の合戦《かっせん》にございます。よって吾君《わがきみ》にはそう〳〵御櫓《おやぐら》へ御上《おあが》りあって、御《ご》上覧《じょうらん》あそばされますよう」と申《もう》しあげた。かねて御気《おき》にいりの木村重成《きむらしげなり》のことでございますから、御母子殊《ごぼしこと》の外御喜《ほかおよろ》こびにあいなり、すでにお出《で》ましにあいならんとする此時《このとき》、大野修理亮《おおのしゅりのすけ》は御前《ごぜん》にあってこれを止《と》め、修「アイヤ主君《しゅくん》は大切《たいせつ》なるお身《み》の上《うえ》、万《まん》一左様《さよう》なるところへお出《で》ましあって流《なが》れ矢流《やなが》れ弾丸《だま》のこないとも限《かぎ》らず、此儀《このぎ》はお止《とど》まりを願《ねが》いたてまつります」これを聞《き》いて又兵衛基次《またべえもとつぐ》は大《おお》いに怒《いか》り、又「ヤア御控《おひか》えめされ大野氏《おおのうじ》、臣《しん》下《か》のものが身命《しんめい》を抛《なげう》って働《はた》らくは君《きみ》のお為《た》めでござる。しからば自《みず》から御上覧《ごじょうらん》あって励《はげ》まし給《たま》うこそこれ大将《たいしょう》のなすべきこと。其許《そのもと》は執権《しっけん》の役《やく》をつとめ、なんという臆病《おくびょう》の一言《ごん》でござるか。憚《はば》かりながらこの後藤又兵衛《ごとうまたべえ》がかたわらにお附《つ》きそい申《もう》せば、御貴殿《ごきでん》ごときのお気遣《きづか》いは決《けっ》して御無用《ごむよう》に願《ねが》いたい。サア吾君《わがきみ》には速《すみや》かに御進《おすす》みあってしかるべし」とはげしき言葉《ことば》に秀頼公《ひでよりこう》も勇気《ゆうき》を励《はげま》されたまい、秀「なるほど、後藤《ごとう》の申《もう》すところ道理《どうり》である。吾《わ》れ櫓《やぐら》に登《のぼ》って見物《けんぶつ》をいたさん。母人《ははびと》も来《きた》りたまえ」とそう〳〵後藤《ごとう》の案内《あんない》によって鴫野口《しぎのぐち》なる櫓《やぐら》にむかい、はるかの方《かた》を見下《みくだ》されたが、いましも下《した》には佐竹《さたけ》の同勢《どうぜい》が此方《こなた》木村勢《きむらぜい》の中《うち》に撃《う》ち入《い》ったるばかりにて、はげしき合戦《かっせん》の真最中《まっさいちゅう》、ことに大将長門守重成《たいしょうながとのかみしげなり》の一際目立《きわめだ》つ其日《そのひ》の扮装《いでたち》をみてあれば、小桜縅《こざくらおど》しの大鎧《おおよろい》を草摺長《くさずりなが》に着下《きくだ》して、おなじ糸《いと》五枚錣《まいしころ》の筋金《すぎがね》入《い》ったる白星《しらほし》の兜《かぶと》を猪首《いくび》に押《おし》いただき、白地羽二重《しろじはぶたえ》に金糸《きんし》をもって四ツ目《め》の紋《もん》散《ち》らしを縫《ぬ》うたる陣羽織《じんばおり》を着用《ちゃくよう》におよび、ながさ一丈《じょう》二尺《しゃく》の棒槍《ぼうやり》と名付《なづ》けたる鉄《てつ》の打《う》ち延《の》べの柄《つか》を付《つ》けたる槍《やり》を小脇《こわき》に掻《か》いこみ、しきりにいま馬上《ばじょう》より下知《げち》を伝《つた》えている勇《いさ》ましさ。秀頼公《ひでよりこう》はこれを御覧《ごらん》になって大《おお》いに御喜《およろ》こびでございます。後藤又兵衛《ごとうまたべえ》は万事抜目《ばんじぬけめ》のなき戦場馴《せんじょうな》れたる古兵士《ふるつわもの》でございますから、さっそく家臣山田幸右衛門《けらいやまだこうえもん》に対《たい》して、なにか秘《ひそ》かに下知《げち》をつたえた。スルと山田幸右衛門《やまだこうえもん》はたちまち馬上《ばじょう》に打《う》ち跨《また》がってハイヨーッと一鞭当《むちあ》てて乗出《のりだ》し、いましも木村《きむら》のはたらいて居《お》りますところへ駈《か》け付《つ》けきたり、幸「ヤア〳〵木村長門守殿《きむらながとのかみどの》、ただいま那《あ》の櫓《やぐら》の上《うえ》より吾君《わがきみ》は御上覧遊《ごじょうらんあそ》ばされることである。よってはげしき合戦《かっせん》をいたして功名手柄《こうみょうてがら》を現《あら》わしたまえ」と申《もう》しいでたから、長門守《ながとのかみ》はこれを聞《き》いて大《おお》いに打《う》ちよろこび、ハッと後辺《うしろ》を振《ふ》りかえり遥《はる》かに櫓《やぐら》の方《かた》を見《み》てあれば秀頼公《ひでよりこう》、淀君《よどぎみ》をはじめ諸勇士《しょゆうし》のめん〳〵さも嬉《うれ》しげに此方《こなた》を見下《みおろ》し、ことに主君《わがきみ》には日《ひ》の丸《まる》の軍扇《ぐんせん》を押《お》しひらき、しきりに煽《あお》ぎたててお在《い》で遊《あそ》ばすようす。これによって木村《きむら》は勇気《ゆうき》百倍《ばい》なし、重「ヤア〳〵者共《ものども》那《あ》れをみよ、櫓《やぐら》よりは御主君《ごしゅくん》をはじめ御母堂様《ごぼどうさま》の御上覧《ごじょうらん》なるぞ、はげしき戦《たた》かいにおよべ、未練《みれん》の挙動《きょどう》をいたさば木村《きむら》が家《いえ》の末代《まつだい》までの恥辱《ちじょく》である。進《すす》めよ進《すす》めッ」と下知《げち》をいたした勇士《ゆうし》のめん〳〵にもさてはと勇気《ゆうき》を鼓《こ》して目覚《めざま》しき戦《たたか》いにおよぶ。このとき長門守重成《ながとのかみしげなり》はたちまち彼《か》の大槍《おおやり》をリュウ〳〵〳〵と引扱《ひきしご》いて、群《むら》がる敵《てき》の真中央《まっただなか》へ面《おもて》もふらず乗出《のりだ》した。重「ヤア〳〵遠《とお》からんものは音《おと》にもきけ、近《ちか》くば寄《よ》って目《め》にもみよ大阪方《おおさかがた》に左《さ》る者有《ものあ》りときこえたる木村長門守重成《きむらながとのかみしげなり》である。われと思《おも》わん者《もの》はきたって尋常《じんじょう》の勝負《しょうぶ》におよべよッ」と槍《やり》を打《う》ち振《ふ》り〳〵、当《あた》るをさいわい東西《とうざい》に突《つ》きたてる其《その》いきおいさながら猛虎《もうこ》の群羊中《ぐんようちゅう》に荒《あ》れ廻《まわ》るがごとく、みる〳〵うちに敵方《てきがた》の勇士《ゆうし》として其《その》名《な》をとどろかしたる大塚九郎兵衛《おおつかくろべえ》、塩原左膳《しおばらさぜん》、伊東治郎左衛門等《いとうじろざえもんら》のめん〳〵は、木村《きむら》のはげしき槍玉《やりだま》にあたって、皆《みな》つづいて戦死《せんし》をする。このとき森軍太夫《もりぐんだいふ》、原勘蔵《はらかんぞう》、清水助右衛門《しみずすけえもん》は、申《もう》しあわせて三方《ぼう》より木村《きむら》をのぞんで打《う》ってかかるを、猪牙才《ちょこざい》なりと重成《しげなり》はたちまち軍太夫《ぐんだいふ》の胸板《むないた》より、背骨《せぼね》へかけて突《つ》きだし、横合《よこあい》からかかったる原勘蔵《はらかんぞう》の脾腹《ひばら》を鎧《よろい》の鳩胸《はとむね》をもってパッと蹴飛《けと》ばし、右手《みぎて》にまわった清水助右衛門《しみずすけえもん》は槍《やり》の石突《いしづ》きをもって突《つ》き倒《たお》してしまった。つづいて敵中《てきちゅう》より石塚《いしづか》九郎《ろう》右衛門《えもん》、黒沢勘兵衛《くろざわかんべえ》、篠田内蔵之助《しのだくらのすけ》、イデヤ木村《きむら》を討取《うちと》りくれんと、三方《ぼう》よりドッと喚《おめ》いて打《う》ってかかるを、あるいは蹴倒《けたお》し薙《な》ぎたおし突《つ》きたおし、獅子奮迅《ししふんじん》のいきおいを以《も》って合戦《かっせん》におよぶ、このとき佐竹城之助《さたけじょうのすけ》の組下《くみした》に、小《こ》山勘兵衛《やまかんべえ》といえる勇士《ゆうし》、目方《めかた》八貫目《かんめ》もあろうという鉄棒《てつぼう》を振《ふ》りまわし、勘「われは三勘兵《かんべ》衛《え》にも優《まさ》るとも劣《おと》りはいたさぬ小山勘兵衛《こやまかんべえ》で有《あ》る、観念《かんねん》いたせよッ」と打《う》ち下《おろ》しくる奴《や》ッを、重「こころえたり」と重成《しげなり》は、彼《か》の棒槍《ぼうやり》をもって五六合《ごう》打《う》ち合《あわ》せたが、たちまち、重「エイッ」と一声《こえ》彼《か》の小山《こやま》の乗《の》ったる馬足《ばそく》を打《う》ちたおした。何《なに》かはたまらん勘兵衛《かんべえ》は、ドッとそれへ落馬《らくば》におよぶ。隙《す》かさず突《つ》きだした木村《きむら》がはげしき槍先《やりさ》きに、これまた其処《そこ》へ討死《うちじに》をとげた。其他《そのた》木村《きむら》にしたがう勇士《ゆうし》のめん〳〵も、それ〳〵敵方《てきがた》に当《あた》ってはな〴〵しき合戦《かっせん》におよび、いまは佐竹《さたけ》の同勢《どうぜい》も総潰《そうつぶ》れとあいなって、折角《せっかく》乗《の》りとったる鴫野《しぎの》の堡砦《とりで》を捨《す》てておき、ドッとばかりに逃《に》げだしまするを、縦横無尽《じゅうおうむじん》におい廻《まわ》したる其勢《そのいきお》いは、実《じつ》に目《め》も覚《さ》めるばかりの勇《いさ》ましきありさま。これを櫓《やぐら》の上《うえ》にて御見物《ごけんぶつ》になっておりまする秀頼《ひでより》公《こう》をはじめ淀君《よどぎみ》もことの外《ほか》の御感賞《ごかんしょう》でございます。

◎苦肉《くにく》の計略《けいりやく》死屍《しし》の送還《そうかん》

然《しか》るにこの鴫野《しぎの》、今福《いまふく》のむこうは佐竹《さたけ》の同勢《どうぜい》の相備《あいそな》えとして上杉弾正《うえすぎだんじょう》の軍勢《ぐんぜい》でございます。いましもこの様子《ようす》をながめてさては味方《みかた》の敗走《はいそう》を余所《よそ》にみる法《ほう》やある。ソレ撃《う》ちだせッと一万有余《まんゆうよ》の軍勢《ぐんぜい》にて、真先《まっさ》きには向《むか》い雀《すずめ》の定紋付《じょうもんつ》いたる旗《はた》をひるがえし、ドッとばかりに鬨《とき》を作《つく》って乗《の》りだしたるありさま。お母子《ぼし》は櫓《やぐら》よりこれを御覧《ごらん》あって大《おお》いにおどろき給《たま》い、秀「いかに後藤《ごとう》、木村《きむら》は先刻《せんこく》より戦《たたか》いをいたして充分《じゅうぶん》に疲《つか》れ武者《むしゃ》である。しかるにいま新手《あらて》の大軍《たいぐん》打ちむかいなば大《おお》いに危《あや》うし。そう〳〵加勢《かせい》をいたすよう」との御意《ぎょい》、又「ハッ畏《かし》こまりたてまつる」と後藤《ごとう》はたちまち櫓《やぐら》を飛《と》びおり、吾《わ》が手勢《てぜい》をひいて繰出《くりだ》さんとする。然《しか》るにここに豊臣方《とよとみがた》として今福口《いまふくぐち》の先陣《せんじん》をかためておりましたのは彼《か》の渡辺内蔵《わたなべくら》之助《のすけ》、郡主馬之助《こおりしゅめのすけ》の軍勢《ぐんぜい》であるが、わが先《さ》き手《て》としたる飯田左馬之助《いいださまのすけ》が最早《もは》や討死《うちじに》をとげて、如何相成《いかがあいな》ることかと心《こころ》ならずも思《おも》いおりまするところへ、いましも鴫野川《しぎのがわ》のむこうより上杉《うえすぎ》の軍勢《ぐんぜい》が川《かわ》を渡《わた》らんとするありさまでございますから、このとき郡主馬之助《こおりしゅめのすけ》は、主

「ソレ渡辺氏《わたなべうじ》、乗《の》りだしたまえッ」とドッとばかりに馬《うま》をすすめた。このとき先《さ》きにすすむ渡辺内蔵之助《わたなべくらのすけ》は、臆病《おくびょう》ながらもようやく馬《うま》を堤防《ていぼう》の上《うえ》に乗《の》りあげて、よく〱むこうを見渡《みわた》すと、上杉《うえすぎ》の同勢《どうぜい》は鴫野川《しぎのがわ》より此方《こなた》をのぞんで押《お》しよせきたる有様《ありさま》に、ハッと驚《おど》ろいたる内蔵之助《くらのすけ》は、たちまち目《め》も眩《くら》んで鐙《あぶみ》を乗《の》りはずしましたが、そのまま川《かわ》の中《なか》へザンブとばかり落《お》ちこんだ。これをながめて渡辺《わたなべ》の家来《けらい》は大《おお》いにおどろき、主人《しゅじん》を救《たす》けんといたしているを、上杉勢《うえすぎぜい》は是《こ》のありさまに、ドッと声《こえ》をそろえて笑《わら》っている。そのうちに、内蔵之助《くらのすけ》は家来《けらい》にたすけられ、一生懸命《しょうけんめい》ほう〲の体《てい》で城内《じょうない》へ逃《に》げこんだ。実《じつ》にこのような臆病《おくびょう》ものはない。しかるに此戦《このたた》かいが終《おわ》ったときに、此川端《このかわばた》に一つの立札《たてふだ》がたった。

渡辺《わたなべ》が浮名《うきな》を流《なが》す鴫野川《しぎのがわ》
敵《てき》に追《お》われて目《め》も眩《くら》みけり

飛《と》んでもない物笑《ものわら》いでございます。扨《さ》てもこのとき上杉方《うえすぎがた》の先陣《せんじん》は杉原常陸入道善円《すぎはらひたちにゅうどうぜんえん》、相大将甘粕近江守《あいたいしょうあまかすおうみのかみ》、其勢合《そのぜいあわ》して四千有余人《ゆうよにん》、さん〲にこの渡辺勢《わたなべぜい》を打《う》ちやぶります。何《なに》分主人《ぶんしゅじん》がかかる臆病《おくびょう》な人《ひと》ですから、家来《けらい》のめん〱はたちまちの内《うち》に敗走《はいそう》する。郡主馬之《こおりしゅめの》助《すけ》も敵《てき》を喰《く》い止《と》めんといたしたが何分渡辺勢《なにぶんわたなべぜい》が一堪《たま》りもなく潰《つぶ》れ立《た》ったることでございますから、これまた共潰《ともつぶ》れとなって敗走《はいそう》する。上杉勢《うえすぎぜい》はドッと勝鬨《かちどき》をあげて鴫野川《しぎのがわ》を此方《こなた》へ乗《の》りこしてまいり、すでにおい撃《う》ちを掛《か》けんいきおい。このとき郡主馬之助《こおりしゅめのすけ》はこれより城内《じょうない》へ乱入《らんにゅう》せられては一期《ご》の不覚《ふかく》と、一生懸命《しょうけんめい》になって合戦《たたか》っている。ところが上杉勢《うえすぎぜい》は木村方《きむらがた》の横《よこ》を討《う》つべき考《かんが》えをいたしている。スルと早《はや》くもここへ乗出《のりだ》してきた後藤又兵衛《ごとうまたべえ》は、さっそく使者《ししゃ》をつかわして郡《こおり》の方々《かたがた》あとは拙者《せっしゃ》が引受《ひきう》けたゆえ、そう〳〵引揚《ひきあ》げられよというてやる。これによって郡《こおり》は無念《むねん》の歯噛《はが》みをして城内《じょうない》へ引揚《ひきあ》げてくる。また一方《ぼう》木《き》村長門守《むらながとのかみ》の方《ほう》へも使《つか》いをたてて、定《さだ》めしはげしき合戦《かっせん》にてお疲労《つかれ》のこととぞんずる、入《い》りかわって後藤《ごとう》が戦《たたか》いますゆえ、お引揚《ひきあ》げあるべしとある。このとき長門守重成《ながとのかみしげなり》は、重「仰《おお》せ御道理《ごもっとも》には候《そうら》えども、われ等《ら》は決《けっ》して疲《つか》れもうさず手序《てつい》でのことゆえ新手《あらて》たる上杉《うえすぎ》の軍《ぐん》勢《ぜい》を引受《ひきう》けとうぞんずる。しかし一旦敗走《たんはいそう》して引揚《ひきあ》げたる佐竹勢《さたけぜい》が万《まん》一もり返《かえ》してきたときこそ、どうか後藤《ごとう》の先生《せんせい》においてお引受《ひきう》けくだされたし」という返答《へんとう》をした。又兵衛《またべえ》ははやくもそれへ乗出《のりだ》しきたって大《おお》いに感心《かんしん》をいたし、又「しからばいま一応《おう》の合戦《かっせん》をいたされてもよろしい。しかしながらいま上杉《うえすぎ》の陣立《じんだ》てをみるに、これ往昔上杉謙信《むかしうえすぎけんしん》が工風《くふう》をいたしたる車掛《くるまがか》りの備《そな》えにして一陰《いん》一陽《よう》の心木《しんぎ》を切《き》らねば勝利《しょうり》のほどは覚束《おぼつか》なし。失礼《しつれい》ながら貴殿《きでん》の香車槍《きょうしゃやり》の供《そな》えにては宜《よろ》しくないによって、この軍勢《ぐんぜい》を七手《て》にわかち、彼《か》の車掛《くるまがか》りの心木《しんぎ》のところへ斬《き》り込《こ》み、かよう〳〵の都合《つごう》に戦《たた》かいをいたさるるよう」と馬上《ばじょう》にあって又兵衛基次《またべえもとつぐ》、槍《やり》のさきにて指図《さしず》をする。流石戦場《さすがせんじょう》は充分《じゅうぶん》なれ切《き》った大将《たいしょう》の一言《ごん》、これによって長門守重成《ながとのかみしげなり》は、重「ハッあり難《がた》き仕合《しあわ》せにぞんじます」とついにその軍略《ぐんりゃく》をもって上杉勢《うえすぎぜい》に立《た》ち向《む》うこととなる。しかるにこのとき後藤又兵衛《ごとうまたべえ》は、数多佐竹勢《あまたさたけぜい》の討死《うちじに》をなしたる者《もの》の首《くび》をとり、あるいは鎧兜《よろいかぶと》を分捕《ぶんど》りにおよび、これも木村《きむら》が撃《う》ち取《と》ったのである、あれも木村《きむら》が功名《こうみょう》なりと、おい〳〵城内《じょうない》へ送《おく》りつける。さて此方《こなた》は木村長門守《きむらながとのかみ》は、小《こ》勢《ぜい》ながらもドッとばかりに上杉勢《うえすぎぜい》に立《た》ちむかう。ところが敵方《てきがた》の先陣杉原常陸入道《せんじんすぎはらひたちにゅうどう》、甘粕《あまかす》近江守《おうみのかみ》の両大将《りょうたいしょう》は、こころえたりと合戦《かっせん》をはじめたが、難無《なんな》く木村勢《きむらぜい》は七手《て》に分《わか》れて彼《か》の車掛《くるまがか》り心木《しんぎ》のところを打《う》ちやぶったから、たちまち折角《せっかく》の車掛《くるまがか》りも乱《みだ》れたち、軍《ぐん》は大《おお》いに散乱《さんらん》をする。なにしろ重成《しげなり》は大勇《たいゆう》を奮《ふる》っての合戦《かっせん》でございます。これをながめて常陸入道《ひたちにゅうどう》は大《おお》いにいきどおり、みずから白柄《しろつか》の大薙刀《おおなぎなた》を振《ふ》りまわし馬《うま》を飛《と》ばして重成目蒐《しげなりめが》けて斬《き》ってかかった。此方重成《こなたしげなり》は、重「サアこい来《きた》れッ」と彼《か》の棒槍《ぼうやり》をもって暫《しば》しのあいだチャンチャーン、チャリーンと二三十合戦《ごうたたか》いにおよんだが、木村《きむら》はたちまち向《むこ》うの大薙刀《おおなぎなた》を搦《から》みあげ、はるかの空天《くうてん》へ巻《ま》き上《あ》げて置《お》いてついに此者《このもの》を槍玉《やりだま》にあげた。これをみたる相大将《あいたいしょう》甘粕近江守《あまかすおうみのかみ》は、近「ウッ不埒至極《ふらちしごく》の青二才奴《あおさいめ》ッ」と、向《むか》ってくるを、こころえたりと重成《しげなり》は二槍《やり》三槍《やり》打《う》ちあわせて、はげしく戦《たたか》いをいたして今《いま》にも打《う》ちおろさん勢《いき》おいでございますから、この様子《ようす》では到底敵《とうていかな》わぬと甘粕近江守《あまかすおうみのかみ》、後《あと》をもみずに卑怯《ひきょう》にも、ドン〳〵ドン〳〵逃《に》げだしまするを、重「汝《おの》れ卑怯《ひきょう》であろう甘粕近江守《あまかすおうみのかみ》、返《かえ》せッ〳〵ッ」と後《あと》を慕《した》って追《おい》かける。スルと甘粕《あまかす》の家来《けらい》の岩木宮内《いわきくない》、臼井兵馬《うすいへいま》の両人《りょうにん》が木村《きむら》のあいだに飛《と》び込《こ》んで邪魔《ま》をいたしましたから、到頭取《とうとうと》り逃《にが》してしまった。かく大将分《たいしょうぶん》がおい〳〵と敗走《はいそう》いたしまするから、これに従《した》がうめん〳〵にはスワこそ敗軍《はいぐん》なりとあって踵《きびす》を返《かえ》してドン〳〵ドン〳〵鴫野《しぎの》の方《ほう》へ逃《に》げてゆく。これよりさき佐竹方《さたけがた》の先陣《せんじん》、彼《か》の渋江内膳《しぶえないぜん》は、残念《ざんねん》ながら木《き》村《むら》のために敗走《はいそう》いたしたが、いましも上杉《うえすぎ》の同勢《どうぜい》が入《い》りかわって合戦《かっせん》におよんだるをながめ、此上《このうえ》からは吾手《わがて》の者《もの》も乗《の》りだし挟《はさ》み討《う》ちにいたしてくれんと、ふたたびドッともり返《かえ》してまいりますると、これをながめて此方《こなた》にあったる後藤又兵衛《ごとうまたべえ》、又「ウームさては佐竹《さたけ》の同勢《どうぜい》がふたたびもり返《かえ》してまいったか。イデヤ一人《にん》ものこさず彼等《かれら》を撃《う》ち取《と》ってしまえッ」と下知《げち》をくだしますると、幕下《ばくか》に属《ぞく》する勇士《ゆうし》のめん〳〵、山田幸右衛門《やまだこうえもん》、山田外記《やまだげき》、山田隼人《やまだはやと》、片山勘兵衛《かたやまかんべえ》、津田勘《つだかん》十郎《ろう》、三浦熊太郎《みうらくまたろう》、吉村武左衛門《よしむらぶざえもん》、宮本伝左衛門《みやもとでんざえもん》、大熊備前《おおくまびぜん》、長沢《ながさわ》七郎《ろう》右衛門《えもん》、古沢《ふるさわ》四郎《ろ》兵衛《べえ》、山中藤太夫《やまなかとうだいふ》をはじめとして、其勢《そのぜい》およそ一千余騎《よき》ドッとばかりに押《お》しだしたが、渋江内膳《しぶえないぜん》如何《いか》に勇《ゆう》なりといえども、どうしてこの後藤勢《ごとうぜい》に敵《かな》いましょうや、みる〳〵内《うち》にズン〳〵〳〵ッと潰《つぶ》れたち、大将渋江内膳《たいしょうしぶえないぜん》も後藤《ごとう》のために憐《あわ》れ其《そ》の処《ところ》に戦死《せんし》をいたした。これによって総軍《そうぐん》はほう〴〵の体《てい》で本陣《ほんじん》へ引返《ひきかえ》す。後藤《ごとう》は別《べつ》段《だん》に追《お》い撃《う》ちもせず、元《もと》のところへ引揚《ひきあ》げてピタリと備《そな》えを立《た》て直《なお》した。しかるにこの時《とき》佐竹《さたけ》の大将右京太夫《たいしょううきょうだいふ》はことの外立腹《ほかりっぷく》をいたし、佐「ヤア〳〵者共渋江内膳《ものどもしぶえないぜん》の弔《とむ》らい合戦《かっせん》をいたせよッ」とすでに味方《みかた》の備《そな》えを立《た》てなおして、繰《く》りださんとする此処《このところ》へ、思《おも》い掛《が》けなく後藤《ごとう》の手《て》より、片山勘兵衛《かたやまかんべえ》に申《もう》しつけかの渋江内膳《しぶえないぜん》の死骸《しがい》を戸板《といた》に乗《の》せ、それを持参《じさん》してきた。勘「アイヤ佐竹《さたけ》の御同勢《ごどうぜい》に物申《ものもう》さん。拙者《せっしゃ》ことは後藤《ごとう》の家臣片山勘兵衛《かしんかたやまかんべえ》ともうすものでござる。今日当佐竹家《きょうとうさたけけ》の老臣渋江内膳殿討死《ろうしんしぶえないぜんどのうちじに》をいたされたのは、これ武運《ぶうん》の尽《つ》きたるところと相見《あいみ》えたり。武道《ぶどう》の礼義《れいぎ》をもって死骸《しがい》は御送《おおく》りもうす。比類少《ひるいすく》なき忠臣故《ちゅうしんゆえ》、御《ご》叮嚀《ていねい》に御取片付《おとりかたづ》けいたされ候様《そろよう》、主人後藤《しゅじんごとう》よりもうし送《おく》りました」と叮嚀《ていねい》な口上《こうじょう》とともに死骸《しがい》を送《おく》ってきた。これをきいて大将《たいしょう》はじめ家臣《かしん》のめい〳〵も殊《こと》の外感心《ほかかんしん》をした。首《くび》も揚《あ》げずにこのまま送《おく》り返《かえ》すというは、実《げ》に花《はな》も実《み》もある後藤《ごとう》が処置《しょち》というので、さっそく老《ろう》臣《しん》をもって返答《へんとう》におよぶ。老「こん般《ばん》武道《ぶどう》の礼儀《れいぎ》を重《おも》んぜられて、渋江内膳《しぶえないぜん》の死骸《しがい》をわざ〱御送《おおく》りくだされ候段《そろだん》千万《ばん》ありがたく、何卒後藤氏《なにとぞごとううじ》によろしく御伝《おつた》えくだされ」とある。そこで片山《かたやま》もゆう〱と引取《ひきと》ってくる。いま内膳《ないぜん》の弔《とむ》らい合戦《かっせん》をいたさんと、勢《いきお》い込《こ》んだる佐竹《さたけ》の同勢《どうぜい》も、これがために拍子抜《ひょうしぬ》けがしてことに大将右京太夫《たいしょううきょうだいふ》は大《おお》いに無常《むじょう》を感《かん》じ、佐「アヽ今朝迄敵《けさまでてき》の不意《ふい》を撃《う》たんとせし者《もの》は何者《なにもの》ぞ、この渋江内膳《しぶえないぜん》である。しかるにその内膳《ないぜん》が夕《ゆうべ》に至《いた》ってすでに世《よ》を辞《じ》すとは実《げ》に不愍《ふびん》のことをいたした」とホロリと落涙《らくるい》におよんだが、さっそく内膳《ないぜん》の伜渋江左京介《せがれしぶえさきょうのすけ》をお呼出《よびだ》しにあいなり、佐「汝此死骸《なんじこのしがい》を本国《ほんごく》に引取《ひきと》り、菩提所《ぼだいしょ》において懇《ねん》ごろに弔《とむ》らいをいたし遣《つか》わせよ」とのおおせに、左京之介《さきょうのすけ》も涙《みなだ》に暮《く》れ、左「ムヽ委細《いさい》かしこまり奉《たてま》つる」とついに此死骸《このしがい》を国許《くにもと》へ引取《ひきと》ることに相成《あいな》った。

◎東西冬陣《とうざいふゆじん》一時《じ》の和睦《わぼく》

かかる次第《しだい》でございますから、佐竹《さたけ》の同勢《どうぜい》はいずれも勢《いきお》いが抜《ぬ》けてしまった。ア、今日《きょう》は人《ひと》の身《み》明日《あす》は吾《わ》が身《み》、実《じつ》に戦場《せんじょう》といえるものは、かんがえて見《み》れば哀《あわ》れ果敢《はか》ないものである。さきに国《くに》を出《で》るときに、ふたたび妻子《つまこ》の顔《かお》をみることが出来《でき》ないのは覚悟《かくご》のうえで、みな〱水盃《みずさかずき》をいたして出《で》たれども、なんと斯様《かよう》なことを思《おも》うてみれば何時《いつ》討死《うちじに》をするかもわからぬ。ア、どうも厭《い》やなことでござるナと、弔《とむ》らい合戦《かっせん》をせんという勢《いきお》いの充分《じゅうぶん》にあったものが、次第《しだい》〱に呆然《ぼうぜん》といたして参《まい》りますから、なんとなく備《そな》えもまばらで、みな〱只悄然《ただしょうぜん》といたしている。此体《このてい》を向《む》うにあってジッと見《み》ておりましたる後藤又《ごとうまた》兵衛《べえ》は、又「ソレここを付《つ》けこんで鉄砲《てっぽう》を撃《う》ちこめよッ」と下知《げち》をつたえた。これによって先手《さきて》の勢《ぜい》の三百人《にん》は、たちまちに鉄砲《てっぽう》の銃口《つつぐち》をそろえて佐竹《さたけ》の同勢《どうぜい》をのぞんで一挙《きょ》にド、、ドーンッと撃《う》ちだした。これによって見《み》る〱うちに佐竹勢《さたけぜい》は、ドッと一時《じ》に敗走《はいそう》する。そこを付《つ》けこんだる後藤《ごとう》の一手《て》はドッとばかりに鬨《とき》を造《つく》って斬《き》りこんだから、遂《つい》に佐竹勢《さたけぜい》はほう〳〵の体《てい》で逃《に》げ出《だ》してしまった。これ所謂年功《いわゆるねんこう》でわずか一人《にん》の家臣《かしん》が討《う》たれたるを怒《いか》り、弔《とむ》らい合戦《かっせん》に乗《の》りだしたるときは、後藤《ごとう》は小勢《しょうぜい》ですから、これに当《あた》ることはなか〳〵難《むず》かしゅうございます。しかるに死骸《しがい》を送《おく》っておいて先方《せんぽう》の勇気《ゆうき》の挫《くじ》けたるところを見《み》て斯《か》くはげしき戦《たたか》いにおよんだのですから、佐竹勢《さたけぜい》において少《すこ》しももり返《かえ》すことができません。これぞ智勇兼備《ちゆうけんび》の後藤《ごとう》が働《はた》らきでございます。長門守《ながとのかみ》と後藤《ごとう》は流石《さすが》合戦《かっせん》の仕振《しぶ》りがちがいます。このとき櫓《やぐら》にあって秀頼公《ひでよりこう》、秀「アヽ流石和漢両朝《さすがわかんりょうちょう》に其名《そのな》の轟《とど》ろき渡《わた》っただけあって、後藤又兵衛《ごとうまたべえ》はまた天晴《あっぱ》れなるものである」と非常《ひじょう》に御感心《ごかんしん》あらせられた。ところへ城内《じょうない》より真田幸村《さなだゆきむら》の使者《ししゃ》一名《めい》この後藤《ごとう》の陣《じん》へ乗込《のりこ》みきたり、使「もはや御両所《ごりょうしょ》ともに御引揚《おひきあ》げあそばさるるよう」との口上《こうじょう》、これによって木村長門守《きむらながとのかみ》も、上杉《うえすぎ》の同勢《どうぜい》を川向《かわむこ》うに追《お》いかえしておいて、後藤又兵衛《ごとうまたべえ》とともに引揚《ひきあ》げることに相成《あいな》った。しかるに一旦《たん》敗走《はいそう》の上杉勢《うえすぎぜい》は、いま木村《きむら》の引揚《ひきあ》げるところをみて、さては彼奴《きゃ》ツめは戦《たたか》い疲《つか》れて引《ひ》きあげるのであろうと見做《みな》したから、上「ソレふたたび引返《ひっかえ》せよッ」とドン〳〵ドン〳〵取《と》って返《かえ》さんとする。これをながめた長門守重成《ながとのかみしげなり》は、重「ヤア先《さ》き程《ほど》の手並《てな》みに懲《こ》りず、ふたたび押《お》し返《かえ》しくる白痴者奴《たわけものめ》ツイデ打《う》ち破《やぶ》ってくれんッ」とそのまま軍《ぐん》をととのえて合戦《かっせん》におよばんとするを、後藤又兵衛《ごとうまたべえ》はこれを押《お》しとめ、又「まず〳〵木村氏《きむらうじ》まかれ、後《あと》は拙者《せっしゃ》が引受《ひきう》けたりそう〳〵貴殿《きでん》はお引揚《ひきあ》げなさい」とあります。これによって重《しげ》成《なり》は、重「しからばどうか宜敷《よろし》く御願《おねが》いもうす」とついに後藤《ごとう》の勢《ぜい》と入《い》れかわったが、後《ご》藤《とう》は此時《このとき》たちまち鳴野川《しぎのがわ》の堤《つつみ》の下《した》に鉄砲組《てっぽうぐみ》を伏《ふ》せ、敵《てき》のきたるをいまや遅《おそ》しと相待《あいま》っているそこへ上杉勢《うえすぎぜい》は川《かわ》を渡《わた》ってドン〳〵堤《つつみ》の上《うえ》へ登《のぼ》ってくるを、思《おも》いがけなき目《め》の下《した》の敵《てき》より、不意《ふい》にドヽヽドーンッと撃《う》ちだした鉄砲《てっぽう》、スワと驚《おど》ろいて上杉勢《うえすぎぜい》はドブン〳〵ッと堤《つつみ》の上《うえ》より川中《かわなか》へ落《お》ち込《こ》んだ。このときまたもや後藤《ごとう》は、又「ソレ槍組乗《やりぐみの》りこめッ」と下《げ》知《ち》をいたし、川中《かわなか》の敵《てき》を手当《てあた》り次第《しだい》にその槍組《やりぐみ》の一手《て》で突《つ》き捲《ま》くってまいる。何条《なんじょう》たまりましょう上杉勢《うえすぎぜい》は、ドッとばかりに総潰《そうくず》れとあいなり、先陣後陣《せんじんごじん》は一手《て》なって、鳴野川《しぎのがわ》の水中《すいちゅう》はさながら芋《いも》を洗《あら》うがごときのありさま、上《うえ》を下《した》へと混雑《こんざつ》している。そのうえ溺死《できし》するものの数《かず》知《し》れず、大将上杉殿《たいしょううえすぎどの》もいまは川中《かわなか》にあって前《まえ》へ進《すす》むこともできず後辺《うしろ》へ退《しりぞ》くことも能《あた》わず、進退《しんたい》ここに谷《きわ》まって周章騒《うろたえさわ》ぐ。そこを後藤《ごとう》の家来正木庄左衛門《けらいまさきしょうざえもん》といえる勇《ゆう》士《し》、腰《こし》の鍵縄《かぎなわ》を取《と》りだし、上杉目蒐《うえすぎめが》けて打《う》ちかけたが、そのまま力《ちから》にまかして引倒《ひきたお》さんとする。この鍵縄《かぎなわ》が兜《かぶと》の錣《しころ》に引掛《ひっかか》って上杉殿《うえすぎどの》は水中《すいちゅう》に落《お》ちこみジリリッ〳〵、と此方《こなた》に引《ひ》き寄《よ》せられるを、上杉《うえすぎ》の家臣宇佐美新兵衛《かしんうさみしんべえ》というもの、たちまち堤《つつみ》にのぼって無二無三《むにむさん》に正《まさ》木《き》に打《う》ってかかる。このとき正木庄左衛門《まさきしょうざえもん》は、正「エーッ妨《さまた》げするなッ」と片手《かたて》に鍵縄《かぎなわ》を引張《ひっぱ》りながら、たちまち抜きうちに、正「エーッ」と宇佐美《うさみ》をそこへ断《き》っておとした。その隙《すき》に上杉《うえすぎ》の家来戸田甚助《けらいとだじんすけ》といえるものが、主君《しゅくん》の兜《かぶと》に引掛《ひっか》けられて、此方《こなた》に引《ひ》き寄《よ》せられんとする其鍵縄《そのかぎなわ》の半《なか》ばを切《き》って、よう〳〵のことで上杉《うえすぎ》は家来《けらい》のものに扶《たす》けられズラ〳〵ッと逃《に》げだしたが、後藤《ごとう》は決《けっ》して追《お》い撃《う》ちはいたしません、ドッと勝鬨《かちどき》をあげて長門守《ながとのかみ》ともろともに、そのまま城内《じょうない》へ引返《ひっかえ》さんとする。このときはるか彼方《あなた》の方《かた》より砂煙《すなけむ》りを蹴立《けた》て、ドン〳〵と乗《の》り込《こ》んでまいります。後藤《ごとう》、木村《きむら》の両名《りょうめい》は何奴《なにや》つならんと、能《よ》く〳〵みてあれば、丸《まる》の内《うち》に左離《ひだりはな》れ立葵《たてあお》いの旗《はた》をおし立《た》てたるは、これぞ徳川四天王《とくがわてんのう》の一人《にん》たる本多平八郎忠勝《ほんだへいろうただかつ》の伜出雲守忠朝《せがれいずものかみただとも》でございます。これをながめて長門守重成《ながとのかみしげなり》は、重「本多出雲守《ほんだいずものかみ》なれば望《のぞ》むところの対手《あいて》なり、イデヤむかわん」と馬《うま》を立《た》て直《なお》さんとするを、後藤又兵衛《ごとうまたべえ》はこれを押《お》しとめ、又「イヤ木村氏《きむらうじ》、そのもとは他《ほか》の手《て》に打《う》ちむかわれよ。拙《せっ》者《しゃ》この敵《てき》は引受《ひきう》けたり」とありますから、拠処無《よんどころな》く長門守《ながとのかみ》は馬《うま》を止《と》めた。ところへいま本《ほん》多《だ》の軍勢《ぐんぜい》が乗《の》り出《だ》したのをみて堀尾山城守《ほりおやましろのかみ》の一手《て》も同《おな》じくここへ繰《く》りだして来《き》たるようす。長門守重成《ながとのかみしげなり》は、重「これぞ拙者《せっしゃ》の対手《あいて》ならん」と此手《このて》に対《たい》して戦《たたか》いを交《まじ》えた。此方後《こなたご》藤《とう》、本多《ほんだ》の両勢《りょうぜい》は暫時《しばし》入《い》り乱《みだ》れての戦《たたか》いでございましたが、このとき大将出雲守忠朝《たいしょういずものかみただとも》は、目方《めかた》五貫目《かんめ》もあろうという彼《か》の蜻蛉《とんぼ》切りと名付《なづ》けたる槍《やり》をサモかる〲と振《ふ》りまわし、出「いかに敵将《てきしょう》名《な》を名乗《なの》れ、吾《わ》れは本多出雲守忠朝《ほんだいずものかみただとも》である」このとき後藤《ごとう》はニッコリと笑《えみ》をふくんで、又「われを知《し》らざるとは何事《なにごと》である。われは大阪方《おおさかがた》の後藤又兵衛藤原基次《ごとうまたべえふじわらのもとつぐ》であるぞ」出「さては汝《なんじ》が後藤《ごとう》であるか、望《のぞ》むところの対手《あいて》なり。サアこいきたれッ」とかの蜻蛉《とんぼ》切《き》りをエイッと許《ばか》りに突《つ》きだしてくるを、こころえたりと後藤又兵衛《ごとうまたべえ》は例《れい》の日本号《にほんごう》の槍《やり》をもって、立《た》ちむかった。双方《そうほう》ともに槍《やり》はなか〱の使《つか》い手《て》でございまして、駒《こま》をたがいに彼方此方《あなたこなた》に乗《の》り廻《まわ》し、突《つ》きだしては離《はな》れ又槍《またやり》を搦《から》んでは跳《は》ねとばさんとする其《その》いきおい、何分向《なにぶんむこ》うは関東随《かんとうずい》一の豪傑《ごうけつ》なり、此方《こなた》は名《な》に負《お》う後藤《ごとう》のことでございますから、たがいに七八十合《ごう》の渡《わた》り合《あ》いをいたしたが、さらに勝負《しょうぶ》の付《つ》く様子《ようす》もみえない。そのうちに後《ご》藤《とう》は、又「エイッ」と一声《せい》、本多出雲守《ほんだいずものかみ》の乗《の》ったる馬足《ばそく》を一突《つ》き突《つ》きたて、ズッと上《うえ》に跳《は》ねあげた。何条《なんじょう》たまらん本多出雲守忠朝《ほんだいずものかみただとも》は、かたわらの深田《ふかだ》の中《なか》にドッと落《お》ちこんでしまった。又「仕《し》てやったり」と後藤又兵衛《ごとうまたべえ》は、エーッとばかりに突《つ》きださんとするこのとき、本多《ほんだ》の家来《けらい》三四名《めい》は主《あるじ》の大事《だいじ》と左右《さゆう》から、後藤《ごとう》をのぞんで打《う》ち込《こ》んでくる。又「エイッ、妨《さま》たげいたすなッ」と暫時《ざんじ》渡《わた》り合《あ》いにおよんだが、その暇《ひま》に出雲守《いずものかみ》を助《たす》けあげ、此方《こなた》の方《かた》へドン〳〵ドン〳〵逃《に》げだす。かくして出雲守《いずものかみ》は本陣《ほんじん》へ引取《ひきと》ってきたが、実《じつ》に無念《むねん》で堪《たま》らないから、このうえは再度《ふたたび》乗《の》り換《か》えに跨《また》がって再度《さいど》撃《う》って出《い》でんとする此折《このおり》しも、はからず両将軍《りょうしょうぐん》の方《ほう》より改《あらた》めての使者《ししゃ》がたち、決《けっ》して合戦《かっせん》は無用《むよう》とのことをいってきた。それがために乗《の》り出《だ》す事《こと》もできない。此方《こなた》堀尾山城守《ほりおやましろのかみ》も木村《きむら》のために敗走《はいそう》をいたしてこれ又《また》城内《じょうない》へ引揚《ひきあ》げるということに相成《あいな》った。実《じつ》に今日《きょう》のたたかいは目覚《めざ》しき一戦《せん》にして、ことに関東方《かんとうがた》は夥多《おびただ》しき討死《うちじに》でございます。さて御本丸《ごほんまる》にては秀頼公《ひでよりこう》、淀君《よどぎみ》をはじめ、まず今日《きょう》の合戦《かっせん》をいたしたる後藤木村《ごとうきむら》の両将《りょうしょう》をお召《め》しになり、比類《ひるい》なき戦《たたか》いをいたしたる、長《なが》門守重成《とのかみしげなり》には、谷風《たにかぜ》と名付《なづ》けたる立派《りっぱ》なる鎧《よろい》一領《りょう》に感状《かんじょう》を添《そ》えてくだしおかれ、後藤又兵《ごとうまたべ》衛《え》には長船長光《おさふねながみつ》の大刀《だいとう》を一振《ふ》り、ならびに御酒《ごしゅ》を沢山下《たくさんくだ》しおかれ、臣下《しんか》のめん〳〵を犒《ねぎ》らう様《よう》にとのおおせ、なお御感状《ごかんじょう》までも添《そ》えて賜《たま》わった。かかるありさまで関東勢《かんとうぜい》は大阪方《おおさかがた》の勇将《ゆうしょう》真田幸村《さなだゆきむら》、後藤又兵衛《ごとうまたべえ》、木村重成《きむらしげなり》、薄田隼人《すすきだはやと》、塙団右衛門《ばんだんえもん》等の勇戦《ゆうせん》によって連戦連《れんせんれん》敗《ばい》、ついには大御所家康公《おおごしょいえやすこう》、新将軍秀忠公《しんしょうぐんひでただこう》の生命《いのち》も危《あや》ういということに相見《あいみ》えたから、機《き》をみるに鋭《さと》き大御所家康公《おおごしょいえやすこう》は、さっそく本多佐渡守《ほんださどのかみ》に命《めい》じて一天《てん》の御帝《みかど》に奏聞《そうもん》をとげさせ、関東大阪両軍和睦《かんとうおおさかりょうぐんわぼく》の勅命《ちょくめい》を乞《こ》いたてまつった。このとき大阪方《おおさかがた》においては、まことに残念《ざんねん》にこころえたが、何分御帝《なにぶんみかど》の勅命《ちょくめい》には背《そむ》かれませんから、ついに慶長《けいちょう》十八年《ねん》十二月《がつ》二十六日《にち》、大阪城《おおさかじょう》の外濠出丸《そとぼりでまる》を破潰《はかい》し、其代《そのかわ》りとして秀頼公《ひでよりこう》に紀伊《きい》、大和《やまと》、播磨《はりま》の三ケ国《こく》を来年正月迄《らいねんしょうがつまで》に渡《わた》すという約束《やくそく》で、一まず和睦《わぼく》におよんだのです。

◎再度交戦大阪夏御陣《さいどこうせんおおさかなつごじん》

茲《ここ》において流石《さすが》の大阪方《おおさかがた》もいまは仕方《しかた》なく、関東《かんとう》と和睦《わぼく》の条約《じょうやく》を取《と》り結《むす》び、かねての約《やく》束《そく》のことでございますが、城外《じょうがい》の出丸《でまる》、外濠《そとぼり》をこと〴〵く埋《うず》めてしまい、関東方《かんとうがた》より紀《き》伊《い》、大和《やまと》、播磨《はりま》の三国引渡《こくひきわた》しを待《ま》っているが、ときは元和元年正月《げんなかねんしょうがつ》がすぎ、二月《がつ》になっても条約《じょうやく》の三ケ国《こく》をさらに引渡《ひきわた》す御沙汰《ごさた》がないから大阪方《おおさかがた》よりはたび〳〵関東将軍《かんとうしょうぐん》に対《たい》してその引渡《ひきわた》しをせまっても言《げん》を左右《さゆう》に托《たく》してどうしても三ケ国《こく》を渡《わた》さない。大阪方《おおさかがた》にあっては彼《か》の淀君《よどぎみ》、最後《さいご》の使者《ししゃ》として木村重成《きむらしげなり》の母《はは》なる松栄尼《しょうえいに》、および大野道犬《おおのどうけん》の妻《つま》たる大蔵局《おおくらのつぼね》の両女《りょうじょ》に命《めい》じ、駿府《すんぷ》に在《いま》す大御所《おおごしょ》に対《たい》して、このことを談判《だんぱん》いたさせたが、どうしても埒《らち》が明《あ》かない。かえって大御所《おおごしょ》家康公《いえやすこう》はまず摂州《せっしゅう》三田《た》の城主《じょうしゅ》有馬玄蕃頭《ありまげんばのかみ》、尼《あま》ケ崎《さき》の城主《じょうしゅ》建部《たてべ》三十郎《ろう》、泉州岸和田《せんしゅうきしわだ》の城主《じょうしゅ》小出大和守《こいでやまとのかみ》、伯太《はかた》の城主《じょうしゅ》渡辺民部少輔《わたなべみんぶしょうゆう》、紀州和歌山《きしゅうわかやま》の城主《じょうしゅ》浅野《あさの》但馬守《たじまのかみ》、大和郡山《やまとこおりやま》の城主《じょうしゅ》筒井隼人正《つついはやとのしょう》この人々《ひとびと》をお手許《てもと》へ御招《おまね》きにあいなり、家「其方共《そのほうども》ただいまより暇《いとま》を遣《つか》わすあいだ、そう〱本国《ほんごく》へ引取《ひきと》りすみやかに籠城《ろうじょう》の手配《てくば》りをいたせ、万《まん》一大阪方《おおさかがた》より攻《せ》めきたらば充分防戦《じゅうぶんぼうせん》の用意《ようい》をなし、敵《てき》に乗《の》りとられざる様用心《ようようじん》いたすべし」との厳命《げんめい》がくだった。これによって右《みぎ》のめん〱は早々本国《そうそうほんごく》に引取《ひきと》り、何《なん》でも籠城《ろうじょう》をいたす事《こと》にあいなった。此方大阪方《こなたおおさかがた》にあっては駿府《すんぷ》の返事《へんじ》をきいて淀君《よどぎみ》には容易《ようい》ならざる御立腹《ごりっぷく》、女《おんな》ながらも政治《せいじ》に口《くち》をおだしになる位《くら》いの方《かた》だから、執権大野修理太夫《しっけんおおのしゅりだいふ》に対《たい》して総大将《そうだいしょう》を仰《おお》せつけられ、此手《このて》に従《した》がうめん〱には、副将塙団右衛門《ふくしょうばんだんえもん》をはじめとして阪田《さかた》庄《しょう》三郎《ろう》、岡部大学《おかべだいがく》、谷輪《たにわ》三郎《ろう》、米田監物等《よねだけんもつら》に五千の兵《へい》をしたがえ、大和紀州《やまときしゅう》の両国《りょうごく》を討《う》ち平《たい》らげるべしとの厳命《げんめい》がくだった。塙団右衛門《ばんだんえもん》、阪田庄《さかたしょう》三郎《ろう》などという傑士《けっし》のめん〱は、大野《おおの》の如《ごと》き者《もの》の下《した》について戦場《せんじょう》にのぞむは不平《ふへい》でたまりませんが、しかし何《なに》をいっても淀君《よどぎみ》の厳命《げんめい》であり、ことに自分《じぶん》においても覚悟《かくご》を極《きわ》めたことでございますから、ようく大野《おおの》にしたがって、五千の兵《へい》と共《とも》にいま樫井川《かしいがわ》の傍《そば》まで進《すす》んでまいりますると、最早《もは》や紀州《きしゅう》の浅野《あさの》よりは二万《まん》有余《ゆうよ》の軍勢《ぐんぜい》を繰《く》りだしていたからこれを対手《あいて》に合戦《かっせん》をいたしたけれども、何条大野如《なんじょうおおのごと》きものが、戦《たたか》い勝利《しょうり》をしましょうや。たちまち敗軍《はいぐん》をいたしてすでに命《いのち》にも関《かか》わらんとするこのとき、塙団右衛門《ばんだんえもん》、阪田庄《さかたしょう》三郎《ろう》等《ら》の戦死《せんし》によって辛《から》くも命丈《いのちだ》けは助《たす》かり、ほう〳〵の体《てい》で大阪城中《おおさかじょうちゅう》へ逃《に》げ帰《かえ》ってきた。これをみて大阪城内《おおさかじょうない》の真田幸村《さなだゆきむら》、後藤又兵衛《ごとうまたべえ》、薄田隼人《すすきだはやと》、木村長門守《きむらながとのかみ》等《ら》は、大野《おおの》に対《たい》してさん〴〵に罵《のの》しり恥《はず》かしめたが、それかといって今更《いまさら》取《と》り返《かえ》しも付《つ》かず、ここにおいて関東大阪《かんとうおおさか》の和談《わだん》はまったく打《う》ちやぶりたる次第《しだい》にて、浅野但馬守其他《あさのたじまのかみそのた》の大名《だいみょう》より関東《かんとう》に対《たい》しおい〳〵此儀《このぎ》を注進《ちゅうしん》におよぶ。ここにおいて大御所《おおごしょ》および、二代《だい》将軍家《しょうぐんけ》においては元和元年《げんながんねん》三月中旬《がっちゅうじゅん》、関東《かんとう》の軍勢《ぐんぜい》百十余《よ》万《まん》の大軍《たいぐん》をつのり、御出馬《ごしゅつば》ということに相成《あいな》ったが、さておい〳〵京都《きょうと》へお乗《の》り込《こ》みとなると、大阪城《おおさかじょう》も以前《いぜん》とはちがい外濠出丸《そとぼりでまる》はこと〴〵く破却《はきゃく》いたして全然裸体城同様《まるではだかじょうどうよう》、これを討《う》ちとるに何《なん》の造作《ぞうさ》やこれあらんと、殊《こと》の外《ほか》のいきおいにて東西《とうざい》一時《じ》に攻《せ》めかかるの手《て》筈《はず》におよんだ。まず二代《だい》将軍《しょうぐん》は伏見《ふしみ》より奈良《なら》にまわり、暗《くら》り峠《とうげ》をこして河内《かわち》の松原《まつばら》へ本陣《ほんじん》をさだめ、また大御所家康公《おおごしょいえやすこう》は天満《てんま》の森《もり》に御本陣《ごほんじん》を御定《おさだ》めになった。ところが、この天満《てんま》は真田幸村《さなだゆきむら》の計略《けいりゃく》によって、水攻《みずぜ》めにかけられたので、大御所公《おおごしょこう》はとおく大和路《やまとじ》に落《お》ちのび、ここで遥《はる》かに下知《げち》をくだされる。しかるにこのとき大阪城外《おおさかじょうがい》へは関東百有余万《かんとうゆうよまん》の大軍《たいぐん》おい〳〵雲霞《うんか》のごとく押《お》し寄《よ》せきたり、十重二十重《とえはたえ》に取《と》りまいて遠《とお》くの山谷《やまたに》には人馬《じんば》ともに充満《みちみち》て、身《み》を欹《そばだ》つるにところなく打《う》ち囲《かこ》みたる勢《いきおい》なれば、天《てん》に飛《と》ぶ鳥《とり》も翔《かけ》ることをえず、地《ち》を走《はし》る猛獣《もうじゅう》も隠《かく》れんとするに処無《ところな》き有様《ありさま》。殊《こと》に関東勢《かんとうぜい》は一天《てん》の帝《みかど》に奏上《そうじょう》をとげて、大阪追討《おおさかついとう》の御綸旨《ごりんし》、ならびに日月《じつげつ》の御旗《みはた》をこい、真先《まっさ》きにこれを押《お》したてて、ヒシ〳〵と大阪城《おおさかじょう》を取《と》り巻《ま》いたことでございますから、城内諸勇士《じょうないしょゆうし》のめん〳〵もアヽ天運《てんうん》いまは如何《いかん》ともいたし難《がた》し、豊家《ほうけ》の滅《ほろ》ぶる将《まさ》に今日《こんにち》にありイデヤ主家《しゅか》のために身《み》をすてて、芳名《ほうめい》を千《せん》載《ざい》に残《のこ》すべしという、こと〴〵く討死《うちじに》の覚悟《かくご》を極《きわ》めたが、まず軍師真田幸村《ぐんしさなだゆきむら》は城中《じょうちゅう》の諸傑《しょけつ》士《し》をあつめて、いろ〳〵評定《ひょうじょう》をいたし、幸「さておの〳〵方《がた》能《よ》くうけたまわれよ。すでに大御所公《おおごしょこう》には此《こ》のあいだ天満《てんま》の水攻《みずぜ》め以来大阪方《いらいおおさかがた》に恐《おそ》れをなし、遠《とお》く大和路《やまとじ》にあって下《げ》知《ち》を下《くだ》すとのことである。よって此上《このうえ》からは御迷惑《ごめいわく》ながら諸傑士歴々《しょけつしれきれき》の方々《かたがた》お討死《うちじに》をねがい、それを餌《えさ》に家康殿《いえやすどの》を大阪城《おおさかじょう》に引寄《ひきよ》せて討《う》ち取《と》るという心底《しんてい》でござる」といいだした。これを承《うけたま》わって諸勇士《しょゆうし》のめん〳〵は、かねて覚悟《かくご》のことでございますから、皆「ハヽッ、委細承知《いさいしょうち》つかまつりました。もとより一命《めい》を捨《す》てるはかねての望《のぞ》み、なんぞ厭《いと》いましょうや」われも〳〵と討死《うちじに》の儀《ぎ》を願《ねが》いだしまするから、幸「イヤ〳〵、そうのこらず討死《うちじに》をいたされてはあと〳〵の戦《たたか》いにも差支《さしつか》えること、まず拙者《せっしゃ》より名指《なざし》をつかまつる。エ、はなはだお気《き》の毒《どく》でござるが、木村長門守殿《きむらながとのかみどの》、御貴殿討死《ごきでんうちじに》をいたさるるよう、と申《もう》すは余《よ》の儀《ぎ》にあらず、昨年冬陣《さくねんふゆじん》のみぎり貴殿《きでん》は抜群《ばつぐん》の功《こう》をあらわされ、なお其上茶臼山御本陣《そのうえちゃうすやまごほんじん》へ血判《けっぱん》お手許見届《てもとみとど》けとして行《ゆ》かれたることゆえ、貴殿《きでん》の面体《めんてい》は敵方《てきがた》にもよく存《ぞん》じておる次《し》第《だい》。よって貴殿《きでん》が討死《うちじに》と聞《き》く上《うえ》は大御所《おおごしょ》はじめ一同《どう》のめい〳〵皆安心《みなあんしん》なして近寄《ちかよ》ることは必定《ひつじょう》なり。そこを拙者《せっしゃ》が方寸《ほうすん》によって家康公《いえやすこう》を討《う》ちとる工風《くふう》あり」重成《しげなり》はこれを聞《き》いて莞爾《にっこ》と笑《えみ》をふくみ、重「もとより其儀《そのぎ》は覚悟《かくご》でございます。委細承知《いさいしょうち》つかまつりました」というこころよき返答《へんとう》。しかるにこのとき後藤《ごとう》はズーッと席《せき》を進《すす》みいで、又「軍師拙者《ぐんしせっしゃ》においても見事討死《みごとうちじに》をつかまつろう」薄田隼人《すすきだはやと》も座《ざ》をすすめ、隼「拙者《せっしゃ》とてもおなじ所存《しょぞん》でござる。ねがわくば大御所《おおごしょ》を討取《うちと》って花々敷《はなばなし》く討死《うちじに》をつかまつりたい」しかるに長曾我部《ちょうそかべ》の老人《ろうじん》は、盛「拙者《せっしゃ》は大御所《おおごしょ》の首《くび》を見《み》るまでは決《けっ》して死《し》にませぬぞ」幸「イヤいずれものお言葉《ことば》御道理《ごもっとも》至極《しごく》、しからばお三名《めい》の方々《かたがた》ははなばなしき戦《たたか》いをいたして御討死《おうちじに》くださる様《よう》……」とあって一同《どう》のめい〳〵はこれに評議《ひょうぎ》一決《けつ》いたし、御前《ごぜん》のお目通《めどお》りを引《ひ》きさがった。ところが其夜《そのよ》に至《いた》って幸村《ゆきむら》はひそかに吾《わ》が陣中《じんちゅう》へ後藤基次《ごとうもとつぐ》をまねき、幸「アヽ後藤《ごとう》氏《うじ》、今日昼間《きょうひるま》評定《ひょうじょう》の席《せき》にて申《もう》せしことは一先《ま》ずお取消《とりけ》しを願《ねが》いたい。ともうすは万《まん》一このたびの戦《たたか》いが吾《わ》が思《おも》うごとくにならざるときは、一旦秀頼公《たんひでよりこう》を奉《ほう》じて薩州島津家《さっしゅうしまづけ》へ身《み》を隠《かく》す所存《しょぞん》をいたした。其上時節《そのうえじせつ》をまって人数《にんずう》をまとめ、再挙《さいきょ》をはからんという心底《しんてい》。よって貴殿《きでん》は誰《た》れか影武者《かげむしゃ》をもって表面討死《ひょうめんうちじに》をなしたという体裁《ていさい》になし下《くだ》さるよう……」という言葉《ことば》、後藤《ごとう》も此儀《このぎ》を聞《き》いて実《げ》に道理《もっとも》なりと思《おも》ったから、又「ハッ、委細承知《いさいしょうち》いたした。しからば斯様《かよう》つかまつりましょう。拙者《せっしゃ》の家来《けらい》に山田幸右衛門《やまだこうえもん》といえる者《もの》あり。此者《このもの》よく拙《せっ》者《しゃ》の面体《めんてい》ににたり。拙者先年《せっしゃせんねん》四国征伐《こくせいばつ》のみぎり、長曾我部《ちょうそかべ》弥三郎殿《ろうどの》と勝負《しょうぶ》におよびし節《せつ》、過《あやま》って左《ひだ》りの小指《こゆび》を斬《き》り落《おと》したが、其時山田幸右衛門《そのときやまだこうえもん》はみずから勝手《かって》に左《ひだ》りの小指《こゆび》を斬《き》り落《おと》しました。そののち文禄年間朝鮮征伐《ぶんろくねんかんちょうせんせいばつ》におもむきし節《せつ》、大明《だいみん》の軍勢《ぐんぜい》と合戦《かっせん》におよび、天晴《あっぱ》れ豪傑《ごうけつ》の聞《きこ》えある呉維仲《ごいちゅう》と一騎討《きう》ちの勝負《しょうぶ》のさい、拙者右《せっしゃみぎ》の耳《みみ》の根《ね》に鉾《ほこ》をもって傷《きず》を受《う》けたり。そのときも彼《か》の幸右衛門《こうえもん》、おなじく自《みず》から右《みぎ》の耳《みみ》に傷付《きずつ》けて拙者《せっしゃ》とおなじ傷《きず》を拵《こし》らえ、始終《しじゅう》は彼《か》れ吾《わ》が身代《みがわ》りにたたんという心底《しんてい》のあるものゆえ、さいわいそれなる者《もの》に後藤基次《ごとうもとつぐ》の名前《なまえ》をさずけこのたびの役《やく》に立《た》て様《よう》と思《おも》います」幸村《ゆきむら》もこれを聞《き》いてほとんど感心《かんしん》をいたし、ひそかに此場《このば》へ山田幸右衛門《やまだこうえもん》を招《まね》いて右《みぎ》の次第《しだい》をもうし聞《き》けますると、幸右衛門《こうえもん》も殊《こと》の外《ほか》よろこび、幸「ハッ、私《わたし》はかねて始終《しじゅう》、主人《しゅじん》の身代《みがわ》りとなって相果《あいは》つるは望《のぞみ》と思《おも》っております。委細承知《いさいしょうち》つかまつりました」と勇《いさ》み立《た》って此儀《このぎ》をお受《う》けにおよんだ。

◎後藤《ごとう》の影武者山田戦死《かげむしゃやまだせんし》

然《しか》るにその翌日《よくじつ》は軍師真田幸村《ぐんしさなだゆきむら》より指揮《さしず》があって、後藤《ごとう》、長曾我部《ちょうそかべ》、木村《きむら》、薄田《すすきだ》これ等《ら》諸勇士《しょゆうし》のめん〳〵はいずれもそれ〴〵出陣《しゅつじん》ということに相成《あいな》ったなかにも木村長門守重成《きむらながとのかみしげなり》は手勢《てぜい》八千余騎《よき》をしたがえて河内国《かわちのくに》は若江村《わかえむら》に繰出《くりだ》しまず飯島太郎右衛門《いいじまたろうえもん》方《かた》を本陣《ほんじん》とさだめて充分《じゅうぶん》なる備《そな》えをたてた。しかるに長曾我部盛親入道《ちょうそかべもりちかにゅうどう》においては、其身《そのみ》の倅《せがれ》をはじめ臣《しん》下《か》の者共《ものども》をしたがえ手勢択《てぜいすぐ》ってこれまた八千余騎《よき》の八尾《お》の地蔵堂《じぞうどう》を本陣《ほんじん》とさだめて軍備《ぐんび》をたてた。後藤又兵衛《ごとうまたべえ》も八千の同勢《どうぜい》をしたがえ河内国道明寺《かわちのくにどうみょうじ》へ本陣《ほんじん》をすえる。また薄田隼人《すすきだはやと》は五千の手勢《てぜい》をもって誉田山《こんだやま》に陣所《じんしょ》を構《かま》えることになった。此手《このて》を指揮《さしず》する総大将真田《そうだいしょうさなだ》幸村《ゆきむら》は、五千の手勢《てぜい》を率《ひ》いて平野《ひらの》にきたり、かの大念仏《だいねんぶつ》の片傍《かたほと》りなる地蔵堂《じぞうどう》を本陣《ほんじん》と定《さだ》めたることにいたして、いずれも勇気凛々《ゆうきりんりん》と十分厳重《ぶんげんじゅう》に備《そな》えをたてた。しかるに関東方《かんとうがた》のめい〳〵は、疾《とく》より此体《このてい》を眺《なが》めていたが、いずれもたち向《むか》わんと思《おも》う者《もの》は思《おも》い〳〵に進《すす》むべしというので、まず道明寺《どうみょうじ》の敵《てき》に向《むか》うものは越後中将忠輝《えちごちゅうじょうただてる》、越前少将忠直《えちぜんしょうしょうただなお》、遠藤《えんどう》但馬守《たじまのかみ》、新荘駿河守《しんじょうするがのかみ》は、とくに此手《このて》に加《くわ》わり、総勢《そうぜい》およそ五六万《まん》、峠《とうげ》をこしておい〳〵と進撃《しんげき》する。また一手《て》は藤堂和泉守《とうどういずみのかみ》、南部信濃守《なんぶしなののかみ》、六郷伊賀守《ごういがのかみ》、津軽越中守《つがるえっちゅうのかみ》、溝口伯耆守《みぞぐちほうきのかみ》等の同勢《どうぜい》、これまた七万余騎《まんよき》にて八尾《お》の地蔵堂《じぞうどう》へむかったが、これは長曾我部《ちょうそかべ》の手《て》に戦《たたか》いを仕掛《しか》けるという手筈《てはず》にて、ドッとばかりに鬨《とき》を造《つく》って押《お》しよせた。ところがこのとき藤堂《とうどう》勢《ぜい》には桑名弥次兵衛《くわなやじべえ》という者《もの》があって、このもの長曾我部盛親《ちょうそかべもりちか》に旧恩《きゅうおん》あるを忘《わす》れず、矢文《やぶみ》の計略《けいりゃく》をもって長曾我部方《ちょうそかべがた》へ内通《ないつう》をしたから長曾我部盛親《ちょうそかべもりちか》は大《おお》いに打《う》ちよろこび、一挙《きょ》この一手《て》の軍勢《ぐんぜい》を打《う》ちやぶり、すでに大将藤堂高虎《たいしょうとうどうたかとら》の首級《くび》をあげんとする。このとき新主人《しんしゅじん》高虎《たかとら》のために桑名弥次兵衛《くわなやじべえ》は身《み》をもってこれを防《ふせ》ぎ、高虎《たかとら》は、わずかに命辛《いのちから》ら〳〵ほう〳〵の体《てい》で敗走《はいそう》してしまったが、此方《こなた》は後藤《ごとう》、長曾我部《ちょうそかべ》、木村《きむら》、薄田《すすきだ》の同勢《どうぜい》が、関東方《かんとうがた》を喰《く》い止《と》めている間《ま》に平野地蔵堂《ひらのじぞうどう》の本陣幸村《ほんじんゆきむら》の方《ほう》においては、右地蔵堂《みぎじぞうどう》に充分地雷火《じゅうぶんじらいか》を仕掛《しか》けたることにいたし、右《みぎ》のおもむきを根津甚《ねづじん》八をもって、それ〴〵通知《つうち》におよび、何卒後《なにとぞご》藤《とう》、薄田《すすきだ》、木村氏《きむらうじ》にははな〴〵しく討死《うちじに》の覚悟《かくご》にて敵《てき》をお引受《ひきう》け下《くだ》さるべしとある。ここにおいて三勇士《ゆうし》のめん〳〵も、今度《こんど》は充分討死《じゅうぶんうちじに》の覚悟《かくご》をさだめ、どうかして両将軍《りょうしょうぐん》を討《う》ち取《と》りくれんものと、みなその計略《けいりゃく》に心《こころ》を苦《くる》しめている。しかるにこのあいだに関東勢《かんとうぜい》は山《やま》をこして、おい〳〵に大阪《おおさか》へすすまんため、両将軍《りょうしょうぐん》は木津《きづ》、長池玉水《ながいけたまみず》のあたりに陣所《じんしょ》をたてられた。先手《さきて》はいずれもこの峠《とうげ》をこして大阪《おおさか》さしてドン〳〵ドン〳〵軍《ぐん》をすすめる。なかにも奥州《おうしゅう》の独眼竜伊達政宗《どくがんりゅうだてまさむね》、此下《このした》には越後中将《えちごちゅうじょう》、新荘駿河守《しんじょうするがのかみ》、遠藤但馬守《えんどうたじまのかみ》の軍勢《ぐんぜい》ははやくも道明寺《どうみょうじ》へ出張《しゅっちょう》いたし、後藤基次《ごとうもとつぐ》の手《て》に打《う》ちむかうと言《い》う事《こと》にあいなり、ただ一撃《げき》の許《もと》にというきおい。しかし対手《あいて》は千軍万馬《ぐんばんば》の中《なか》をくぐった老将軍後藤又兵衛基次《ろうしょうぐんごとうまたべえもとつぐ》のこととて、すこしもおそれず此目《このめ》にあまる大軍《たいぐん》を引受《ひきう》けて防戦《ぼうせん》におよび、二日《か》のあいだに大戦《たいせん》四度《ど》、小戦数知《しょうせんかずし》れずというありさまだったが、此都度後藤方《このつどごとうがた》は目覚《めざま》しき大勝利《だいしょうり》となって、勇気《ゆうき》はます〳〵加《くわ》わるばかり、かく充分敵《じゅうぶんてき》をなやましたが、第《だい》三日《か》目《め》の戦《たたか》いには突然《さなが》ら仙台《せんだい》の陣中《じんちゅう》へ後藤《ごとう》より使者《ししゃ》をつかわし、今日《きょう》こそは主人後藤又兵衛基次《しゅじんごとうまたべえもとつぐ》、最期《さいご》の交戦《こうせん》としてはな〴〵しく討死《うちじに》の覚悟《かくご》にて、御陣総大将《ごじんそうだいしょう》伊達政宗殿《だてまさむねどの》と一騎《き》討《う》ちの勝負《しょうぶ》をねがい勇士《ゆうし》の最《さい》期《ご》に花《はな》を添《そ》えたいといってきた。これによってかね〴〵遺恨骨髄《いこんこつずい》に徹《てっ》していた仙台勢《せんだいぜい》は、何条猶予《なんじょうゆうよ》をいたしましょう。政「ソレ、全軍《ぜんぐん》すすめッ」とあってプー〳〵ドン〳〵ガン〳〵、貝鉦太鼓《かいがねたいこ》の音《おと》いさましく、おい〳〵先手《さきて》の軍勢《ぐんぜい》を繰《く》りだす。このとき此方《こなた》後藤又兵《ごとうまたべ》衛《え》は馬上《ばじょう》に打《う》ち跨《また》がって驀然《まっしぐ》ら、ドッとばかりに此敵勢中《このてきぜいちゅう》に馬《うま》をおどらせ、例《れい》の日本号《にほんごう》の槍《やり》をリュウ〳〵ッと引扱《ひきしご》き、当《あた》るをさいわい敵勢《てきぜい》を縦横無尽《じゅうおうむじん》に駈《か》けなやます。其《その》いきおいは、さながら夜叉鬼神《やしゃきじん》の荒《あ》れるがごとく、流石多勢《さすがたぜい》をたのみし敵兵《てきへい》も、思《おも》わずサッと軍《ぐん》をひらく。なれども其身《そのみ》も次第《しだい》に手傷《てきず》をこうむり紺糸縅《こんいとおど》しの大鎧《おおよろい》は血汐《ちしお》に染《そめ》られて緋縅《ひおど》しと化《か》し、下《さが》り藤《ふじ》に後《ご》の字《じ》を現《あら》わしたる幟巾《はた》は寸々《すんずん》にさけてほとんど其影《そのかげ》をとめず、兜《かぶと》はとんで血《ち》に染《そ》んだる額当《ひたいあ》てだけ僅《わずか》にのこり血汐《ちしお》のしたたる大槍《おおやり》を真《ま》一文字《もんじ》に付《つ》けたることにして、又「ヤア〳〵伊達政宗《だてまさむね》はいずれにありや、後藤又兵衛藤原基次見参《ごとうまたべえふじわらのもとつぐげんざん》せん」とたちまちドッと馬《うま》を飛《と》ばして無二無三《むにむさん》、旗本勢《はたもとぜい》へ斬《き》りこんだ。このとき伊達政宗《だてまさむね》は采配《さいはい》を千断《ちぎ》れるばかりに打《う》ちふり〳〵、政「すすめッ〳〵ッ」と下知《げち》するといえども、何分《なにぶん》死《し》に物狂《ものぐる》いの後藤《ごとう》のいきおいに恐《おそ》れをなし、拠処《よんどころ》なく五六町《ちょう》というもの軍備《ぐんび》乱《みだ》れて逃《に》げだした。ところがこの政宗《まさむね》の近習《きんじゅう》に萩野又《はぎのまた》一というものがあったが、このものがいま軍備《ぐんび》の乱《みだ》れ散《ち》ったときにただ一人《ひとり》逃《に》げおくれ、ついに途《みち》のかたわらの森《もり》の中《なか》へ逃《に》げこんで、そッと其身《そのみ》を隠《かく》していた。此方後藤《こなたごとう》はそんなことは露知《つゆし》らず四方《ほう》八方《ぼう》に暴《あば》れまわって敵《てき》を追《お》いちらしたが、対手《あいて》なければ是非《ぜひ》もなく馬《うま》を乗《の》り返《かえ》して引《ひ》きあげんと、いましもしず〳〵其森《そのもり》の前《まえ》に差《さ》し掛《かか》ったるこのとき萩野又《はぎのまた》一は、ここぞッと思《おも》ったから、かねて用意《ようい》の鉄砲《てっぽう》をとり、此方《こなた》の大楠《おおくす》の影《かげ》に身《み》をひそめ、後藤《ごとう》の胸板《むないた》に狙《ねら》いをさだめ、其前《そのまえ》二三間《げん》のところへ差《さ》しかかったのを見定《みさだ》めて、たちまちズドーンと一発《ぱつ》火蓋《ひぶた》を切《き》って放《はな》したが、狙《ねら》いはたがわず後藤《ごとう》の胸《むな》板《いた》に命中《めいちゅう》し、又「卑怯者奴《ひきょうものめ》ッ！」という一言《ごん》をのこしてそのままドッと落馬《らくば》をいたし、カッと吐《は》いたる血汐《ちしお》と共《とも》に、ついに其処《そこ》で命《いのち》を陥《おと》した。これをながめて又《また》一は、シテやったりと打《う》ちよろこび、こわ〴〵ながら森《もり》の中《なか》より飛《と》びだし、ついに後藤《ごとう》の首《くび》を斬《き》っておとした。しかるに五枚錣《まいしころ》の兜《かぶと》は忍《しの》びの緒《お》をもって腰《こし》に吊提《ぶらさ》げてあったから、又《また》一は右《みぎ》の兜《かぶと》および陣刀《じんとう》を分捕《ぶんどり》いたし、右《みぎ》二品《しな》を証拠《しょうこ》にこの首級《くび》を家康公《いえやすこう》の実検に供《そな》えんと、かねて木津《きづ》のあたりに設《もう》けたる大御所公《おおごしょこう》の御陣前《ごじんまえ》に駈《か》けてまいり、又「おそれながら仙台《せんだい》の家臣萩野又《かしんはぎのまた》一、今日《きょう》の合戦《かっせん》に敵方《てきがた》の大将後藤又兵衛基次《たいしょうごとうまたべえもとつぐ》を討《う》ち取《と》りました。イザ首級実検《くびじっけん》に供《そな》えたてまつります」とある。これによって又一《また》はさっそく家康公《いえやすこう》のお目通《めどお》り仰《おお》せつけられ、さて後藤《ごとう》の首《くび》を御覧《ごらん》にあいなりますると、サモ無念《むねん》らしく其形相《そのぎょうそう》はまことに恐《おそ》ろしき位《くらい》のありさま。家「ウーム、シテ又彼《またか》れが常《つね》に所持成《しょじな》す、日本号《にほんごう》の槍《やり》は如何《いかが》いたしたか」又「ハッ、恐《おそ》れながら申《もう》しあげます。何分乱軍《なにぶんらんぐん》の中《なか》にて首《くび》を打《う》ち取《と》るなりこの二品《しな》を証拠《しょうこ》にと持《じ》参《さん》いたしましたが、そのうちにもおい〳〵後藤《ごとう》の軍勢《ぐんぜい》が乗出《のりだ》してまいりますから、そのまま引《ひ》き上《あ》げてまいりましたので」家「ウム、そうか彼《か》れが所持成《しょじな》す日本号《にほんごう》の槍《やり》は世《よ》にも有《ゆう》名《めい》なる三位《み》の位《くら》いを持《も》ったるもの、これを分捕《ぶんどり》いたさざりしは、さて〳〵残念《ざんねん》なことである」と仰《おお》せられたうえ、なおいま又一《また》が持参《じさん》したる陣刀《じんとう》、又兜《またかぶと》などをつく〴〵御覧《ごらん》になると、この兜《かぶと》の中《なか》になにか一通《つう》の書面《しょめん》らしき物《もの》が貼《は》りつけてあるから、神君《しんくん》はよう〳〵これを取《と》って御覧《ごらん》になると、その書面《しょめん》は後藤又兵衛基次《ごとうまたべえもとつぐ》の直筆《じきひつ》として、

一拙者其往昔孤主黒田家退去《せっしゃそのむかしこしゅくろだけたいきゃく》のみぎり、黒田家《くろだけ》の食禄《しょくろく》五十二万石《まんごく》より一粒《つぶ》欠《か》けても奉公《ほうこう》はいたさぬ旨約束《むねやくそく》をいたしたり。しかるに今般大阪《こんぱんおおさか》へ入城《にゅうじょう》におよび、秀頼公《ひでよりこう》より七十万石《まんごく》のお墨附《すみつき》を頂戴《ちょうだい》いたし、なおこのたびの合戦《かっせん》について別段《べつだん》の御加増《ごかぞう》三十万石《まんごく》、合《あわ》して百万石《まんごく》の知行《ちぎょう》にとりたてられたり。よって拙者《せっしゃ》このたび戦死《せんし》ののち、この墨附《すみつき》を

何卒黒田長政殿《なにとぞくろだながまさどの》に御見《おみ》せくだしおかれ度偏《たくひと》えに奉願上候《ねがいあげたてまつりそろ》。なお拙者《せっしゃ》かくかるぐしく討死《うちじに》の覚悟《かくご》はいたさざりしも、なにを申《もう》すも大阪城内《おおさかじょうない》には淀君《よどぎみ》等《ら》の行状宜敷《ぎょうじょうよろし》からず、且《かつ》また秀頼公《ひでよりこう》は御柔弱《ごにゅうじゃく》にて、到底大阪方《とうていおおさかがた》の勝利覚束《しょうりおぼつか》なく、これによって最早《もはや》大阪《おおさか》に望《のぞ》みをたち、斯《か》くのごとく討死仕候《うちじにつかまつりそろ》もの也《なり》。

月《がつ》　日《ぴ》　　後藤又兵衛藤原基次書判《ごとうまたべえふじわらのもとつぐしょはん》

とある。大御所公《おおごしょこう》はこの書面《しょめん》を御覧《ごらん》にあいなって、流石勇士《さすがゆうし》の後藤基次《ごとうもとつぐ》であると大《おお》きに御感心《ごかんしん》あそばしたのでございます。しかるにその当時黒田甲斐守《とうじくろだかいのかみ》は江戸城留守居役《えどじょうるすいやく》を仰《おお》せ付《つ》けおかれたから、後日《ごじつ》にいたって甲斐守《かいのかみ》にこの書面《しょめん》をお見《み》せにあいなり、かくばかりの勇士《ゆうし》に暇《いとま》を出《だ》すとは、はなはだもって不都合《ふつごう》であろうと非常《ひじょう》にお叱責《しかり》にあいなった。これには流石《さすが》の長政《ながまさ》も大《おお》いに赤面《せきめん》におよんだというが、しかしこれは後《のち》の御話《おはな》しです。

◎孤城落日主従薩摩落《こじょうらくじつしゅじゅうさつまお》ち

さて大御所公《おおごしょこう》には今日《きょう》かく後藤《ごとう》の首級《くび》を実検におよばれたが、しかし大阪方《おおさかがた》には如何《いか》なる計略《けいりやく》をいたしているかも計《はか》りがたい。まことの後藤《ごとう》に相違《そうい》ないか、能《よ》く見届《みとど》けにおよぶ様《よう》との仰《おお》せであるが、何分《なにぶん》後藤《ごとう》の顔《かお》を余《あま》り見知《みし》ったものがない。しかしかねて噂《うわさ》にうけたまわるには、まったく後藤《ごとう》は左《ひだ》りの耳《みみ》の根《ね》に深《ふか》い鉾傷《ほこきず》あり、また左手《ゆんで》の小指《こゆび》がないということをいった者《もの》があるから、家「しからばさっそく其亡骸《そのしがい》を検《あら》ためるがよかろう」とさっそく臣下《しんか》に命《めい》じてその亡骸《しがい》を取検《とりしら》べまするると、いかにも小指《こゆび》はない、また首級《くび》の左《ひだり》の耳《みみ》の際《きわ》に鉾傷《ほこきず》がある。これによってまったく後藤《ごとう》に相違《そうい》ないものと御鑑定《ごかんてい》がついた。しかし其《その》亡骸《しがい》の胸板《むないた》より、撃《う》ち貫《つら》ぬいたる鉄砲傷《てっぽうきず》があるので、家康公《いえやすこう》も大《おお》いに怪《け》しからぬことに思《おぼ》しめし、萩野又《はぎのまた》一をよく〳〵御調《おしら》べにあいなると、これは仙台勢鉄砲組《せんだいぜいてっぽうぐみ》の一人《にん》で、まったく逃《に》げおくれたをさいわい森《もり》の中《なか》より後藤《ごとう》を狙《ねら》い打《う》ちにいたしたということが分明《ぶんめい》した。ここにおいて大御所公《おおごしょこう》は殊《こと》の外《ほか》に憤怒《おいか》りにあいなり、家「かかる勇士《ゆうし》を飛道具《とびどうぐ》をもって打《う》ち取《と》るというは、はなはだ其意《そのい》をえざる次第《しだい》。われ聞《き》く往古《むかし》八幡太郎義家公《まんたろうよしいえこう》、奥州《おうしゅう》の荒夷安倍貞任《あらえびすあべのさだとう》、宗任《むねとう》の兄弟《きょうだい》を対手《あいて》に数年《すうねん》のあいだ戦《たたか》いをいたされたが、いよ〳〵貞任運尽《さだとううんつ》きて亡《ほろ》びんとする際《さい》、義家公《よしいえこう》は弓《ゆみ》に矢《や》を番《つが》えてこれを追《お》っ駈《か》けながら、衣《ころも》の楯《たて》は綻《ほこ》ろびにけりと呼《よ》ばった。しかるに逃《に》げながらも貞任《さだとう》は後辺《うしろ》を振《ふ》り返《かえ》り、年《とし》を経《へ》し糸《いと》の乱《みだ》れの苦《くる》しさにと上《かみ》の句《く》を詠《よ》んだ。これ所謂文武両道《いわゆるぶんぶりょうどう》に優《すぐ》れたる真《しん》の武士《ぶし》なり、これによって義家公《よしいえこう》も惜《お》しむべき者《もの》と思《おぼ》しめし、矢先《やさ》きに掛《か》けて討《う》ち取《と》り給《たま》わず、物別《ものわか》れとあいなりしとある。かく義家公《よしいえこう》は勅命《ちょくめい》を奉《ほう》じて九年《ねん》のあいだ苦戦《くせん》におよび、イザ討《う》ち取《と》らんという場合《ばあい》すら大将《たいしょう》と見《み》なしては矢先《やさ》きにかけず、しかるに後藤《ごとう》ごときの勇士《ゆうし》を鉄砲《てっぽう》をもって打《う》ち取《と》るとは、徳川《とくがわ》の名《な》に対《たい》してもはなはだ以《も》って不埒《ふらち》な奴《や》ツである」と、ただちに仙台伊達政宗《せんだいだてまさむね》公《こう》をお呼《よ》びだしになり、此奴《こい》ツにはかならず恩賞《おんしょう》をあたえる事《こと》はあいならんと仰《おお》せられ、なおその上非常《うえひじょう》にお叱責《しっせき》になった。よい面《つら》の皮《かわ》は萩野又《はぎのまた》一で、後藤程《ごとうほど》の勇士《ゆうし》を討《う》ち取《と》りながら却《かえ》って其身《そのみ》は御不興《ごふきょう》をこうむった。これ武士道《ぶしどう》の精華《せいか》といわねばならぬことだと思《おも》います。ところがこの討死《うちじに》をした後藤又兵衛《ごとうまたべえ》は、換《か》え玉《だま》の後藤又兵衛《ごとうまたべえ》で、まことは前申《まえもう》しあげたる、山田幸右衛門《やまだこうえもん》でございます。しかるにそののち引続《ひきつづ》いて木村長門守重成《きむらながとのかみしげなり》は若江村《わかえむら》において討死《うちじに》をとげ、薄田隼人《すすきだはやと》は誉田山《こんだやま》にて戦死《せんし》をいたし、其他大阪方《そのたおおさかがた》の諸勇士《しょゆうし》は、おい〱花々《はなばな》しき戦《たたか》いをいたして大阪方最期《おおさかがたさいご》の花《はな》と謡《うた》われたが、このとき軍師真田幸村《ぐんしさなだゆきむら》も天《てん》か命《めい》か、平野地蔵堂《ひらのじぞうどう》の焼討《やきうち》、其他所々《そのたしょしょ》の神算鬼謀《しんさんきぼう》も御運強《ごうんつよ》き大御所家康公《おおごしょいえやすこう》を討《う》ちたてまつる事能《ことあた》わず、大阪方《おおさかがた》は次第《しだい》に不運《ふうん》に傾《かた》むいたから、ついに天王寺《てんのうじ》において自分《じぶん》の換玉《かえだま》をして戦死《せんし》をとげさせ、関東方《かんとうがた》に油断《ゆだん》をいたさせたうえ、当時天王寺境内《とうじてんのうじけいだい》に本陣《ほんじん》をさだめたる大《おお》御所家康公《ごしょいえやすこう》に地雷火《じらいか》を仕掛《しか》けて最期《さいご》の運《うん》を決《けっ》したが不意《ふい》の大雷雨《だいらいう》によって家康公《いえやすこう》はわずかに身《み》をもって逃《に》げだし、十四五名《めい》の家来《けらい》に伴《とも》なわれてよう〱夜《よ》に紛《まぎ》れて天下茶屋《てんがちゃや》の手前《てまえ》まで御逃《おに》げあそばした。ところが此辺《このへん》のものは又々大阪《またまたおおさか》に戦争《せんそう》がはじまったそうだと火《ひ》の手《て》を見《み》ておりましたが、にわかの大雨《たいう》にてみな〱大《おお》いに狼狽《ろうばい》をなし、いそぎ家《いえ》へはいって誰《た》れ一人外《ひとりそと》へでる者《もの》もない。おりしも一挺《ちょう》の駕籠《かご》を担《かつ》いで人足《にんそく》がやってきたから、これをながめた此方大御所公《こなたおおごしょこう》の御家来《ごけらい》、なかにも大久保彦左衛門《おおくぼひこざえもん》は大《おお》いによろこび、彦「コリャ〱、駕籠屋《かごや》。これにお在《い》であそばすはいとも尊《とう》とき君《きみ》である。褒美《ほうび》は如何程《いかほど》なりとも遣《つか》わすから、そう〱住吉迄遣《すみよしまでや》れ」駕「イヤ承知《しょうち》いたしました」と駕籠《かご》をそれへ下《おろ》したから、そこで大御所公《おおごしょこう》をこれへお乗《の》せもうし、引担《ひっかつ》ぐとそのまま、ドン〱ドン〱いましも天下茶屋《てんがちゃや》を通《とお》りすぎて、住吉《すみよし》の方《ほう》へ進《すす》まんとする此折《このおり》しも、路《みち》の片傍《かたえ》より現《あら》われ出《い》でたる一人《にん》の曲者《くせもの》、たちまちバラ〱ッと進《すす》みより、家康公《いえやすこう》の一行《こう》目蒐《めが》けて、曲「エイッ」とばかりに槍《やり》をつけた。皆「ソレ曲者《くせもの》ッ」と旗本《はたもと》の連中《れんじゅう》はこれに渡《わた》り合《あ》いにおよぶ。ヒラリ体《たい》をかわした彼《か》の曲者《くせもの》は、曲「エイッ」と一声掛《こえか》けると等《ひと》しく駕籠《かご》の中《なか》へ一槍《や》りつき貫《とお》した。ハッとおどろいたる大久保《おおくぼ》は、突然《いきなり》陣刀抜《じんとうぬ》き討《う》ちに、彦「ヤッ」と向《むこ》うの槍《やり》の最中《さなか》程《ほど》より切《き》っておとし、躍《おど》りこんで彼《か》の曲者《くせもの》に斬《き》って掛《かか》りまするを、曲「何《なに》をいたすッ」と彼《か》の曲者《くせもの》もおなじく一刀《とう》の鞘《さや》をはらい、暗夜《あんや》の雨中《うちゅう》をチャンチャーンチャリーンと火花《ひばな》を散《ち》らして戦《たた》かったが実《じつ》に非常《ひじょう》の豪傑《ごうけつ》でございます。その内駕籠《うちかご》には、二三の旗本《はたもと》が附《つ》き添《そ》うて、ドン〳〵住吉《すみよし》の方《ほう》へ逃《に》げてゆく。此方《こちら》は大久保《おおくぼ》、成瀬《なるせ》をはじめとして旗本連中必死《はたもとれんじゅうひっし》となって戦《たたか》ったが、何分《なにぶん》かかる大軍《たいぐん》の敗走《はいそう》でございますから徳川方《とくがわがた》の旗本《はたもと》もおい〳〵此処《ここ》へ逃《のが》れくる様子《ようす》。これによって曲者《くせもの》もはや断念《だんねん》をいたしたか踵《きびす》を返《かえ》してバラ〳〵〳〵、はやくも姿《すがた》を暗《やみ》に隠《かく》してしまった。これによって大久保彦左衛門《おおくぼひこざえもん》もまず一安心《あんしん》と、皆《みな》のものを従《した》がえそう〳〵住吉《すみよし》へ駈《か》けつけてまいり、津守大学《つもりだいがく》という神主《かんぬし》のもとに大御所公《おおごしょこう》を担《かつ》ぎこんだ。さっそく奥《おく》へ通《とお》して医者《いしゃ》をまねき、だん〳〵介抱《かいほう》をいたしますると突《つ》き通《とお》したる槍《やり》はホンの耳《みみ》の辺《あた》りを少《すこ》し微触《かす》ったままで、御身《おんみ》には別条《べつじょう》はなく、ようやく息《いき》を吹《ふ》き返《かえ》された。ところが其切《そのき》り捨《す》てたる槍《やり》は思《おも》い掛《が》けなく日本号《にほんごう》の槍《やり》であったから、実《げ》にひと〴〵は大《おお》きにおどろき、さてはいまの曲者《くせもの》は後藤又兵衛《ごとうまたべえ》であったか、この槍《やり》をもって那《あ》れだけの働《はた》らきであるから、後藤《ごとう》はかならず生《い》きているに違《ちが》いない。シテ見《み》れば幸村《ゆきむら》の討死《うちじに》も当《あ》てにならぬと、大《おお》きに御心配《ごしんぱい》をいたされる。しかるに大阪城《おおさかじょう》においては、其夜《そのよ》幸村《ゆきむら》をはじめ後藤《ごとう》、長曾我部《ちょうそかべ》、其他《そのた》荒川《あらかわ》、近藤《こんどう》、宮部《みやべ》、和久《わく》の人々《ひとびと》いずれも内談《ないだん》におよばれる。先刻《せんこく》も矢文《やぶみ》をもって勝間《こつま》の浦《うら》にある薩州《さっしゅう》の軍船《いくさぶね》より矢文《やぶみ》をもって迎《むか》えに寄越《よこ》したが、これ片桐《かたぎり》殿《どの》が謀《しめ》しあわされたることである。イザ此上《このうえ》は御用意《ごようい》の上当城《うえとうじょう》を落《お》ち延《の》びん。それについて淀君《よどぎみ》は、最早《もはや》御生害《ごしょうがい》を御勧《おすす》め申《もう》すより外《ほか》はないと有《あ》って、かの木村長門守重成《きむらながとのかみしげなり》の母松栄《ははしょうえい》尼《に》より御生害《ごしょうがい》の義《ぎ》を御勧《おすす》め申《もう》したが、何《ど》うしても御承知《ごしょうち》が無《な》い。仕方《しかた》が無《な》いから松栄尼《しょうえいに》は、松「恐《おそ》れ乍《なが》ら淀様御免《よどさまごめん》ッ」と遂《つい》に追《お》っ駈《か》け乍《なが》ら手許《てもと》へ引寄《ひきよ》せ、淀君《よどぎみ》の脇腹《わきばら》へ一突《つ》き突《つ》き通《とお》して、絶命致《ぜつめいいた》したるを見届《みとど》けたる上《うえ》、自分《じぶん》も其処《そこ》に於《お》いて自害《じがい》をして相果《あいは》てた。大阪《おおさか》城内《じょうない》の人々《ひとびと》は、大方《おおかた》、戦死《せんし》あるいは切腹自殺等致《せっぷくじさつなどいた》して相果《あいは》てたから、是《こ》れに依《よ》って真田幸《さなだゆき》村《むら》、後藤又兵衛《ごとうまたべえ》、荒川熊蔵《あらかわくまぞう》、長曾我部太郎《ちょうそかべたろう》、和久半左衛門《わくはんざえもん》、近藤無頭之助《こんどうむずのすけ》、宮部熊太郎《みやべくまたろう》、是《こ》れ等《ら》の勇士《ゆうし》を首《はじ》めとして、二百八十名《めい》の者《もの》御供《おとも》を致《いた》し、秀頼公《ひでよりこう》には島津《しまづ》の船《ふね》に打《う》ち乗《の》って薩州鹿児島《さっしゅうかごしま》へ御落《おお》ち延《の》びに成《な》ったが、後藤又兵衛《ごとうまたべえ》は遂《つい》に同国井上谷《どうこくいのうえだに》と言《い》うところの陣所《じんしょ》に於《お》いて天命《てんめい》を終《おわ》ったと言《い》う。是《こ》れ等《ら》は豊臣《とよとみ》二度《ど》の旗揚《はたあ》げ、俗《ぞく》に轡物語《くつわものがた》りという書物《しょもつ》に出《で》て居《お》りますから此処《ここ》では略致《りゃくいた》し元和元年《げんながんねん》五月《がつ》七日《か》、大阪落城《おおさからくじょう》の後島津家《のちしまづけ》へ落《お》ちたと言《い》う処《ところ》を以《もっ》て一先《ま》ず大団円《だいだんえん》と致《いた》しまする。実《げ》に此後藤又兵衛基次《このごとうまたべえもとつぐ》の、其義《そのぎ》、其忠《そのちゅう》、骨《ほね》は化《か》して黄壌《こうじょう》一堆《たい》の土《つち》と成《な》るとも、名《な》は留《とど》まって青雲《せいうん》九天《てん》の上《うえ》に高《たか》しと言《い》わねば成《な》らぬ……。

凡例

一、本書は『立川文庫』第十編「後藤又兵衛」（立川文明堂　明治四十四年刊）を底本とした。

一、「仮名づかい」は、一部を除き「現代仮名遣い」にあらためた。送り仮名については統一せず底本どおりとした。おどり字のうち、「ゝ」「〱」等は、底本のままとした。

一、漢字の表記については、原則として「常用漢字表」に従って底本の表記を改め、表外漢字は、底本の表記を尊重した。ただし人名漢字については適宜慣例に従った。

一、漢字については、現代仮名遣いでルビを付した。ただし漢数字については一部をのぞきルビを付していない。

一、誤字・脱字と思われる表記は適宜訂正した。会話の「」や、句点（「。」）読点（「、」）については、読みやすさを考慮して、あらためたり付け足したりした箇所がある。

一、今日の人権意識に照らして不当・不適切と思われる語句や表記がみられる箇所もあるが、時代的背景と作品の価値に鑑み、修正・削除はおこなわなかった。

一、地名、人名、年月日等、史実と異なる点もあるが、改めずに底本のままとした。

立川文庫について

立川《たちかわ》文庫は、明治四十四年（一九一一）から、関東大震災後の大正十三年（一九二四）にかけて、大阪の立川文明堂《たつかわぶんめいどう》（現・大阪府大阪市中央区博労町《ばくろうまち》）から刊行された小型の講談本シリーズである。発行者は、兵庫県出身の出版取次人で立川文明堂の社主・立川熊次郎《たつかわくまじろう》。したがって、一般には「たちかわ」と言い慣《なら》わされているが、「たつかわ」と読むのが正しい。

当初は、もと旅回りの講釈師・玉田玉秀斎《ぎょくしゅうさい》（二代目　本名・加藤万次郎）の講談公演を速記した「速記講談」であった。が、やがてストーリーを新たに創作し、講談を書きおろすようになる。いわゆる、「書き講談」のはしりであった。

立川文庫では、著者名として雪花山人《せっかさんじん》、野花《のばな》（やか、とも）散人《さんじん》など、複数の筆名が用いられているが、すべては大阪に拠点をおいた二代目・玉田玉秀斎のもと、その妻・山田敬《けい》、さらには敬の連れ子で長男の阿鉄《おてつ》などが加わり、玉秀斎と山田一族を中心とする集団体制での制作、共同執筆であった。

その第一編は、『一休禅師』。ほかには『水戸黄門』『大久保彦左衛門《おおくぼひこざえもん》』『真田幸村』『宮本武蔵』など、庶民にも人気のある歴史上の人物が並んでいたが、何といっても爆発的な人気を博したのは、第四十編の『真田三勇士　忍術之名人　猿飛佐助《さるとびさすけ》』にはじまる〝忍者もの〟であった。猿飛佐助は架空の人物である。しかしこの猿飛佐助をはじめとする忍者は、それぞれのキャラクターと、奇想天外な忍術によって好評を博し、立川文庫の名を一躍、世に知らしめるとともに、映画や劇作など、ほかの分野にもその人気が波及して、世間に忍術ブームを巻き起こした。

判型は四六半切判《はんぎり》、定価は、一冊二十五銭（現在なら九百五十円～一千円ぐらい）だった。総刊数二百点近く、のべ約二百四十の作品を出版し、なかには一千版を重ねたベストセラーもあった。

青少年や若い商店員を中心とした層に、とくに歓迎され、夢や希望、冒険心を培い、ひいては文庫の大衆化、大衆文学の源流の一つとも成った。立川文庫の存在は、その後の文学のみならず、演劇・映画（日本で大規模な商業映画の製作が始まったのは明治四十五年、日活の創業から）など、さまざまな娯楽分野にも多大きな影響を与えている。

解説

加来耕三
（歴史家・作家）

主君との確執に泣いた豪傑
——豪傑又兵衛の活躍、堪能していただけたであろうか。

立川文庫の創刊十巻目の人物が、本書の「後藤又兵衛」であった。〝武士道精華〟を唱えた「西郷隆盛」「宮本武蔵」、〝漫遊〟を強調した「一休」（本シリーズ「立川文庫セレクション」では、『一休禅師頓智奇談』）と「水戸黄門」。〝智謀〟の「真田幸村」、〝名人〟の「猿飛佐助」に比して、又兵衛のキャッチフレーズは〝豪傑〟——。

さて、ここからは史実の「後藤又兵衛」について、ふれたい。

戦国最後の決戦——大坂の陣のおり、大坂方（豊臣）の総大将にふさわしい人物が、なかなか登場してこなかった。敵となる徳川家康が、巧みに名のある武将・豪傑を自陣営に吸収し、大坂城に入城することを阻止したからである。

その家康が決戦直前に、次のように述べていた。

「大坂城中には御宿勘兵衛《みしゅくかんべえ》と後藤又兵衛の外に、人はいない」（松浦鎮信《まつらしげのぶ》編『武功雑記《ぶこうざっき》』）

なるほど、この両名の戦歴は総大将として申し分がなかった。

前者の御宿勘兵衛（諱《いみな》は政友《まさとも》）の家系は、もともと小田原北条氏の家人《けにん》で、勘兵衛もその環境下に育ったが、途中で今川氏へ鞍替えし、武田信玄が勃興すると一族とはなれ、武田へ随身。駿河千福《せんぶく》城（現・静岡県裾野市）の城将をつとめて活躍したが、信玄のあと武田家が織田信長によって滅ぼされると、奔《はし》って勘兵衛は家康の次男・結城秀康《ゆうきひでやす》に仕えた。

このときは一万石を拝領し、越前守ともなっている。その秀康の後継・松平忠直《ただなお》が当主となると、相性が合わなかったようで、やってられぬ、といい捨てて、主家を退転した。

「七度、主家を替えて、わが家を知る」

などといわれた時代である。勘兵衛はついに、大坂城へ入城した。

戦巧者《いくさこうしゃ》という点では、大名級の武将の中で、一頭抜きん出た人物といってよかった。

しかし〝大将〟として、誰しもが仰ぎ見る畏敬の将器、問われる戦歴においては、後者の後藤又兵衛の方が、やはり際立っていたことは間違いあるまい。諱《いみな》は「正次《まさつぐ》（政次《まさつぐ》）」

「正親《まさちか》」など諸説あるが、本書でも採用されていた「基次《もとつぐ》」が通説となっている。

彼も性格は、御宿勘兵衛とかわらない。根っからの、武辺者《ぶへんもの》であった。

永禄三年（一五六〇）（一説によれば四月十日）に、播磨国別所《べっしょ》氏の臣であった父・新左衛門のもとに、又兵衛は生まれている。彼は、黒田官兵衛孝高《よしたか》―長政《ながまさ》父子に仕えた。

が、官兵衛がわが子のように手塩にかけたためか、本来は主人として立てるべき長政に対して、元服してのち、主従の礼に非する、無礼な言動をすることが度々あったようだ。

たとえば、九州征伐の戦後処理――秀吉から、黒田家は豊前中津十二万石を拝領したが、土着の宇都宮鎮房《うつのみやしげふさ》の勢力が侮《あなど》りがたく、決して力攻めにしてはならぬぞ、と父の官兵衛に釘をさされていた長政が、さからって攻めかかり敗れたおり、この若主人とそれに従った将士たちは、揃って髪を切って蟄居したものの、参加した又兵衛だけは、

「勝敗は武家の常、負けるたびに頭を剃っていては髪の伸びるひまがないわ」

といって、一人拒否したことがあった（国枝《くにえだ》清軒《せいけん》編『武辺咄聞書《ぶへんばなしききがき》』）。

あるいは、合戦で長政が不覚にも、深田《ふかだ》に馬を乗り入れ、身動きができなくなったところへ、又兵衛が行き合わせながら、彼は助けもせず、

「馬を捨てて、そのまま落ちられよ（鞍から転《ころ》がり落ちろ）」

と無情にいい、背を向けて、さっさと行ってしまったこともあった。

又兵衛は自分の家来、兵士たちには大量の愛情を注ぎ込む〝将〟なのだが、どうしたことか長政にのみ、妙な敵対心を持っており、それも尋常の標準《レベル》を超えていた。

のちに筑前福岡藩黒田家の儒者となる貝原益軒《かいばらえきけん》は、

「平生《へいぜい》（ふだん）戦功多しといへども、心術《しんじゅつ》（こころのもち方）正じからず」

と又兵衛を非難しているが、いざ合戦になると又兵衛は、不死身のような力強さと機転巧みな戦略・戦術を展開し、度々、自軍を勝利に導いていた。

自儘《じまま》ゆえに「奉公構」を喰う

慶長五年（一六〇〇）八月二十三日――〝天下分け目〟の、関ヶ原の緒戦ともいうべき戦いにおいて、この日、東軍の福島正則《まさのり》と池田輝政の二人が、互いに競い合うようにして、西軍に荷担した織田秀信《ひでのぶ》（信長の直孫）の岐阜城を陥《おとしい》れた。

ともに進軍していた黒田長政、田中吉政、藤堂高虎らの軍勢は、木曾川の下流を越えて、岐阜城下にいたったものの、落城の近い様子を見て、ただちに向きを大垣へ転じた。

大垣城の西軍が、味方の岐阜城に来援するのを予想しての手当てであったが、東軍の諸将が大垣からおよそ二十キロほど離れた、江土《ごうと》（河渡《ごうと》・合渡）川まで進んでみると、すでに西軍の将兵が対岸に陣を布《し》いていることが知れる。

『常山紀談《じょうざんきだん》』に拠れば、ときは旧暦八月の雨季（一年で最も雨の多い時期）にあたり、このとき川の水かさは増していて、容易に渡渉《としょう》することができない。諸将は香ヶ島《こうしま》の札《ふだ》の辻《つじ》（官の制札を立てた辻）に屯集《とんしゅう》して、川を渡って西軍を討つべきか、西軍の渡って来るのを待って要撃《ようげき》すべきか、評定《ひょうじょう》に及んだが意見が分かれて、なかなか一決をみなかった。

時間の経過を恐れた藤堂高虎が、ふと一人の武将に目をとめる。銀の天衝《てんつき》の前立《まえだて》のある兜、黒母衣《くろほろ》をかけた武者が、そこに立っていた。

「あれなるは、黒田家の侍大将、音に聞く後藤又兵衛であろう。どうであろうか、かの戦《いくさ》巧者《こうしゃ》に存念《ぞんねん》を聞いてみては――」

諸将の同意を得た高虎が、扇を振り、又兵衛を軍議の席に招き入れた。

又兵衛は高虎から、評決の一致しないことを聞くや、高笑いしながらいったものだ。

「ご評定も結構でござるが、それも時と場合によりましょう。今日、東軍の岐阜城攻めに遅れ、また、ここにて一戦がなければ、内府公《だいふ》（東軍総大将の徳川家康）に対して面目《めんぼく》が立ちますまい。この川を討死《うちじに》の場所と覚悟めされずば、男子にあらずと存ずる」

この言葉一つで、諸将は渡河《とか》を決断した。

なかでも黒田長政の隊は、素早く上流の浅瀬から川を渡り、迂回《うかい》して、西軍の石田三成の部将・舞兵庫《まいひょうご》の隊に突入。敵を敗走させている。黒田家では戦国に活躍した家臣たちを江戸中期に一括《ひとくく》りにして、〝黒田二十四騎〟と称した。無論、又兵衛もその一人に数えられていたが、彼は何よりも二十四騎の中で一番目立つ存在であった。

それだけに自儘《じまま》（わがまま）であり、主家を主家とも思わずに、一時期、黒田家を出て、仙石越前守秀久《せんごくひでひさ》のもとに身を寄せたこともあった。が、改めて長政に呼びもどされて黒田家に戻っている。秀吉の九州征伐や朝鮮出兵でも、鳴り響くほどの武功をあげ、とくに朝鮮の役では黒田家の先手をつとめ、晋州城《チンジュ》一番乗りを果たして、天下にその勇名を轟かせた。

それ以外にも、虎退治といえば加藤清正のイメージが強いが、又兵衛も同僚の菅《かん》和泉守正利《まさとし》とともに、槍で虎を突き殺している。

〝天下分け目〟の関ヶ原の決戦でも、苦戦を強いられた東軍――先鋒の黒田勢のなかにあって、又兵衛は一説に、石田隊の大橋掃部《おおはしかもん》という剛《ごう》の者と槍を合わせ、その御首級《みしるし》をあげたともいう。当日、対峙した三成の軍と戦って、その侍大将・島左近《しまさこん》に器量互角に渡り合えたのは、黒田勢ではこの又兵衛をおいてはいなかったかもしれない。

戦後、筑前《ちくぜん》福岡五十万二千四百十六石で入国した主君長政から、又兵衛は嘉麻《かま》郡大隈《おおくま》城（現・福岡県嘉麻市）一万六千石を与えられ、隠岐守に任官している。

しかし、これまでの長いしこりもあってか、家康の天下が定着するに従い、又兵衛は性格的にも長政とは相容れず、逆に謀叛の風評が立つありさま。鬱々《うつうつ》たる気分に陥った又兵衛は、ついには大坂城の片桐且元《かたぎりかつもと》が、味方から敵方へ内通したと疑われ、完全武装して妻子を連れ、自領の茨木城《いばらき》（現・大阪府茨木市）へ去ったごとく、黒田家を出奔した。

一説に途中、隣国の豊前小倉《こくら》（現・福岡県北九州市）の大名・細川忠興《ただおき》のもとに立ち寄ったとの逸話がある。そのおり一概《いちがい》には信じられないが、又兵衛を茶の湯に招いた忠興が、黒田家と万一、戦うようになったとき、どうすれば勝てるか、と又兵衛に尋ねたとい

うのだ。するとこの快男児は、答えをしぶるかと思えばそうではなく、至極あっさりと、

「なに、むずかしいことではありませぬ。先頭を進む将兵数人を鉄砲で撃ち取れば、その中に必ずや長政は入っておりましょう」

と、痛快淋漓《りんり》に答えたという。一場の戯談《ぎだん》、綺談《きだん》としては、おもしろいのだが……。

又兵衛が長政を見限ったのは、嫡子太郎助《たろすけ》（諱または法号として、読み不詳の「一意」の名が伝わる）を追放されたとか、庶子左門《さもん》（基則《もとのり》）に猿楽（こっけいな物まねや言葉芸）のための小鼓《こつづみ》を打たせたことを憤った、などの諸説があるものの、要は子供が直接的な原因で、常々の不平・不満が爆発したことは間違いないようだ。

その後、池田輝政の客分となったが、主君長政に「奉公構《ほうこうがまえ》」（仕官させれば合戦に及ぶ、との宣戦布告）を発せられたため、池田家を放逐《ほうちく》されて牢人となる。その又兵衛を、福島正則が召し抱えることにした。豪傑を好む正則は、重臣・福島丹波（治重《はるしげ》）を遣わして、ぜひともそなたを獲得したい、と本人との交渉にあたらせたが、又兵衛は丹波たち譜代の重臣たちよりも高禄を望んだので、この話は不調に終わったという。

破談となっての別れ際、丹波が関ヶ原の合戦のおりのことをもち出した。

「それがしが西軍の宇喜多秀家《うきたひでいえ》を襲って、手柄を立てたのを、まるで貴殿の指図によるものとする噂が広まった。あれは、貴殿自身が嘘をいい出されたのか」

戦国時代は又兵衛のみならず、できる武士ほど己れの価値、その成果としての功名にはうるさかった。こじれれば、斬り合いとなってしまうことも珍しくなかった。

又兵衛の返答が注目された。彼は丹波に笑いかけながら、次のように答えている。

「貴殿もそれがしも、世間に勇名を知られた者同士。それがしが貴殿の指図を受けることも、貴殿がそれがしの指図を受けることも、共にあろうはずはござるまい」

豪傑ではあるが、人物も又兵衛は立派だった。

去っていくその後ろ姿を見送りながら、丹波はしみじみという。

「あの者がそれがしより、高禄を望むのはもっともなことだった」

又兵衛はまさしく、〝大将〟のつとまる器であった。くどくどと自己弁護などせずに、短く、なるほどと相手を納得させる物言《ものい》いを、瞬時に口にできたのである。

大坂冬の陣において、豊臣秀頼《ひでより》から一万の兵を預けられた又兵衛は、今福《いまふく》の戦いで腕に銃弾を受ける。が、その次の瞬間、この男は自らの負傷を笑い飛ばすように、

「たいしたことはない、大坂城の運はまだまだ強い」

といい放った。周囲は沸き立ったという。大将として、見事というほかはない。

主人長政に「奉公構」をくらい、流浪のなかで、ただ死に場所のみを求めていた又兵衛は、なぜ、大坂城を選んだのか。一説に、大坂にあったわが子を黒田家が捕え、それを聞きつけた豊臣秀頼が、「大坂に住むものは、わが民である」と黒田家にかけあい、その子を保護したことから、その恩に感じての大坂入城であったともいう。が、「奉公構」が効いたことは間違いない。大坂城以外には、仕官させてくれる大名がなかったのだろう。

だが、それを加味しても、筆者はやはり後藤又兵衛こそが、大坂城の総大将にもっともふさわしい人物であったように思う。読者諸氏の見解は、いかがであろうか。

又兵衛の描かれ方

大坂夏の陣で又兵衛が戦死した直後、彼は戦巧者の侍大将として、その強さを前面に出して特徴づけられたが、時代が経るごとに〝軍師〟らしい心象《イメージ》が加わっていく。

ところがここで、真田信繁《のぶしげ》の存在――江戸期に脚色された真田幸村の人気――が、又兵衛の〝軍師〟としての地位を脅かすこととなる。入城した順番というのも、あったのかもしれない。又兵衛のあとに幸村が大坂城に入城した。〝軍師〟ナンバーワンであった又兵衛は、やがてその地位を幸村にとってかわられる。

さらには、〝軍師〟幸村の下知に従って、前線に出て戦う役回りをふられた。『三国志』でいえば、諸葛亮孔明《しょかつりょうこうめい》が関羽《かんう》に入れ替わったようなもの。そしてついには、長宗我部盛親《もりちか》・木村重成《しげなり》、あろうことか幸村の嫡子・真田大助《だいすけ》（幸昌《ゆきまさ》）を加えた〝四天王〟に、格下げされてしまう（〝大坂城五人衆〟も似たようなもの）。そのうえで、ここまでしておきながら、又兵衛の上位につけた幸村＝〝軍師〟ナンバーワンをもってしても、彼の策定した大坂城の作戦はことごとく否定されてしまった、という構図ができあがる。

この場合、障害となったのが、秀頼の近臣たちであり、自分たちの実戦経験の乏しさを棚にあげ、大坂城外での戦いを危惧した、ということになる。筆者はそうではなく、已れの死後を見据えて、幾つも布石を打っていた豊臣秀吉が、当然のごとく大坂城に籠城の場合を想定した作戦計画を、豊臣家に残していたのではないか、と考えてきた。

「大坂城は小田原城同様、いかに攻めても落ちはせぬ。惣構《そうがまえ》をわしの計画した通りに守り、ただ防戦につとめるだけでよい」

秀吉は淀殿―秀頼母子に、この〝秘中の秘〟を生前に語っていたのではあるまいか。

にもかかわらず、大坂冬の陣は和睦となり、夏の陣へ――。徳川方の大和（現・奈良県）方面の先方は、水野勝成《かつなり》、本多忠政《ただまさ》、松平忠明《ただあきら》、伊達政宗、松平忠輝《ただてる》らであった。

これらに呼応するように、慶長二十年（一六一五）四月二十六日未明、大坂方の後藤又兵衛、大野治房《はるふさ》ら三千の兵が大和国へ入った。徳川方の大和郡山城主・筒井定慶《じょうけい》（正次＝順慶《じゅんけい》の養子）を攻め、定慶が逃げて放棄した郡山城を得ての、思わぬ勝利となった。

さらに大坂方は、次の南都（奈良）に向かおうとしたが、ここに水野勝成が接近してきたことを知ると、戦わずして大坂城へ撤退している。理解に苦しむ用兵だが、根本には兵力の不足があったのだろう。後詰《ごづめ》がない。なにしろ徳川方は、この度は十六万五千人を動員している。対する大坂方は、五万五千（実数不明）しか兵力がなかった。

限りある兵力を有効に使わなければ、とても勝利はかなわない。

――ここに、毛利一門であった吉川広家《きっかわひろいえ》が、一族の吉川広正《ひろまさ》へ宛てた四月十二日付の、興味深い書状がある。

徳川方の先鋒が近々、入京するという注進を伝え、それに加えて、次のような再戦に関する私見を開陳していた。

「大坂方には何とて御催《おんもよおし》の体《てい》もこれなき由《よし》に候《そうろう》。駿府下々沙汰《さた》は、関東より仰せ出され候儀《ぎ》を、大坂にあまり御同心も御座なき候由、あまねく申し候由に候事」

大坂方はそもそも何の準備もしておらず、駿府（現・静岡県静岡市）やその城下のものがうわさしていることは、すべて徳川方から流されたものだ、と広家は断じている。

家康は大坂城の行く末を考えることなく、潰すつもりで広くうわさを流し、口実をつくっているのだ、と。その口吻《こうふん》には、関ヶ原の戦いを思い起こしてのものが感じられてならない。毛利家百二十万五千石が三十六万九千石となり、いま自分も、家康の走狗《そうく》となって大坂城攻めに荷担している。しかも兵糧米に困惑し、とても戦《いくさ》どころではない、ともグチってはいるが、その広家にも、毛利家にも、徳川幕府に抗える力などなかった。

「好機はあの関ヶ原の戦いのあと、一度だけだった」

と広家が思ったかどうか。大坂城を出ずに、毛利輝元が籠城していたならば……。

あるいは、歴史は大きくかわったに違いない。少なくとも、領土を四分の一に削られるような、間の抜けたことにはならなかったであろう。

大坂夏の陣で散り、伝説の人に

四月二十八日、大坂方は城から兵三万余を出し、途中で二手にわかれ、一隊は堺を焼き、残りは岸和田城主・小出吉英《よしひで》（よしひさ、とも）を攻めた。

堺が焼かれたのは、食料を略奪する目的と、この貿易都市の二股膏薬《ふたまたごうやく》のような行動が、大坂方の怒りをかったからにほかならなかった。鉄砲の芝辻《しばつじ》家をはじめ、商人たちは太閤秀吉に多大な恩があるにもかかわらず、家康に寝返っていた。

その裏切りへの報復の方が、焼討ちの重要度《ウエイト》は大きかったかもしれない。

また、約三千の兵が大野治房、塙団右衛門《ばんだんえもん》らに率いられて大坂城を南下、紀伊の浅野長《なが》晟《あきら》（長政の次男で当主）を狙い、吉野や熊野の一揆勢力を味方に誘い、和歌山を落とそうとしたのだが、〝夜討《ようち》の大将〟で名をあげた団右衛門は、あろうことか先鋒の岡部則綱《のりつな》と先駆《さきがけ》争いを演じ、突出してきたところを討ち取られてしまう。この一戦、豊臣方の大きな緒戦の敗北となった。団右衛門の戦死で、大坂方は緒戦から戦う意思をすぼめてしまう。

五月五日、二条城を出陣した家康は、この時、

「米五升、干鯛《ひだい》一枚、ならびに糒樽《ほしいだる》、其《そ》の外《ほか》、味噌、鰹節、香ノ物、右の通り相応にもたせ参《まい》るべし。此《こ》の外は少しも持参つかまつる間敷《まじく》」(『武辺咄聞書』)

と賄《まかな》いを担当する松下浄慶《じょうけい》(台所奉行)に、厳命している。

「今度は手間もいるまじく候間《そうろうあいだ》、惣軍《そうぐん》小荷駄《こにだ》も無用につかまつり、三日の腰兵粮《こしびょうろう》ばかりにて罷《まか》り出《い》づべし」(紀州藩士・宇佐美定祐《うさみさだすけ》編『大坂御陣覚書《おおさかごじんおぼえがき》』)

と、家康は豪語したという。

この「三日」というのは、徳川方のみならず、大坂方の認識でもあった。

結果、兵力の後詰なく、士気下がる大坂方では、好むと好まざるとにかかわらず、一発逆転の策に出る以外に手がなかった。主力の展開を五月六日と決し、道明寺《どうみょうじ》(現・大阪府藤井寺市道明寺)に徳川軍を待ち構え、これを迎え撃つ作戦を策定した。

どのように考えても、この一戦が大坂方最後の決戦に思われた。おそらく参加する武将たちは、こぞってそのつもりでいたであろう。

ところが、奇妙きてれつなのは戦時下の群集心理であった。城内では五万の将兵が集う

と、三倍強の徳川方に勝てるとの思いが、人々には込みあげてきたというのだ。敵がどれほど大軍であろうとも、すべての軍勢と、一度に戦《いくさ》をするわけではない。関ヶ原の戦いも、西軍の圧倒的不利をいわれながら、西軍はそれでも半日、東軍をもちこたえている。

大坂方の先鋒軍約六千四百――これを後藤又兵衛、薄田隼人正《すすきだはやとのじょう》（豪傑・岩見重太郎と同一人物とされる）らが率い、そのあとに一万二千の兵力をもって真田幸村や毛利勝永《かつなが》（森吉政《よしまさ》　山内一豊《やまうちかずとよ》の預り）、渡辺糺《ただす》（内蔵助《くらのすけ》　秀頼の剣術師範）らがつづく予定であった。

又兵衛らは、意気衝天《いきしょうてん》で出撃。さすが、といわねばならない。勝敗は天にあずけた清々しさ、潔さを感じる。だが、途中で濃霧が発生し、大坂方の前線は視界不良に陥った。

同じことは又兵衛らにつづく後発の軍にもいえた。そのため、後続軍の到着が予定より大幅に遅れる。こういう場合、どうするのか。事前の申し合わせはあったろう。後続を待たねば、いくらなんでも兵数が違いすぎて、勝負にならない。なにしろ、又兵衛指揮下の直接兵力は二千八百。徳川方の大和方面軍は、約二万三千である。

「明日の一番鶏」＝払暁《ふつぎょう》を期して、の待ち合わせ時点が、大坂城の東南約二十キロの道明寺であった。大坂方はここで合流し、国分《こくぶ》（現・大阪府柏原《かしわら》市）辺りで徳川方を迎撃したい、と考えていたのだが……。又兵衛は後続軍を待ったが、目前を行く敵を見守っているうちに、焦《じ》れた。もはや待てぬ、と攻撃を開始する。しかし、多勢に無勢である。又兵衛は「源平以来」といわれる賛辞とともに、ついに戦死を遂げた。享年、五十六。

伊達政宗の先手・片倉小十郎重長《かたくらこじゅうろうしげなが》（景綱《かげつな》の子）の軍勢に、鉄砲で撃たれて討死したという。

この頃、又兵衛の後詰であった薄田隼人正の軍勢が、遅れて到着した。彼は冬の陣での自らのおかした不覚＝遊廓に通っている間に、自らの拠る砦を落とされた役立たず＝「橙《だいだい》武者」の汚名返上のために、敗走する又兵衛の残兵につられて、逃げる自軍を叱咤激励しつつ、最後まで戦域にとどまり、戦いつづけた。

講談本の世界では、長身で大力の隼人正は、十文字の槍をもって軍勢の先頭を駆け、その目立った姿に敵が殺到してくると、これを次々といとも簡単になぎ倒していく。

しかし虚構も実際も、多勢に無勢はかわらない。最後は、水野勝成の家臣・川村新八に御首級をあげられてしまう。こちらは享年不詳である。

後藤又兵衛は少し遅れて戦死した幸村と共に、大坂夏の陣で伝説の人となり、以来、その人柄が日本人を魅了し、今日にいたっている。

（かく・こうぞう）

後藤又兵衛 〔立川文庫セレクション〕

2020年4月20日　初版第1刷印刷
2020年4月30日　初版第1刷発行

著　者　雪花山人
発行者　森下紀夫
発行所　論 創 社
〒101-0051　東京都千代田区神田神保町2-23　北井ビル
tel. 03（3264）5254　fax. 03（3264）5232　web. http://www.ronso.co.jp/
振替口座　00160-1-155266
装幀／宗利淳一
印刷・製本／中央精版印刷　組版／フレックスアート
ISBN978-4-8460-1914-3